法医实录02

不存在的人

戴西◎著

THE RECORD OF
CRIME2

《法医档案》
姊妹篇

台海出版社

图书在版编目（CIP）数据

法医实录. 02，不存在的人 / 戴西著. -- 北京 : 台海出版社，2020.3（2024.3重印）

ISBN 978-7-5168-2575-4

Ⅰ. ①法… Ⅱ. ①戴… Ⅲ. ①侦探小说－中国－当代 Ⅳ. ①I247.5

中国版本图书馆CIP数据核字(2020)第043310号

法医实录02：不存在的人

戴西　著

出 版 人　蔡　旭
责任编辑　王　艳
装帧设计　仙　境
内文制作　曹　宝

出　　版　台海出版社
地　　址　北京市东城区景山东街20号
邮　　编　100009
电　　话　010－64041652（发行、邮购）
传　　真　010－84045799（总编室）
网　　址　www.taimeng.org.cn/thcbs/default.htm
电子邮箱　thcbs@126.com

发　　行　全国各地新华书店
印　　刷　三河市嘉科万达彩色印刷有限公司

开　　本　710毫米×1000毫米　1/16
字　　数　203千字
印　　张　14
版　　次　2020年3月第1版
印　　次　2024年3月第2次印刷

书　　号　ISBN 978-7-5168-2575-4
定　　价　59.80元

目　录

CONTENTS

楔 子

我本以为会忘记。

但是我错了。

一年一年过去，具体的细节或许会变模糊，声音也似乎会慢慢消失，内心的伤痛终究变得麻木，但这些都只不过是自我适应的技巧而已。我知道心灵上自然的进步会逐步疗愈全身的伤痛，而我内心深处的罪恶感，却被妥善地封存在记忆中，直至我死去的那一天，随时随地，它都等待着再次来折磨我的大脑。

终有那么一天，我知道，我必须再次面对它。因为我的一生怎么可能没有记忆？又怎么可能没有罪恶感？

那晚的尖叫把我从睡梦中惊醒，我原本以为只是做了个噩梦，但紧接着的哭泣却让我感受到了阵阵的恐惧。哭泣的声音是熟悉的，尖叫声却是如此陌生，而我在自己的房间里，眼前一片漆黑，什么都看不见。

又是一阵痛苦的撕心裂肺般的尖叫，却随即戛然而止，死一般的寂静与我只隔着一层薄薄的板壁，让我瞬间浑身发凉。

我猛地坐起身，惊恐地环顾着四周，空气中逐渐弥漫起一股怪异的味道，是让人作呕的腥臭味，这特殊的气味一直在我的记忆中萦绕。后来我才知道，那是混合了人体排泄物和血液的味道。

这是个闷热的夏天，所以窗开着，一丝风都没有，我大口喘着粗气，瞪大了双眼，汗水流进了眼眶，阵阵的刺痛让我几乎想哭出声来。但我却一动都不敢动。

也不知过了多久，隔壁的门终于打开了，有人低语，接着，沉重的脚步声出现在走廊上，停在我的门口，然后发出了一声重物倒地的声音，就好像一个巨大的包裹被用力地扔在了地板上，伴随着几声楼板的颤抖。

那颤抖声，让我突然想起了那只几乎被父亲给活活踢死的小黄狗。

不过，小黄狗最终还是死了，因为一旁的我实在不忍心看着它哀号尖叫，便随手找了一块砖头，然后闭上双眼，狠狠地拍在了它的脑门上。

接下来，便是死一般的寂静……

此刻，我紧紧地捂住了嘴巴，不让自己发出声，像蛇一般无声地缩回被窝里，耳朵却紧张地辨别着门外的动静。

也不知过了多久，脚步声再次响起，父亲喘息着，时不时地咳嗽，一步一步走下楼梯。

很快，院落里便传来了父亲那老旧的摩托车发动的声音。

这一切对于我来说，已经习以为常。

可是，该来的惩罚，终究还是会来。

两年后，一个平常的傍晚，如血般鲜红的晚霞洒满天空的时候，我站在小院里，独自看向天空，晚霞的美让我如痴如醉。我也看到了父亲，他和往常一样坐在楼顶，抽着烟，似乎在等待着什么。但是他等的人，我的母亲，已经再也不会回来了。

面对着楼下匆匆赶来的警察，坐在楼顶边缘的父亲突然拧灭了烟头，站了起来，脸上露出了怪异的笑容。他张开双臂，身子前倾，感觉想去拥抱什么，然后，在越聚越多的围观者的惊呼声中，就这么头朝下，直直地从四楼顶上掉了下来。

我们家的院落很小，但是楼层比较高，父亲一辈子的积蓄都用来修这栋四层小楼，这是农村人最普遍的观念，有了钱，接下来就是要修房子。但是我怎么也没有想到，父亲的生命就这么终止在了他自己亲手建起的小楼之下。

从那以后，我一直都在寻找着父亲这么做的答案，他把我一个人留在这个世界上，这是否就意味着他最爱我？抑或是最恨我呢？

第一章

吐到实在吐不出来，强忍着胃部的痉挛再次抬起头时，在报警人同情的目光中，郭敏知道这个时候自己在别人眼中的样子，应该是狼狈到了极点了。

1

初秋的午后，空气中多了几分桂花的香味，安平市新吴区惠风路派出所院落里的阳光似乎也变得温柔了许多，不再像刚过去的夏天那么咄咄逼人。

接警大厅中，年轻的二级警员郭敏身穿崭新的警服，正在认认真真地擦拭着自己面前的工作台，尤其是工作台边上的那块夹有自己相片的名牌，他擦拭起来格外专注仔细。

此刻的派出所里静悄悄的，本就是一天中的午休时间，只是郭敏却丝毫都没有睡意，今天毕竟是自己第一天正式上班，郭敏的心中总是感到有些说不出的激动。

只是从早上一直到现在，那扇对外的玻璃门始终都没有被人推开过。

也就是说，今天，或许又将会是一个平平安安的普通日子。

有时候也想过，这样清闲平淡的日子难道不好吗？郭敏咧嘴一笑，刚要站起身，耳畔却突然传来了玻璃门开启时所特有的吱呀声。

那扇门已经有些年头了，维修过很多次，所以，当郭敏看清楚正在吃力地推门的是一对头发全白的六旬老人时，便赶紧冲了过去，伸手扶住玻璃门："快进来吧，老人家，小心脚下台阶！"

两位老人点点头以示感谢，直到在值班台前的椅子上坐下，这才长长地出了口气。老奶奶刚想说话，便被一旁的老头用目光拦住了，他转身冲着回到值班台前刚坐稳的郭敏说道："警察同志，麻烦你了，我们老两口这次是来报案的。"

"好的，大爷，别担心，告诉我事情经过，我来记录一下。"郭敏按部就班地点开了电脑显示屏上的报案登记页面。见老人半天都没有说话，以为他不知道怎么说，便转而轻声提醒道："大爷，过程很简单的，您只需要告诉我您的姓名和住址，然后告诉我事情经过就行了。当然了，关于事情经过方面，尽您所能越详细越好。"

听了这话，老人布满皱纹的脸上却露出了尴尬的神情，他看了一眼自己的老伴，最终下定了决心，说道："警察同志，我叫季友德，住柴机新村 28 号 402，今年六十七岁。我和老伴其实是不想来麻烦你们的，但是我家那小子已经整整一周都没回来了，怕他在外面出事，我们老两口就这一个小子，没有办法，就只能……"

郭敏听了，不由得一愣："大爷，您说的是您的孙子还是……？"

老人无奈地叹了口气："说出来真丢人，是我儿子，季庆宝，今年整整四十岁了。"

"四十岁？这，这都已经成年了啊。大爷，他现在是跟你们住在一起吗？"

老人点点头。

"那您确定他不是出去找朋友玩了？"

老人又点点头。

郭敏感到有些棘手，他硬着头皮问道："大爷，那您儿子以前有过像这一次这样离家不回，并且不和你们联系吗？”

一旁的老太太终于忍不住了，她挪了挪凳子，凑上前对郭敏认真地说道：“小同志，我家阿宝这里有问题，小时候发烧，结果把这里给烧坏了。”说着，她伸手指了指自己的头，“因为他没办法一个人生活，所以就一直都跟着我们老两口过日子，我们又没有钱把他送医院去看病，那个太贵了。靠我们俩的这点退休工资，根本就负担不起。这么一来，我们年纪大了，也就经常会有看不住的时候，不过还好，我们阿宝平时都很听话的，也从来都不去伤害别人。医生说了，这辈子他的智商一直都会停留在六岁左右，所以对于身边人没有攻击性。就是，就是这架不住三天两头找不到人。可是啊，小同志，阿宝以前也这么出去玩得忘了回家，只是从来都没有整整一周的时间消失得无影无踪的。这几天里我和老头子两个人几乎跑遍了咱们安平市的每个角落，寻人启事也贴了一大堆，却还是没有回音。”

老太太一边絮絮叨叨，一边弯腰从随身带来的那个洗得发白的布袋子里小心翼翼地摸出了一摞 A4 纸，上面除了必要的相片和姓名、住址、联系电话等一些资料外，还很详细地罗列出了失踪的儿子季庆宝身上所有的特征，最后更是不厌其烦地备注了孩子爱吃的东西种类。郭敏的心中不由得一热，他点点头：“大爷，大妈，这个案子我先登记一下，下午会向所里领导汇报。对了，你们还记得季庆宝离家出走的具体日期和时间吗？我好申请查下监控。”

老头赶紧递上了自己准备好的情况说明，是用老式信纸写的，工工整整的钢笔字。郭敏看了，心里一阵酸楚。填写完后，郭敏打印出确认书，请两位老人签字，并告知注意事项。

“太谢谢你了，小同志。”老头脸上的神情如释重负，激动地伸手握住了郭敏的手，一个劲地道谢。就好像郭敏已经替他们找回了儿子一样，目光中充满了期待。

临走的时候，面对两位老人又有些惴惴不安的神情，郭敏再一次表示自己一定会帮他们找到儿子，不会让他们失望。

下午上班，老所长听了郭敏的汇报后，却长叹一声：“事情过去一周了，对吧？”

郭敏点头：“是的，所长，整整一周。”

“第一，监控这方面，你就别指望了，因为柴机新村已经拆迁了将近二分之一的区域，那地方现存的监控探头少得可怜。据我所知，最近的一个是在新村外的马路边上，还不是高清的，能否保留一周都是个问题。

“第二，失踪时间超过一周，早就已经过了最初的黄金七十二小时追寻期，寻找起来就有很大难度，更别提是这种智力有残疾的人，没有正常人的思维辨别方式，遇到危险的系数也就更大了。”说着，老所长神情凝重地看着郭敏，“小伙子，你刚参加工作，迫切想帮群众解决困难，这一点我是可以理解的，也很赞同。但是柴机新村面临拆迁，监控必定就会缺失，存在大片的盲区，这点，作为辖区的民警，你也不应该忘了的，对不对？以后啊，给你个忠告，对于这种特殊人群的突发案子，尤其是年纪这么大的报案家属，在案子没有被彻底定性之前，你一定要注意自己的言行，做事要尽力，但是千万不能随意在嘴上打包票，你明白吗？记住，我们警察是人，不是神。”

老所长语重心长的一番话让郭敏涨红了脸：“所长，那我，我现在该怎么办？”

“好好安抚家属，做好后续的跟进和走访吧，小郭，你记住了，这可是属于你的第一个案子。”老所长轻轻拍了拍郭敏的肩膀，“别让群众对你失望了。”

郭敏用力点了点头，心中却隐约感到了阵阵的不安。

四天后的下午，天空中乌云翻滚，阴沉沉的，转眼便下起了淅淅沥沥的小雨，雨势渐渐地变得密集起来。

郭敏结束手头工作，随手拿起公文包，和值班教导员打了声招呼后正准备去季家走访，顺便再次问问有关季庆宝的失踪近况。就在这个时候，一辆电动车突然冲破雨帘，来不及刹车，又加上路滑，直接就狠狠地撞在了派出所的大铁门上，“咚”的一声，发出巨响，引得路人纷纷驻足观看。

从车上下来的中年男人身穿印有“市建工程”字样的橘色荧光背心，

因为被雨水打湿，头发乱糟糟地窝成一团，脚上套着工作雨鞋，面色惊慌，双腿微微打战。他一眼就看到了正准备走出派出所大门的郭敏，便扑上前，伸手死死地抓住了郭敏的警服衣袖，结结巴巴地说道：“警察同志，快，快，有死人，太可怕了……死人……我发现死人了……”

听了这话，郭敏微微一怔，反问道：“什么死人？”

“就在那个，那个要拆的游乐场，山北乡，离这边不远，我刚看到，我还以为是假人，太可怕了……”中年男人目露惊恐，因为过于激动，描述情况的时候双手上下翻飞。

面对这个几乎被吓破了胆的报警人，郭敏弄不明白自己此刻心中为什么会有一种异样的感觉，或许是这几天来自己心中一直都在纠结着那起特殊的失踪案的缘故吧，所以一有命案发生，就会神经质地立刻想到那张已经被深深刻在脑海中的面孔。

雨越下越大，渐渐地，随着夜幕的降临，路上的视线也变得模糊了起来。

派出所的巡逻警车载着报警人在山北乡的案发现场前停了下来，经过指点，得知尸体发现的地方远离大门口，他们还需要朝里面再走上一段路。但是因为路上泥泞，巡逻警车已经没有办法继续朝前开了，郭敏便锁好车，带着另一位辅警，跟着报警人向里步行了十多分钟，才终于来到发现尸体的区域。

这本是一个规模较大的游乐场，游乐项目几乎布满了整个山坡。只是在朦胧的夜色中，穿梭在破败的游乐设施之间，欢笑声和音乐声在沙沙的雨声中若隐若现，让人的心里未免会感到一丝说不出的异样。

在手提应急灯惨白的灯光照射下，郭敏很快就认出了木马上那张有些肿胀的脸，担忧的事情终于成了现实。他的心情糟透了，费了这么多的心思却最终只找到一具冷冰冰的尸体。不知道是不是因为无法面对尸体的诡异惨状，也或许是中午所吃的那盘炒饭出了问题，胃部突然一阵猛烈的抽搐，郭敏再也忍不住了，便蹲在路边一阵翻江倒海般地狂吐了起来。

吐到实在吐不出来，强忍着胃部的痉挛再次抬起头时，在报警人同情的目光中，郭敏知道这个时候自己在别人眼中的样子，应该是狼狈到了极点了。

2

章桐不喜欢游乐场，没有任何理由，她就是不喜欢。

按照 GPS 的定位指引，好不容易找到了调度所说的案发现场。雨势减弱，下车的时候，看着眼前细雨中满目荒凉背景下那影影绰绰俨然已经成为废铁的游乐设施，章桐不由得发出了一声长叹。

“我们走吧。”

她带着顾瑜，两人深一脚浅一脚地穿过泥泞的甬道，顺着指引，最终停留在一个小小的陡坡之上，这里四处都长满了各种各样的青草，最高的地方甚至都已经超过了人的膝盖。

身穿荧光背心的值班警员右手所指的方向，在那一片雪亮的应急灯照射的正中央，章桐终于看到了自己此行的目的地。

那是一处在寻常游乐园中都会看到的旋转木马区，高高的皇冠顶座下，总共十六匹木马上下交错均匀分布，一概保持着四蹄飞扬奔跑的姿势。一路看过来，这里应该就是整个游乐场中唯一还比较健全的设施了吧，至少马头和马尾都还在原位。

包括一具本不该出现的尸体。

尸体像极了一个人偶，他以一种诡异的姿势被头上脚下仰卧在木马的背上。显然为了不让他从马背上掉下来，布局的人还是动足了脑筋的，尸体的左脚被卡在前后两个马蹄之间，右脚也是如法炮制，上身却是以一种常人所无法想象的角度向后仰着。之所以这么做，只是因为马的尾部恰好有一个凹下去的空间罢了，那里可以完美地固定住死者的头部。相反，如果趴在马背上的话，那么在本身的重量作用下，用不了多长时间，尸体就会从光滑的马背上掉下去。

刺眼的应急灯光中，先期到达现场的侦查员海子给了章桐一个僵硬的微笑，算是打过了招呼。章桐注意到他的身边站着一位面色苍白的年轻警员，两人此刻正在激烈地交谈着什么，而从海子疑惑的表情中可以看出，他似乎并不太相信那位年轻警员所说的话。很快，警员离开了，海子便径直朝着章桐所在的地方走了过来。

“主任，尸体是负责清理这个游乐场的市建公司员工发现的，时间是大约四十分钟前，因为这里离惠风路派出所比较近，属于他们的辖区，报警人就直接骑摩托车去了派出所。”海子的目光不时地落在尸体上，迟疑片刻后，他接着说道，“章主任，死者是不是年龄在四十岁上下？”

正准备检查尸体头部，章桐听了这话，不禁停下了手，抬头问道：“你怎么知道？你是不是先前翻动过尸体了？”

海子一听就急了，赶忙摆手：“不，不，不，我们谁都没有碰过尸体。只是因为刚才那位第一时间赶来的惠风路派出所警员提供线索说，死者很有可能是他所经手的一起失踪案的关键人物，年龄是四十岁。还有就是，在死者的右边太阳穴上，应该有一个胎记，平常时候是用头发盖住的，麻烦……”说着，海子便从自己的裤兜里摸出了一张被叠得四四方方的 A4 纸，面对着章桐展开，右手顺势指了指，“我刚才说的那些，都是这张寻人启事上写的，上面非常详细。”

章桐不由得眯起了双眼：“光线不好，我看不清楚，你看就行了。”说着，她顺手撩开了死者右面几乎盖住耳朵的头发，果然看到了一处浅黑色的胎记，形状不规则，却非常醒目。章桐知道，这绝对不是后天所形成的黑痣，她便示意顾瑜用相机打闪光拍了下来。

做完最初的尸表查看和证据固定后，因为尸僵的时间已经过去，尸体便被小心翼翼地抬下了木马，摆放在早就铺好打开的黄色装尸袋上。章桐单膝跪地，拧亮了强光手电，在仔细查看过死者的双眼瞳孔后，不禁紧锁双眉，思索片刻小声说道：“死者为成年男性，年龄为三十八至四十一岁之间，死亡时间的话，结合环境温度来看，”她伸手接过了顾瑜递给自己的直肠温度计，看着上面的数据，“死亡时间应该在十八至二十四小时之前。至于说具体死因，那就需要回局里解剖后才能得出最终的结果了。”

海子有些紧张地说道：“章主任，那就麻烦你尽快了，这个时候媒体应该还不知道这事，我们越早把握住黄金时间越好。”

把装尸袋的拉链拉上，章桐随即站起身：“总之，从目前状况来看，

‘他杀’这个结果是没有任何悬念的。”

听了这话，海子茫然地环顾了一下黑漆漆的四周，不由得一声长叹：“这荒郊野外的，该死的雨又下个不停，有效监控都在三公里之外……真让人头疼。”

“现在雨势还不算大，”章桐回头看了看身后穿着鞋套，几乎趴在地上提取现场附近足迹的欧阳工程师，苦笑道，“如果再大一点的雨，痕检的兄弟就该自求多福了。”

海子一愣：“为什么这么说？”

顾瑜耸耸肩：“主任的意思很简单，一个密闭的空间和一个开放式空间比较起来，固定和提取现场痕迹物证的难度根本就不是在一个层面的。更别提这么大的开放式犯罪现场了，我想没有个三五天的时间，他们应该是搞不完的吧。”

话音未落，一阵响雷过后，雨势变得更大了。

耳畔顿时传来了欧阳工程师绝望的仰天咒骂声。

安平市警官学院教工宿舍楼总共有三栋，上下六层，呈几字形结构，因为是 20 世纪末的建筑，所以如今算起来也是有些年头了。但这并不妨碍居住上的舒适感。

由于外婆年事已高，自从上周独自在家做饭时不小心摔了一跤后，尽管心里不舍，李晓伟却还是硬着头皮把她给送进了安平市里最好的福利院，并且好说歹说，答应每周都会去看老太太一次，老太太终于点头，这才算是了结了一桩心事。在办理完房子出租事宜后，李晓伟就简单收拾了一下行李，随即便搬进了警官学院的教工宿舍楼。

宿舍房间并不大，一房一厅，因为是一个人居住，平时也没有什么客人，李晓伟便干脆把外面的客厅拿来当书房，各种各样的工具书、参考书几乎堆满了整个房间的木地板和颜色斑驳的办公桌，天气好的时候，打开宿舍门，迎面便是满屋子的油墨香味。

正对着办公桌的是一扇老式的推拉窗，窗子上镶嵌着茶色玻璃，属于里面看得见外面，外面却看不清里面的那种。打开窗是一株多年的老槐树，据说每年槐花开了的时候，香味扑鼻。而正对着窗台的墙上则挂了一块巨大的白板，白板是李晓伟厚着脸皮从系里搬来的淘汰货，自打搬进这个房间后，白板上就从没有干净过，李晓伟在上面写满了各种各样的笔记和分析图。

此刻，办公桌上的笔记本电脑里正在播放着自己和那个叫乔米月的年轻女孩之间最近的一次谈话录影，整整一个小时的影像资料中，小米始终都保持着同一个姿势——双手抱着膝盖，几乎是以一个蜷缩的角度坐在椅子上，然后把头深深地埋了起来。这种姿势看上去很古怪，甚至有些滑稽，李晓伟的心中是沉甸甸的，因为这次录影已经是在事情发生过后，他和小米之间的第五次谈话了，似乎唯一改变的就只是时间而已，除此之外，什么都没变。

这个可怜的女孩甚至连正眼看他的勇气都没有，她唯一做的一件事，就是把自己完完全全地封闭了起来，更不用提和自己的心理医生之间建立起正常的治疗关系了。

李晓伟知道这一阶段的小米正处于严重心理创伤后的否定期，留给自己的时间不多了，如果在接下来的治疗过程里小米一直以这种状况持续下去的话，那很有可能她这辈子就再也走不出那场可怕的噩梦了。

可是，即使小米开口说话，也能做到配合自己的治疗，难道说她的生活就能真正地恢复正常了吗？

想到这儿，李晓伟不由得一声长叹。

正在这时，电话铃声响了起来，瞥了一眼话机屏幕，是章桐打来的，问起乔米月的治疗情况。李晓伟也只能实话实说，电话那头的章桐听了后，沉默了许久，半天才开口说道："我想，相对于心灵所受到的创伤来说，她肉体上的那一点痛苦，还真的不算是什么了。"

"人抓到了吗？"问这问题的时候，李晓伟感到自己的声音有些微微发颤。

章桐微微一怔，哑声说道："抱歉，还没有，库里没有找到能比对得上的犯罪嫌疑人的DNA资料，他们应该没有被我们打击处理过。所以，在寻找上会有很大的难度，但是我相信迟早会给这个姑娘一个交代的。"

章桐刚想挂电话，李晓伟赶紧叫住了她："等等，能，你能帮我个忙吗？"

"当然可以。"章桐感到有些讶异，因为在这之前，李晓伟还从来都没有用这种语气和自己说过话。

"帮我查一个案子，我想，是属于没破的那种，Cold Case 类型。"李晓伟想了想，又补充道，"如果方便的话。"

"别客气，我拿下纸和笔。"一阵窸窸窣窣的响动过后，电话那头又传来了章桐的声音，"好了。什么时候的案子？"

"七年前，发生在云林区的轮奸案，受害者是一位下晚自习回家的高中复读女生。我之所以会想起这个案子，是因为受害者身上所残留的特殊物证，也就是所谓的'犯罪签名'，我想，应该和乔米月身上所留下的是类似的。"李晓伟喃喃说道，"至于说我为什么会知道这个案子，也是一次偶然的机会。我念研究生的时候，在学校的选修课上听有关心理干预的讲座，一位客座教授无意中说起这个案子，我记得他说不只是没有抓到歹徒，更因为没有及时地进行受害者危机心理干预，最终的结果是这个女孩子因为实在承受不了来自自身和社会的双重压力，几个月后彻底疯了。"

"我可以理解，在前些年，这种恶性轮奸案的破获难度是非常大的，更别提社会的舆论了。"章桐轻轻叹了口气，"好吧，我答应你就是，等我做完手头的工作就去档案室。"

3

挂断电话后，章桐随手揉了揉发酸的眼角，这几天因为经常加班，眼睛时不时会感到说不出的难受，视线也变得有些模糊，应该是自己用眼过度的缘故吧。

提到眼睛，章桐想起刚才在现场的时候，她注意到死者的右眼眶内似乎有点异样，特别是那一滴出现在泪道附近的奇怪的暗红色凝固体，那时候就怀疑是血液凝块，但是用手电检查眼球其余部分的时候，除了在球状体上发现了一些疑似窒息所造成的少量出血点外，却没有发现什么明显的外伤所留下的痕迹，那么，如果最终确定是人血的话，这滴血又到底来自什么地方？是属于死者本人的吗？

一连串的疑问与假设在脑海中翻腾着，她伸手推开门，走向隔壁的解剖室。可是没走几步，走廊里一股熟悉的烟草味便扑面而来：“章主任。”

说话的是童小川，已经两天没见到他了，包括今天的山北乡废弃游乐场的出警现场，也是他的年轻小助手海子去的。所以章桐感到有些奇怪，便随口问道：“童队，好几天没见你了，稀客啊。”

“稀客不敢当，最近请了两天假，事儿都拜托海子了，那年轻人办事牢靠，下午刚上班就听他说去了山北乡抛尸现场，我没赶得上，寻思着又是你接手的，我就直接来这里蹲点了。”也不知道抽了多少烟，童小川连连咳嗽了几声，尴尬地伸手摸了摸头，“案子毕竟是我们二队的，我这当头的也不能偷懒，你说是不是？”

章桐突然想起助手顾瑜曾经提醒过自己，好像童小川这几天正准备结婚，便恍然大悟：“哎呀，看我这记性，童队，恭喜恭喜！”

谁想到童小川听了这话，脸上的笑容却瞬间凝固住了，他只是嘴里咕哝了句：“没啥值得‘恭喜’的，别浪费时间，我们开工吧。”说着，便头也不回地径直推门走进了解剖室。

这样的反应可是挺让人感到意外的，章桐惊讶地看着那扇不停摆动的活动门，半天都没回过神来。

安平市公安局的解剖室是间小型的停尸间，前后两进，里间不锈钢墙面上有大到人都能进得去的冷冻冰柜，房间温度也始终都保持在零度左右。外间室温则略高，摆放着不锈钢的双水槽和一些柜子，特制的通风系统、排风扇可以抽去令人厌恶的气味和微生物。外间的每一寸墙壁和地板上都涂有防滑的白色亚克力树脂，它不会吸收任何物质，却能承受彻底的刷洗和漂白。

在外间的房间中央是两张移动自如的单人解剖台，实则就是在不锈钢推车骨架上安装了可刹车的旋转脚轮和附旋转轴承的人体托盘，设计的初衷是为了免去平日里搬运尸体的麻烦，也是为了节约成本。毕竟进口的解剖台虽然使用起来更方便，但是价格却非常昂贵，完全超出了局里的预算。可是如今看来，当初的决定除了成本上确实有些显著见效外，搬运尸体还是让人感到很头疼，因为人死后，尸体会由于失去了着力点而变得非常沉重。在这个房间里工作过的每一个法医就不得不在滑动的简易解剖台上与各式各样沉重的尸体永无止境地搏斗，然后一身大汗地结束每天的工作。

此刻，一张解剖台被挪到了房间的一角，而剩下的一张则单独摆放在正中央。游乐场所发现的那具男尸被裹在装尸袋里，静静地一动不动。这样的场景，章桐在梦里不止一次见过。

解剖室墙上没有任何对外的窗户，因为这个房间不需要新鲜空气和阳光，反而是越冷越好。局里曾经有人提议说在靠走廊的墙上开一排供人观察用的窗户，这样可以让负责案件的警察或者前来认尸的死者家属不必直接推门走进解剖室了。毕竟那种特殊的环境并不是每一个人的心理都能真正承受得住的。

当时章桐听了，立刻一口回绝，理由是这里并不需要有人隔着观察窗来看里面死状各异的尸体，要么进来，要么就别来。

她推门走进去，在隔间花了几分钟换好了防护服，戴上口罩和乳胶手套，这个时候的童小川则乖乖地站在一旁，始终都和解剖台保持着一米五左右的距离，背靠着水池。在章桐的点头示意下，助手顾瑜拿起了相机，同时摁下了录音按钮。

因为在现场已经做过了初次尸表检查，所以在仔细核对过检查结果，确保无误并固定所提取的生物检材证据后，章桐又一次仔细查看了死者胸前的两处灼伤痕迹，皱眉想了想，然后便伸手拿过了解剖刀。Y 形切口的路径，自尸体两侧锁骨末端开始向胸骨处交会，往下绕过肚脐处，最后在耻骨位置停下，体内各种脏器在体表苍白的皮肤映衬下变得格外显眼，面对两侧肺叶间明显的出血点和心脏表面明显的针刺状出血点，章桐不由得皱起了双眉："死者生前曾经遭受过胸前电击，所使用的应该是医院里所配备的急救设备，但是这并不妨碍他的最终死因是机械性窒息。"

"电击？"童小川问，"像电视里演的那样？"

"从位置上来看，不排除是实施救援。"章桐答道。

“那机械性窒息呢？”一边站着的顾瑜不由得感到诧异，“尸表检查时我注意到他的舌骨是完好的，甲状软骨和环状软骨都没有折断的迹象，颈部也没有勒痕或者手指印，呼吸道内容物更是没有明显的异物，完全可以排除异物阻塞所导致的窒息。”

章桐点头：“你观察得很仔细，但是你只说对了其中的一种可能，还有两种可能也会导致死者双眼球状体以及两肺叶间和心脏表面出现针刺状出血点这样的结果。

“其一，是在密闭空间中由于吸入过量一氧化碳所导致的窒息死亡，这点可以排除，因为死者胸大肌并未呈现出明显的鲜红色，我想等下死者血液碳氧血红蛋白的含量检测值应该也是正常的。所以，我更趋向于第二种，就是体位性窒息。”章桐说道。

“人体呼吸需要三个因素同时进行：第一，肺部的换气功能；第二，呼吸道的通畅；第三，就是肌肉泵的作用。因为身体长时间被限制在某种异常体位，使得呼吸运动和静脉回流受阻，从而引起的窒息死亡就是‘体位性窒息’。”说着，章桐伸手指了指顾瑜手中的相机，“你仔细看最初所拍的那几张尸体相片，尤其注意他身体上的尸斑形成次序。”

听了这话，顾瑜赶紧翻动手中相机的记忆按钮，惊喜地说道：“没错，主任，这么看来死者的身体至少保持着对折姿势很长时间，直至最终的死亡。”

“在那种状况下，如果是我们普通人的话，或许还不一定导致死亡，但是这位死者体型本就较胖，生前患有高血压性的左心室肥大，你看，他的左心室壁明显厚于右心室，这种状况所导致的结果就是——患者会经常产生胸闷、心慌以及头痛，因为他所患的是严重的器质性心脏病。我想，他死前所处的位置更是完全限制了他的呼吸，所以才会导致最后的惨剧发生。”

“章主任，那难道说这个案子里的凶手对死者并无故意杀害的本意？”童小川在一边问道。

章桐听了，摇摇头：“这个，我目前还不能确定，我只是针对我手头的证据做出科学的推论罢了。我想，凶手应该并不知道死者本身患有严重的高血压所导致的器质性心脏病，所以，才会那么处理他。我推测死者生命终结前的最后几个小时里，他应该是一直都被拘束在汽车的后备厢或者某个大柜子里，因为空间的限制，所以才会把他这么摆放。到后来，发现死者死了，结合刚才所发现的电击痕迹，救援无果了，才不得不产生后面的抛尸行为。

“虽然说在死者的四肢上并没有发现绳索留下的痕迹，但是因为死者生前是个残障人士，所以不排除他是被人骗进去的。”

“那这个抛尸过程，你设想一下，什么样的人才能做到顺利完成？”童小川问。

“死者身高 180 厘米，体重在 250 斤左右，而木马离地至少在 140 厘米左右，从物理学的角度讲，在这个案件上，我想单独一个人，不管是男人或者女人，都是不太可能那么长途搬运这么沉重的尸体，最后再放上那么高的木马的。”

童小川接过话头，一字一顿地说道：“那我明白了，这么看来，本案的犯罪嫌疑人至少是两个人。”略微沉思过后，他站起身刚要离开，章桐叫住了他：“等等，童队，还有一个情况。”

“什么？”

“我记得在现场的时候听海子说死者很有可能是当地惠风路派出所辖区内一个失踪人员，对吗？”章桐问。

童小川点点头：“没错，海子是这么跟我汇报的。”

“现在 DNA 比对结果还没出来，不过请麻烦先帮我问下死者生前是否有过什么脑科方面的疾病史。”章桐说道。

童小川一边朝外走，一边右手在空中做了个 OK 的手势。

童小川走后，助手顾瑜突然抬头，压低嗓门对章桐说道：“主任，你有没有觉得童队最近好像有什么心事？”

章桐耸耸肩：“他这几天应该是请假回去结婚，可是我怎么感觉好像局里面没有人收到过他的喜糖、喜蛋什么的？你收到了吗？”

顾瑜笑了：“堂堂分队队长怎么可能会给我这个初来乍到的二级警员发

喜糖，主任你就别开我玩笑了。”

“那他还真的不太像个新郎官。”章桐感觉更糊涂了，“刚才在走廊上遇到他的时候，我随口恭喜他新婚快乐，他却冲我瞪眼珠子发火，我怀疑我自己是不是眼花了？”

“你可没眼花，虽然说我们这么背后八卦别人不好，可是，主任，不知道你有没有注意到他右边的脸，离耳朵不到2厘米的距离，那里有一处伤疤，1.2×1.5的样子，从皮肤表面的恢复程度来看，应该是二十四小时之内形成的，所使用的工具嘛，显然就是女人的手指甲！”顾瑜一边整理相机，一边分析得头头是道。

“女人干的？”

章桐吃惊地抬头看着自己的徒弟兼助手。

“那是当然，因为只有女人动手打男人，才会大概率地用手直接去挠别人的脸。我想，这举动的形成应该取决于雌性动物的攻击本能吧。”顾瑜冲着章桐嘿嘿一笑，“主任，这么说吧，童队脸上的伤，摆明了是一只很懂得保养双手的‘母老虎’干的。”

4

又是一个阴郁的午后，安平市的秋天是个多雨的季节。一阵风吹过，惠风路派出所的院子里落下了许多发黄的枯叶。

“毕竟是秋天了啊！”二级警员郭敏轻轻放下了电话听筒，心情越发沉重起来。刚才那个电话是市局打来的，通知自己DNA检验结果出来了，这一切虽然是意料之中的，但是当结果真的摆在自己面前时，郭敏满脑子里却都是那天下午那对年近七旬的老人看着自己时的目光。

“小郭，结果出来了，对吗？”所里的教导员从后面房间探头关切地问道。

郭敏点点头：“是的，教导员，DNA匹配上了，死者就是季老爹失踪的儿子季庆宝。”

一声长叹。

“那我等下陪你去柴机新村吧。”教导员轻声安慰道，“小郭，我看你也不要有太多的心理负担，你已经尽力了。这个案子，市局的刑警队会尽快破案的，给死者家属一个交代。”

郭敏听了，无声地点点头，抬头看着教导员，脸上挤出了一丝笑容：“不了，谢谢你，教导员，还是我自己去通知死者家属吧，这毕竟是我的第一个案子。”

此时，屋外的天空中又开始下起了淅淅沥沥的小雨。郭敏走出门，向柴机新村方向走去，兜里的手机就不停地响了起来，是父亲打来的，只有他打自己电话的方式会这么无休无止不顾一切，虽然有些不情愿，郭敏还是停下了脚步，立刻接起电话。

电话那头父亲的声音充满了愤怒和不满：“你在哪儿？快回来，你姐姐又发病了，我管不住了，要马上送去医院。”

“我……”郭敏欲言又止，就像有一只无形的大手，狠狠地掐住了他的喉咙，半天才声音干涩地说道，“爸，求你了，一定要看住她，我马上就到家了。”挂断电话后，便转身匆匆走向相反的方向。

安平市公安局案情分析室里，章桐坐在最靠门的位置上，侦查员海子一见到章桐，便赶紧探身说道：“章主任，那个问题我已经落实过了，当地派出所的接警警官汇报说死者季庆宝生前确实患有严重的脑部疾病，根据他家人反映，在季庆宝六岁的时候，发烧烧坏了脑子，智商就一直停留在这个年龄了。后来因为家里的经济状况，一直吃低保，在确诊孩子脑子出了问题很难治好后，就只能停止治疗了，此后也没有上过一天学。”

章桐听了，不由得紧锁双眉：“单纯的发烧烧不坏脑子，他应该是别的病症所引起的智力低下，难怪死者的头围显示异常，这么看来，不排除大脑的非进行性损伤。”说着，她看了看四周，见人还没有到齐，便把公文夹推到海子面前，“我回下办公室，有些事情需要核实一下。这是完整的尸检报告，请帮我向陈局请个假。”

海子点点头。章桐便匆匆地离开了案情分析室。

离开柴机新村的时候，安平市区已经华灯初上。身心俱疲的郭敏夹着公文包，虽然穿着厚厚的警服，可是站在风里的时候，却还是止不住地浑身微微颤抖。

终于，他回头又看了一眼灯火阑珊的柴机新村，沉吟片刻后，轻轻地发出了一声叹息。

前面不远处是家小杂货店，郭敏快步走了进去，顺手从口袋里摸出钱包买了包烟，走到门口了，却又被胖胖的店主叫住："小伙子，你等等。"

郭敏转头，目光诧异。

"你忘了钱包。"胖店主的手一指自己面前的玻璃柜台，目光中露出了同情。

郭敏脸微微一红，狼狈地上前拿过钱包，刚想道谢，店主却又摸出了一个红色的一次性打火机："送你的，小伙子。还有哇，以前是没抽过烟吧？听叔一句话，少抽点，对身体不好。"

郭敏愣住了，许久，方才沙哑着嗓音答道："谢谢！"便匆匆离开了小店，一头扎进了无边的夜色中。

关上车门，长长地出了口气，耳畔突然变得死一般的寂静。车窗外时不时响起的撕心裂肺的哭号声也彻底消失了。

我回到了属于自己的世界。

我抽出烟盒，里面是空的，这漫长的夜晚很冷，我浑身微微颤抖。

不过，寒冷的感觉是最能让人回忆过去的。我干脆顺手关上了车灯，蜷缩在尚有一丝余温的座椅里，陷入沉思。

就像翻开一本厚厚的日记，多希望我能在字里行间告诉你——我母亲的样貌。

我想念我的母亲，然而问题就出在这里，因为她早就已经离我而去，我的记忆抹杀了母亲，比我父亲活着时对我的冷漠还更有效。

父亲痛恨母亲，所以在她死后，他便毫不犹豫地烧毁了所有曾经属于她的东西，却唯独留下了我。

我曾经在梦中见过我的母亲，不止一次，她就这么瞪着我，呆呆地，表情凝滞，面如死灰。

现在想来，那应该就是一张死人的脸吧，对吗？不过生与死对于如今的我来说，已经并不重要了。

在那个血红的晚霞遍洒天空的傍晚，我的父亲或许早就已经知道自己的生命即将终止。

我，却还要活在这个世界上。我会忘了我的父亲吗？当然不会。我会带着深深的负疚感继续活下去。

尽管这并不是我的错，但这却是属于幸存者的罪恶感。

父亲说过——我知道你在想什么，我也知道你为什么会这么做，可惜的是你却并不了解我。

第二章

“我们人的脑子里有一个柜子，柜子是由无数个抽屉所组成的，抽屉里装着的就是你各个阶段的记忆，有些抽屉你很久没有打开，上面落满了灰尘，却并不意味着这个抽屉会就此消失不见。”

1

夜晚的一场秋雨过后，黎明到来的那一刻，气温骤然下降了整整九度。

网安大队办公室的灯光彻夜未熄，连夜排除了一起针对本市某家大型电商平台的黑客 DDoS 攻击，饥肠辘辘的同事们都赶着去食堂用早餐的大馒头和豆浆庆祝了，网安大队副队长兼高级工程师郑文龙却一点都感觉不到饿。同事们走后，他鬼使神差一般又一次打开了邮箱，未读信件显示为零，也就是说，“潜行者”暂时消失了，就好像他从未真正存在过一般。网络世界是一个无形的现实社会，郑文龙再神通广大，也无法对“潜行者”做一个准确的评价，因为介乎于“黑帽子”和“白帽子”之间的人，谁都无法界定他的本质到底是属于正义，抑或是属于邪恶，但有一点却是可以肯定的，那就是“潜行者”在关键的时刻出手帮了自己。

郑文龙现在唯一担心的是“潜行者”的人身安全。他亲眼见到过改编那首曲子的人内心的冷酷，也就更害怕小杰的悲剧会再次在别人身上重演。想到那个在网吧中默默死去的孩子，郑文龙的心中不由得一颤，他不得不微微扬起头，这样的话，泪水或许就不会流下来了。他很清楚，对小杰的深深愧疚与自责将会陪伴自己很长一段时间。

正在这时，身后的玻璃门被人拉开。

“阿龙！”童小川拖着沉重的步子走了进来。

郑文龙感到有些意外，因为童小川满脸的疲惫表明了昨晚上他也一直都在加班。

“童队，新婚宴尔的，这么玩命工作就不怕嫂子到时候不让你回家啊？”郑文龙嘿嘿一笑，试图缓和一下房间里冰冷的气氛。

童小川却瞪了他一眼，咕哝了句：“老子还没结婚呢，你瞎说什么呢。”

郑文龙吃惊地看着他：“到底出什么事了，兄弟？”

听了这话，童小川的目光渐渐变得有些黯淡，他从裤兜里摸出烟盒，丢了一支给郑文龙，点燃后，猛吸了一口，这才靠在椅子上，仰天长叹道：“我们吵架了。”

“吵架不是很正常的事吗？”郑文龙哭笑不得。

童小川却摇摇头，反问道：“阿龙，我们认识也不是一天两天的事了，那你能告诉我你为什么突然放弃原来的生活，转而加入警队吗？据我所知，在局里，你的来历可是严格保密的，不到陈局那级别的人，根本就不能看你的档案。”

显然是触动了自己的心事，郑文龙脸上的笑容消失了：“其实这也不是什么秘密了，我学校毕业后，因为手头有几个专利，个人又很喜欢 IT 行业，便自己申请搞了个公司，刚开始的时候做的还是挺顺风顺水的，几款数字产品在网上卖得非常火。可是后来，出事了，我们公司设计出的程序被人用来做了诈骗工具，搞得人家家破人亡。警察找上门的时候，我才意识到，在这个世界上其实还有比钱更重要的东西，那就是正义。我想，过去在学校里，我既然学了这么多，那现在的我也该为这个社会做点有意义的事了，做人要懂得报恩，你说是不是？那时候正好陈局找到了我，问我愿不愿意加入网安大队，我就来了。”

童小川当然明白事实必定没有那么简单，但是又不便于戳破，毕竟这年头谁的心里都有那么一两个不愿意被人知道的秘密，便若有所思地看着郑文龙，半晌，轻轻一笑：“兄弟，看来我们的遭遇差不多。她竟然要我放弃刑警这个行业，婚后给我两个选择，要么辞职，工作她帮我安排，每个月把工资如数上交，安安心心做个家庭妇男，说什么现在流行这个；要么就申请去基层派出所当个每天家长里短的户籍警。我没犹豫，直截了当选择了第三种——不结婚了。结果她听了这话后，就在大庭广众之下结结实实甩了我一巴掌，然后趾高气扬地走了。”

郑文龙先是惊得目瞪口呆，半晌，便笑得连连咳嗽了起来，伸手指着童小川：“我的天哪，原来你也会心甘情愿被女人打。童队，现在弟兄们都在猜测你到底是中了哪门子的邪，这真正的原因难怪你说不出口了。”

童小川一脸的郁闷：“我难道就不要脸面了吗？再说了，啥叫‘心甘情愿’？难不成我还动手还回去？”

“对了，阿龙，说正事儿，那个家伙，后来有消息吗？”他皱眉追问道。

大家心里都很清楚“那个家伙”指的是谁。

郑文龙摇摇头：“我会盯着他的，只是，章主任那里，你就要多留点心了，我感觉他还没有达到目标，就不会放弃。”

“你说他这么做到底是图什么？千里迢迢杀一个警察，有意思吗？”童小川不解地反问道，“还自己花钱，难道说身体残疾，所以自己没办法达成这样的目标？”

郑文龙看了他一眼：“童队，这么跟你说吧，网络世界看上去比现实世界似乎要弱势一点，毕竟让人感觉网上的都是一些虚无缥缈的东西，你没有办法真实地去触摸到，其实，网络世界远远胜过现实，尤其是对于那些想掩盖住自己真实面目的人来说。就像这个‘暗网’，隐藏于网络最深层的一个神秘世界，在那里没有人能探究你的过往，也没有人敢去追踪你的将来，而在‘暗网’中，你能做任何事，却不会受到法律的制裁。刚才有一点你说得没错，但是我个人觉得这人或许并不是身有残疾，他只是非常聪明，因为我们根本就没有办法通过网络追踪到他的初始 IP 所在地，他就像一个并不存在的人一样，却又时时刻刻会在你防不胜防的时候出手伤害你。”略微停顿后，郑文龙的目光中闪过一丝冰冷，“童队，你难道不觉得这样的人非常可怕吗？”

“他为什么要单独针对章桐？”童小川紧锁双眉，“如果说仅仅因为她的身份是警察、法医，很多案子都经手过，相信其中的大部分是因为她所提供的证据被最终定性，这么做，难道就不怕自己的目标性太大了？而且以后我们的排查工作进行起来，难度也非常大。”

郑文龙在烟灰缸里掐灭了手中的烟头，想了想，道：“童队，要知道喜欢通过网络来实施犯罪行为的人，自己往往会在下意识中无法区分现实与网络世界的不同，简单来说，他会把自己所做的每一步都当作游戏中的通关打怪来获得最终的成就感。上个月，我们这边就破了一个通过网络进行敲诈勒索的案子，最终在暂扣的犯罪嫌疑人的笔记本电脑日志里发现了一个加密文档，里面是他所欺骗过的每一个年轻女孩的个人资料，包括裸照在内都逐一被记录得非常详细，甚至对下一个自己想要下手的目标也都做了极为细致的规定，比如说对方必须是什么文化程度、什么长相和收入多少之类，从最初的打工妹子到最后的高校女生，而他的终极目标，说出来你可能会笑，他居然想骗一个‘985’或者‘211’高校毕业的白领漂亮女生，然后娶回家做老婆，这样他就会感到自己在别人眼中倍有面子。用他的话来讲，那就是——这辈子，人生无憾了。

“回到前段日子沈秋月那案子上，我相信这只不过是周瑜打黄盖，一个在背后操控，一个在幕前实施，目的各不相同，面对事实各取所需，人家才不会在乎你李智明的案子到底谁才是真凶，他就是在网络上大肆贩卖自己改编过的曲子或者其他的什么程序，就跟撒大网捕鱼一样，但是对客户来源层面应该也是有一定的筛选的。说实话，我还并不是很清楚他对章主任是不是有目的而来，抑或说只是把这个当作偶然遇到的一个通关打怪的新奇挑战罢了。但有一点却是可以肯定的，那就是这样的案子比起普通人来说，会更有难度，打个比方来说吧，就相当于是被追捕的猎物反过来对聪明的猎人下了套，你明白其中的利害关系吗？”

童小川无声地点头："所以说，他是绝对不会轻易放弃这个目标的。"

"是的，"郑文龙伸手揉了揉发酸的眼睛，无奈地说道，"童队，想必你应该知道'江湖'这个词吧。在网络世界中，其实也有所谓的'江湖'存在，而要像武侠小说中所写的那样在江湖中扬名立万的话，'高手'就必须做出一些很厉害的、能博取人眼球的事情来。所以我个人倾向于这家伙是为了名利而来，而章主任就恰恰满足了他的两个条件——警察、女人。我相信此刻在'暗网'深处，不知道有多少人在等着看这一场刺激的'猎杀'呢。"

童小川的脸顿时沉了下来。

2

初秋的警官学院里飘满了桂花的香味，下课铃声响过后，兼职的犯罪心理学讲师李晓伟便抱着备课笔记走出了阶梯教室，穿过长长的走廊，向自己的办公室走去。

他在警官学院的课时并不多，下午还需要回医院一趟。目前为止，乔米月的心理干预治疗虽然并没有什么显著的成效，但还是得去做，尽管知道这将耗费自己很长的一段时间，可这和乔米月所受到的身心伤害相比起来，又算得了什么呢？

擦肩而过的几位同事和李晓伟打着招呼，李晓伟也逐一点头回应。

推门走进办公室的时候，掏出手机关掉静音模式，顺便看了眼屏幕，提示有微信未读信息。不免心中一动，知道是章桐给自己的留言，便心情愉悦地在椅子上坐了下来，打开阅读界面，可是随着文字的一页页翻过，李晓伟脸上的笑容却消失了。

信息是用图片的形式发过来的。安平市公安局的档案刚做完了电子化处理，所以传送起来比较方便。

这是一起至今都还未被破获的恶性强奸伤害案件，那位受害的女高中生由于案发时尚未完全成年，离十八岁还有一个月的时间，再加上案件侵害程度令人发指的缘故，因此在所有的记录中出于对受害者的保护，按照法规规定都隐去了她的真实姓名以及后来的去向，只有为数不多的一两个当事警官才会知道。这样的做法当然是为了能够让受害者重新开始自己的生活，但是李晓伟深知，这样的伤害无论发生在谁的身上，都没有人能够做到真正地彻底地把它从自己的生命中完全抹去。其实“忘记”这个词本来就是一个伪命题，人只要活着，根本就不会“忘记”曾经发生在自己身上的一切，更不用说那永远都无法愈合的疤痕了。说不记得，也只是暂时的自我欺骗罢了。

李晓伟皱眉想了想，随即拨通了自己老同学顾大伟的电话。

“大伟，问你个问题。”李晓伟伸了个懒腰，故作轻松地问道。

“无事不登三宝殿，说吧，老同学，啥事儿？”顾大伟长叹一声，自从上次被李晓伟又一次婉拒了之后，现在每次接起他电话，就总是忍不住长吁短叹，也不知道是出自真心还是在想方设法博得同情。

“你说一个人的记忆能不能被彻底抹去？”

顾大伟轻蔑地哼了一声：“你就拉倒吧，这个伪命题都是多少年前的‘冷饭’了，你现在还在炒啊？”话音未落，他突然又神秘兮兮地压低嗓门问道，“难不成你这家伙又遇到什么新案子了？快说来听听！”

“这倒没有，确切点说是一个老案子了，还记得当初我们读研时，系里请来的一个客座教授吗，就是那个头发全白的，我们管他叫‘白头翁’的？”

“当然记得啦，那老头讲话非常风趣的。”一说起以前学校里的事，顾大伟顿时来了兴致。

李晓伟赶紧插嘴打断：“你别光记得‘风趣’了，大伟，他的讲座，有关心理干预那个，我记得很清楚他曾经提到过一个案子，七年前的，受害者是个女高中复读生，据说当时很惨，人找到的时候就只剩下一口气了。你难道对这个案子已经没有任何印象了吗？”

电话那头半天都没有回应，答案是显而易见的。

李晓伟长叹一声：“就知道你记不住。那我就直接说吧，省得浪费时间。当时那教授说这个案子的时候，目的只是让我们不要忽视了‘危机心理干预’，因为那个受害者据说就是没有被及时进行‘心理干预救助’，所以后来承受不住打击而精神崩溃。我打听了下这个案子，结果被证实是真的，并且至今还未被侦破，属于典型的 Cold Case。”

“你为什么会突然想起这件陈年旧案？”顾大伟警觉地追问道，“难道说是为了你现在手头的这个案子？”

“是的，”李晓伟紧锁双眉，深深地吸了口气，道，“因为我怀疑凶手可能是同一个人。”

空气瞬间被凝固住了，电话那头一片死一般的寂静。

“兄弟，别开玩笑了，”顾大伟终于忍不住咕哝道，“上次请我吃饭的时候你提到的可不是这个案子。再说了，事情不会这么巧吧？”

“说老实话，刚开始的时候，我也确实只是怀疑，但是刚看了章医生给我的档案资料后，无论是手段的恶劣，抑或是受害者身上所留下的特殊的犯罪签名，都是一模一样的，老同学。”李晓伟的声音中充满了无奈。

“可是都过去这么久了……”顾大伟犹豫不决地说道。

“你有听说过‘模仿犯’这个词吗？”李晓伟顺势抬头看向窗外，满院的落叶俨然已经让这个季节有了几分初冬的萧瑟。

“老同学，这可开不得玩笑。”明显听出顾大伟声音中的不安。

“我从不做没有把握的事，不过，这次真的希望我的推断是错的。”李晓伟喃喃说道。

安平市公安局，陈豪办公室里静悄悄的。

章桐轻轻敲了敲门，看见副局长闻声抬头看向自己，这才说道：“陈局，我有点事想和你谈谈，不知道现在是否方便？”

“当然可以，快进来吧。”陈豪伸手指了指自己面前隔了一张办公桌的椅子，微微一笑。

章桐进屋坐下后，便把自己随身带来的文件袋放在办公桌上，然后悉数轻轻推到陈豪面前：“这个，想请你看看。”

陈豪微微一怔，手中的案卷已经发黄，上面的编号显示这是一份旧案卷，边打开边问道：“这是什么案子？”

“一起七年前的旧案，不是命案，确切讲是一起未破的恶性强奸伤害案，因为涉及的受害者尚未成年，所以根据相关规定，案卷中隐去了对方的真实姓名，需要法院同意，才能公开她的名字。”章桐忧心忡忡地说道，“陈局，就在刚才，李晓伟医生要求我帮他查询了这个案子，经过他的提醒，我也注意到了这个案子中，犯罪嫌疑人在受害者身上所留下的特殊签名和犯案手法，和我们最近正在处理的一起同类型的案件相似度非常高。”

陈豪有些吃惊：“七年？”

章桐点点头：“是的。陈局，我都仔细核对过了。”说着，她从案卷附件中抽出一张乔米月身体部位相片，“这是最近的那一起，我出的现场。陈局，你比对一下，尤其要注意伤口所在的位置。”

陈豪戴上了眼镜，然后打开了办公桌上的台灯，接下来便是漫长的等待，房间里的气氛变得格外凝重起来。

终于，他摘下眼镜，一脸凝重地抬头看向章桐：“那你是怎么判断的？一个人干的吗？时间跨度有些长啊。这个相片的像素，也有些看不太清楚了。”

章桐摇摇头：“虽然伤口的具体形状和成因，光凭相片没法具体判断，但是正因为太像了，就像翻版一样，所以这绝对不是一个人干的。陈局，我想我们现在所要面对的，是一个有严重强迫倾向的‘模仿犯’。”

章桐是无论如何都不会忘了就在刚才来陈局办公室的路上，李晓伟给自己打来的电话中最后所说的那句话——乔米月开口了，她说是犯罪嫌疑人叫她报警的，还说如果她不报警的话，就会杀了她。

3

新吴区惠风路派出所的接警大厅里，午饭随便吃了碗泡面后，趁着中午休息的时间，年轻的二级警员郭敏便独自坐在值班台前，开始在电脑上整理上午的出警汇总报告。

惠风路派出所是辖区中人员配置最少的单位，所以平时的工作也是比较清闲，就是家长里短的事多了点而已。

正在这时，面前的电脑屏幕上实时跳出了 110 接警中心的重大警情通知——三分钟前，本市柏庄路口发生人员被劫持事件，请就近派出所迅速派员前往案发现场调查。

郭敏心中一动，脑子里快速思考着：柏庄路口地段虽然属于邻近的昌南路派出所辖区，但是却和惠风路派出所只隔了两个路口的距离，管辖区上不会有太大冲突，如果自己现在赶紧过去的话，应该比他们还要早到现场。

他突然感到自己的心跳得厉害。

安平市新吴区柏庄路口位于城郊接合部，这里周边不只是人员构成成分复杂，而且每天都会有很多运送货物的重型货运大车经过，只要不下雨，柏庄路口便是灰尘满天飞，过往的行人都不得不掩住口鼻加快脚步通过。

郭敏判断得没错，自己确实是第一个赶到报案人电话中所说现场的警员，在和接警中心确认过后，他便停下警用摩托车，打开肩膀上的出警摄像仪，同时找到了早就等候在路边的报警人。

“刚才是你打的报警电话？”郭敏一边低头做着记录，一边语速飞快地问道，“劫持车辆朝哪个方向开了？”

……

“车辆有没有什么显著特征？”

……

“还有，你记下车牌号了吗？”

……

报警人是个三四十岁的中年男人，面对郭敏一连串的提问，他竟然只是满脸惊慌地伸手指了指右手边的国道路口，支吾了半天，却始终都说不出个所以然来。郭敏这才突然意识到眼前的这位报警人并不是接警中心通知中所提到的“口吃”那么简单，很显然他在突发事件的认知方面就有明显的障碍。郭敏不禁暗暗叫苦。

知道自己在对方身上已经再也问不出什么来了，郭敏便赶紧把情况通知了 110 接警中心，同时报出具体方位，要求视频追踪核实。

挂断通话后，他正准备进一步询问报警人，右手边一家圆圆包子铺的老板娘却径直挤过排队的食客跑了过来，气喘吁吁地说道："警察同志，警察同志，还好看见你了，刚才那报警电话，是这二愣子借我的手机打的。"

郭敏心中一喜，目测圆圆包子铺的直线距离离这儿也就不到二十米，便追问道："那你看见刚才发生的事情了吗？是不是真的有劫持人质事件？"

老板娘连连点头，却又突然摇头，打着哈哈挥手说道："那根本就不是什么'劫持'啦，警察同志，二愣子这人总是神经兮兮地乱说话，你不能信。"

听了这话，郭敏不由得抬头看了眼身边站着的中年男人，后者则是一脸茫然地朝着他刚才所指的方向张望着，似乎完全没有意识到自己的身边还站着人。郭敏心中便感到有些懊恼。

"警察同志，你也大人有大量，别怪二愣子，他够可怜的了。"老板娘一边在腰间的围裙上来回擦拭着双手沾染的面粉，一边嘀咕道。

"别老'二愣子，二愣子'的，他到底叫什么，他能回答我的问题吗？"郭敏皱眉问道。

"他叫赵凯，就住在这后面的沿街平房里，是本地人，娶的外地老婆自打去年跟情人跑了后，应该是受不了打击吧，脑子就会时不时地有些糊涂了。"老板娘赶紧半解释半抱怨道，"有时候他专注起一件事情来的话，就不管不顾周围人的，说又说不得，打人又犯法，真让人没办法。"

"那刚才到底有没有人被劫持？"郭敏皱眉问道，"要知道报假警可是要承担法律责任的！"

听了这话，老板娘沾了面粉的脸上这才露出了尴尬的神情："警察同志，你说的是那个疯女人吧，刚才发生的也不能说是劫持，那样会搞得跟电视里头演戏似的。没这个必要。咱做人要说实话负责任，你说对不对？那女人是跟人走了的，自愿的，没人强迫，我们这里开店做生意的几乎都知道她，平时就四处晃，据说从小脑子就有病。我店里生意忙，跟赵凯这个傻子也解释不清楚，一时没看住，他就拿走我手机打了报警电话，唉，真是牛脾气！"

"我没瞎说，她就是被人绑架了！"谁想到一旁的赵凯在听了这番数落后，终于开口了，并且越说越激动，冲着老板娘双手不断地比画着，声音嘶哑，“老板娘我跟你说啊，阿云就是被人绑架了，我没瞎说，我真的没瞎说……”

郭敏无奈地看着眼前的一幕，暗暗叹了口气，赶紧上前拉开了情绪逐渐失去控制的赵凯。

折腾了一个多钟头，几乎是筋疲力尽地回到所里后，在车棚里停好摩托车，还没有来得及摘下出警时用的腰带和警用械具，肩膀上的通话机便响了起来，110 接警中心通知他，经过落实，确实有人失踪，失踪人名叫田桂芳，四十二岁，不是本地人。

郭敏随口问了句：“她有没有精神方面的疾病？”

对方愣了一下，似乎在核对一些资料，很快便回复道：“具体不清楚，但是根据收容站多次收容的资料来看，疑似患有先天性的智力方面的残疾。”

柏庄路口本就是个城郊接合部，离国道也就五十米左右的距离，这里有外地流动人口本不足为奇，但是郭敏的心中却似乎总有着什么东西放不下。

终于，在做完这次的出警记录后，郭敏深吸一口气，然后果断地拨通了安平市公安局刑警大队值班室的电话。

4

此刻，安平市公安局法医办公室，午后的阳光永远都照不进这个阴郁的房间。

“‘人这辈子都不可能两次踏进同一条河流’！”章桐严肃地说道。

童小川斜靠在柜子上，皱眉看着眼前这个倔强的女人，小声咕哝了句：“谁说的？”

“古希腊哲学家赫拉克利特。”年轻的助手顾瑜忍不住在边上嘿嘿一笑，“不过童队，这辩证唯物主义的东西嘛，我跟你说了你也不一定会懂。”

意识到自己被顾瑜嘲笑了，童小川顿时尴尬得满脸通红，他假借着咳嗽把话题扯开了："章主任，这留下的'犯罪签名'都一模一样，受害者也是同样的类型，为什么你就认定不是同一个人干的呢？"

"抛开心理学角度这一方面不讲，毕竟这不是我的专业，童队你仔细想想看，目标虽然是同一类型，可毕竟在个体上还是有着显著的区别的，比如说身高体重之类，还包括作案时的环境，等等，所以，即使是同一把刀、同一个作案者，事隔这么多年，他都绝对不可能再在受害者的身上弄出如此相似度极高的伤口来。我仔细对比过了，左胸上的伤口，乳头缺失，乳房组织失去差不多 3 厘米的长度，所以用'翻版'这个词来形容一点都不过分。"章桐神情复杂地说道，"更别提在你来之前，我又做了一次彻底的比对，而这个结果，更是印证了行凶者不是同一个人，后面这个就是在刻意模仿。而且我严重怀疑这已经不是第一个受害者，也不会是第二个，更不会是最后一个。"

听了这话，顾瑜不由得轻轻哆嗦了一下，她下意识地伸手抱住了自己的两只胳膊。

章桐看了一眼童小川："七年前的那个年轻女高中生，虽然遭受到了歹徒非人的折磨，但是在她体内却找到了不止一个男性的生物检材样本，只是可惜的是库里没有比对得上的。七年前虽然说我们的刑科所还未成立，但是在 DNA 检验方面，还是在国内处于领先地位的，所以根本就不可能忽视恶性强奸伤害案中这一重大证据的提取。但是，这一次的案子，受害者的体内却只发现了一个未知年轻男性的 DNA 生物样本，数据库里不论是家族还是个人，也都没有能被比对得上的样本参照物。为此，我再一次复核了七年前的那起案件中所保留下来的受害者证据，结果证实除了这个未知男性的 DNA 样本不存在外，别的就连最基本的壬苯醇醚都没有找到。"

"你说的那是什么东西？"童小川不解地问道。

"上一代避孕套表层涂抹的能起到通过改变精子细胞膜渗透压，从而最终达到杀死精子的一种化学体外杀精剂的主要成分。

"我又把这次 DNA 样本和七年前的存档做了比对，如果是同一伙人干的话，那么这两批次 DNA 样本必定就有比对结果重合，但是结果很遗憾——没有。所以，"说着，章桐伸手从面前办公桌上的文件栏里取出一张化验报告纸，递给了童小川，“也就是这后面是彻头彻尾的一起模仿案！同时也并不排除与七年前的那一起只是巧合。”

听了这话，童小川突然认真地看着章桐：“章主任，其实我也还真的只希望这是‘巧合’而已。”他刻意强调了最后两个字的音量。

“我希望是。”章桐的目光中充满了无声的落寞与担忧。

市第一医院精神科门诊室内，李晓伟轻轻带上了房门，想了想，又留下了两指宽的缝隙，这样，等下乔米月醒来的时候，一眼就能够看到屋外的灯光。身为一个心理医生，他当然明白一缕灯光对于一位身心饱受创伤的人来说意味着什么。

每次陪乔米月来进行治疗的都是她的弟弟。这一次，也不例外。

“李医生，”面对着李晓伟，这个年轻男孩的脸上充满了急切的神情，“李医生，我听说你们能对病人进行催眠对吗？”

李晓伟心里一沉：“是的。但是这个用在你姐姐身上行不通！”

“为什么？”年轻男孩的脸上流露出一丝不满。

李晓伟在办公桌后面的椅子上坐了下来：“告诉我，你所认为的‘催眠’是什么？”

“很简单啊，你告诉我姐姐，叫她忘了那段可怕的经历，她就立刻忘了。难道不是吗？”

李晓伟微微皱眉：“深奥的名词解释你可能一时无法理解，那我就跟你打个比方吧。我们人的脑子里有一个柜子，柜子是由无数个抽屉所组成的，抽屉里装着的就是你各个阶段的记忆，有些抽屉你很久没有打开，上面落满了灰尘，却并不意味着这个抽屉会就此消失不见。”说着，他脸上的神情变得严肃了起来，“而真正可悲的是，作为这个柜子的主人，你却没有权利去决定永远锁上哪个抽屉，你也不知道什么时候哪个抽屉就会被打开，明白吗？

“催眠对于一个正常人来说，只是暂时性地关上了那个抽屉而已，但是将来的某一天，藏在抽屉中的记忆就会突然地且毫不留情地出现在你的生活里，到了那个时候，我担心的是你的姐姐可能会因为无法面对这突如其来的打击而导致精神崩溃。那时候，可就真的再也走不出来了。”说到这儿，李晓伟不由得一声轻轻的叹息。

今晚我不用当班，所以有点不习惯了。

你说，那我们干脆就聊天吧，就你和我，用这种最古老的方式来打发时间，我一口答应，但是话题必须要由我来选。

是的，今晚，我们一起来聊聊“恐惧”这个话题。

此时，屋内空空荡荡；屋外，夜晚的雨淅淅沥沥下个不停。

夜已深。

我闭上双眼。血红的夕阳中，我又一次看到了父亲诡异的笑容。他站在楼顶，就像一只大鸟，张开翅膀从天而降，他离我越来越近，我却听不见半点风声，周围的一切都变得那么寂静。

我不确定那之后到底发生了什么，记忆中，一个女人突然抱起我，像抱着个婴儿，她让我趴在她的肩膀上，用安抚的声音对我说：“闭上眼睛，什么都别看。”

我靠着她的肩膀点点头，但我怎么可能闭上眼睛呢？

身后传来一声沉闷的撞击，那是父亲生命终止的音符。我用尽全身力气猛地转过头，因为我非看不可，我得记住这一切。身为唯一的幸存者，我必须得记住自己父亲留给这个世界最后的样子。

那一刻的我，浑身充满了恐惧。而紧紧抱着我的那个女人，把她极度的痛苦和压抑也从颤抖不停的身上传递给了我。

她把头埋在我的胸口哭得撕心裂肺。

再次睁开双眼，一切都戛然而止。我大口地喘着粗气，却依然难以阻止浑身的颤抖。

哪怕屋里开着灯，只要是夜晚，我都会像现在这样用被子紧紧地包裹住双腿，这是我的习惯。我虽然已经是一个大人了，但是……我真的很不喜欢把腿露在外面，哪怕只是短短的一分钟而已。因为我总觉得漆黑的床底下会伸出一只冰冷的手，抓住我的脚踝，不顾我的尖叫，然后狠狠地把我拖回那恐惧的记忆中去。

没错，我的叫声凄厉而又悲凉，相信就连死人也会不得不用僵硬的双手来努力捂住自己的耳朵。

当然，这种事情应该不会发生，对不对？

恐惧虽然还在，但是你分明在告诉我说，它总有一天会消失的。

我心里清楚，我也知道，只要我小心翼翼地把脚藏在被子下面的话，那么，床底下的“它”就永远也无法得逞。

亲爱的，你知道吗，我突然有些想念父亲了。

第三章

“那能给我看看死者的状况吗？有脑部的尸检照片最好，如果可以的话。”沈教授的目光中分明流露出了一丝渴望。

1

在同一个地点，同一件事情上，一个人要倒霉的话，那么就只有可能倒霉一次。

绝对不可能有第二次的！

可是，同样的地点，同样的角度，甚至同一匹木马……无法想象！唯一不同的，只不过是今天没有下雨罢了，天气异常晴朗，万里无云。做一次深呼吸的话，还能闻到隐约的泥土的清香。

此刻的他极度可怜，两眼发直，冷汗直冒，呆呆地看着眼前的这一幕戏剧般的场景，嘴里来回念叨着三个字：“不可能……不可能……”

但是木马上的那张脸，凝固的笑容中分明带着一丝嘲讽的味道。

（四小时前）

郭敏停下了摩托，摘下头盔，抬头看了一眼晨曦中的安平市公安局大楼，复杂的滋味在心中油然升起。今天上午向所里请了半天的假，老所长对于自己的决定意外地表示了支持，只是在临走的时候，再三语重心长地叮嘱：“一定要冷静，不要冲动。无论结果是什么，坚持自己的观点做到最后才是最主要的。”

锁好车后，郭敏匆匆抱着头盔跑上台阶，昨天整整一个晚上他都没有睡好，翻来覆去却总是忘不了脑海中那张被印在寻人启事上的脸。虽然季家的案子已经不再归自己管，但是在郭敏的心中，那份疑虑却越发强烈了起来。

“请问，刑警队二队值班室在哪里？”初次来到这个地方，郭敏感到有些紧张，他不得不堆着笑脸一路打听才来到了二楼最顶头的那个大办公室。

进门处就是一个值班台，桌子上面的摆设和所里的配置是一模一样的，红黑两部话机、一台电脑、一本厚厚的记录本、满是污渍的马克杯，还有就是房间里充斥着的咖啡、烟草和泡面相混合的古怪味道。

面对着满是疑问的目光，郭敏紧张地解开了脖子上的风纪扣，然后出示了自己的证件：“我是新吴区惠风路派出所的二级警员郭敏，我想找负责山北乡抛尸案的主管谈话，对了，我昨天打过电话的。”

郭敏留了个心眼，他并没有说出昨天下午的那个电话里，对方生硬地教训自己——要好好专注于自己的本职工作，不要咸吃萝卜淡操心。

他连问清楚对方姓名的机会都没有，电话就被挂断了。

值班员微微一愣，却并没有阻拦，只是伸手朝后面一指：“最里面的小隔间，找我们童队吧。”

郭敏赶紧道谢，然后向里面走去。身后却传来一声善意的提醒：“小心点，进去时别踢着东西了。”

童小川才搬进这个小隔间没多长时间。与其说是“隔间”，还不如说是“杂货间”比较妥当些，因为 4 平方米左右的空间里，几乎无法落脚，四处都堆满了各种各样的卷宗和文档资料，更别提后面还摆了一张只能躺着不能翻身的小行军床，上面的被子胡乱地叠放在一起。床的另一面地上，是一只小行李箱，破旧不堪，窗台上随手摆着牙刷杯子、肥皂盒，还有一个装满了烟头的烟灰缸。

显然，这已经不只是单单供一个人工作的地方了。

郭敏微微皱眉，看着隔间正中央办公桌旁正埋头工作的童小川，犹豫着自己该如何开口。

“来都来了，有啥事就直接说吧，别干愣着。不介意的话，随便坐。”童小川头也不抬地说道。

郭敏突然听出了昨天电话中那个对自己吼了一通的人正是眼前坐着的童小川，不禁感到一阵阵的头皮发麻：“是我，昨天……我来过电话……”

童小川果然一怔，他放下了手中的笔，把视线从犯罪现场的相片中收了回来，目光在郭敏的身上从上至下滑过：“你就是昨天下午给我打电话的那个人。”

语气非常肯定。

郭敏点点头，把沉重的头盔腾了个手，这才又说道：“没错，是我打的电话。”

“你是户籍警吧？”童小川皱眉，这有些明知故问的味道。

“是的，”郭敏艰难地咽了一口唾沫，“同时负责辖区的治安工作。”

“通俗点说，就是家长里短、鸡鸣狗盗的事，对不对？”童小川干脆向后靠在椅背上，饶有趣味地看着眼前这位稚气未脱的年轻警察。

“是……是的。”郭敏脸红了，他听说过市局刑警队重案组的人都有着特别强烈的自身优越感，所以，也不好多说什么，便硬着头皮接着说道，“童队，我今天来找你，就是为了柏庄路口所发生的失踪案，失踪者叫田桂芳……”

童小川摆了摆手，打断了他的话：“我知道这事。不过我们这里很忙的，你不要侦探小说看多了，就什么事情都往连环杀人恶魔上想象，行不行？

“再说了，柏庄路口那事，我也看过监控，证实对方确实是自行上车，跟人走了的，并没有发生什么不愉快的事情，是不是一件案子如今看来还是个未知数。更何况这失踪的田桂芳本身就有智力残疾，属于流浪人员，居无定所。你又怎么能够以一个正常人的思维去考虑她的想法呢？

“难道说，这季庆宝的事就一定是个连环杀人案了？”说着，童小川的目光落在了郭敏肩膀上，“年轻人，刚入职没多久吧？”

郭敏尴尬地点点头：“月初刚入的职。”

“那就干好你的本职工作，明白吗？破案是要靠科学依据说话的，别想象力太丰富了。”说完这句话后，童小川便再也不愿意搭理他了。

郭敏张了张嘴，欲言又止，最终无奈地一声叹息，摇摇头，走出了办公室。

是啊，光凭直觉，连自己都说服不了，这事情怎么想也是无法再继续纠缠下去的。郭敏的心中感到说不出的沮丧。

公安局对面小街上不知何时开了家面馆，专卖黄鱼面。每到中午饭点的时候，面馆外面便排起了长龙。

章桐很少有爱吃的食物，似乎“食物”这个概念对她来讲，就是肚子饿了的时候拿来填饱用的，但是她却偏偏对黄鱼面情有独钟。

李晓伟目瞪口呆地看着章桐犹如举行仪式一般在面碗中依次撒入白胡椒粉、雪菜……最终拿起筷子时满脸洋溢着的幸福和陶醉感，让他都忘了自己面前也摆着同样的一碗热气腾腾的黄鱼面。

“你到底吃不吃？”章桐皱眉看着他。

“吃，我当然吃，”李晓伟嘿嘿一笑，嘴里含糊不清地说道，“原来你也有这么喜欢吃的东西啊。”

章桐愣住了，意识到李晓伟话中有话，不禁哑然失笑。两人虽然经常一起出来吃东西，但是这么让自己在意的美味，也还真是头一回。

“你笑起来的时候还是挺漂亮的呢。”依旧是含糊不清的话，李晓伟脱口而出的时候，不免在心中感到了一丝不安，因为这么直截了当地夸一个女人漂亮对他来说还是第一次，却是在这么一个似乎有些不太礼貌的场合中。不过还好，周围的环境实在是太吵了，章桐似乎并没有注意到自己方才的自言自语。李晓伟不免暗暗庆幸。真是越在意的时候就越害怕被自己所喜欢的人讨厌呢，无论是哪种方式。

走出小店的时候，李晓伟伸了伸懒腰，满足地打了个饱嗝：“谢谢你今天请客，下回我得把我那兄弟叫来，一定要让他也尝尝，真没想到这街头的苍蝇小店也有如此的美味呢！”

“你说的是那个开公司的顾大伟吧，”章桐摇摇头，“人家看不上的。”

“这不一定哦，我们俩还经常去大排档喝酒呢。”话刚说完，李晓伟突然注意到章桐有些心不在焉，知道她必定是牵挂下午的工作了，便轻轻一笑，委婉地说道，“那我先告辞了，下午还要回去备课。”

“等等，我有话说。”章桐叫住了他。

李晓伟赶紧转身，有点小小的激动。

“我对神经外科手术不太了解，因为这不是我的专业，但是我知道你是全科，你能不能帮我查一个手术，一个古老的手术。”章桐喃喃说道。

“当然可以，我的研究生导师就是神经外科手术方面的专家。”李晓伟嘿嘿笑道，心里却又一阵发虚，因为想起那个固执的老头知道自己最得意的弟子最终却选择去当心理医生的时候，那种愤怒可是无法用言语形容的，“我帮你问问……说吧，什么手术？”

“经眶脑白质切断术。”章桐想了想，接着补充道，“因为现存的资料不多，我主要想知道这种手术施行时的具体过程以及所产生的后果，这个后果，我更趋向于‘后遗症’。”

李晓伟心中一动，想了想，便放弃了继续追问的念头。就在这时，章桐的手机响了起来，她匆匆扫了一眼，便告辞向街对面走去。

看着章桐略显单薄的背影，李晓伟心绪复杂，他来到自己的车边，正准备打开车门的时候，耳畔就响起了一阵急促的警车鸣笛声，接着，街对面的安平市公安局大门全部打开，一辆辆警车飞快地开出大院，而警车的最后是一辆笨重的箱式警车，涂成黑色的车厢上面印着四个大字“技术勘查”。警车从自己面前呼啸而过，向城北的方向开去。

很快，街面上便又恢复了平静。住在这周围的人们已经习惯了警车的来来去去。

站在阳光下温暖的街头，恍若又是夏天，但是李晓伟知道，这只不过是自己的错觉罢了。

既然已经是深秋了，那冬天也就不远了。

2

郊外废弃的山北游乐场，警戒带被一直拉到了大门外的几根铁柱子上，马路的对面围了几个好奇的村民，旁边停着两辆溅满了泥污的摩托车。而那位发现尸体的倒霉的市建公司现场管理员则哭丧着脸，缩着脖子乖乖地站在童小川的面前，嘴里翻来覆去就一句话——“这不是我干的，这不是我干的……”

海子再也忍不住了，皱眉大声说道：“我知道不是你干的，但是，但是你怎么又……又发现了呢……你，唉，深呼吸，来，像我这样做个深呼吸，好好冷静一下，不然的话你再这个样子胡闹下去，叫我怎么做记录？”

“我真的没有胡闹。”市建公司管理员，一个四十好几的大男人终于像个孩子一般哭出了声，鼻涕、眼泪很快就糊了一脸。

海子重重地叹了口气，小声抱怨道：“哭什么哭，不就是发现了死人吗？跟个娘们儿似的。”

童小川顺手拍了拍海子的肩膀，低声道：“别急，我来吧。”说着，他从身上那件皱巴巴的牛仔服口袋里摸了半天，最终摸出一张纸巾，然后蹲下递给了报案人，和风细雨地说道：“老弟，擦擦眼泪吧，哭解决不了问题。”

中年男人啜泣着好不容易止住了哭声，眼泪汪汪地看着童队：“谢谢你，警察同志。”

“不哭就好，不就是个死人么，吓着了是不是？死人也没啥可怕的，”童小川微微一笑，“没几天就会忘了这事的，相信我，你回去后吃好喝好别想太多就好。对了，跟我说说，老弟，你到底怎么发现这具尸体的，还有啊，你怎么又来这里了？”

脸上笑归笑，可是童小川看着中年男人的目光中，却分明看不见一丝笑意。

阳光下，山坡上没过脚踝的杂草，木马上斑驳的油漆，头顶的帐篷因为破了好几个大洞，所以风吹过的时候，耳畔便传过了类似于鸟类翅膀扑腾时所发出的声音。

顾瑜转头看了看章桐，脸上流露出了惊愕的神情："主任，真的一模一样啊。"

章桐没有吱声，只是紧锁双眉，快步来到尸体旁，目光在尸体上从上滑到下："应该有些不一样的地方。"

"你说的是性别？"顾瑜问。

"不只。"她的视线落在了尸体苍白发青的脸上，放下手中的工具箱，戴上手套后，伸手轻轻掰开了死者的双眼。这一次，她看得更清楚了，右眼眼球上布满了血丝，而眼眶接近鼻骨处的部位则是一个更明显的空洞，上面凝结了厚厚的一层血痂。

"泪阜已经被打穿了，凶器应该类似于锥子，底部非常锐利。小顾，看来我们需要尽快对她进行开颅检查。"章桐严肃地吩咐道。

身后传来了童小川的声音："章主任，怎样？"

"死因需要尸检后才能确定，但是案件的性质方面，我现在就能告诉你——他杀无疑！"章桐头也不抬，语速飞快地说道。

尸体很快被装进了裹尸袋，抬上了简易担架，两人正准备离开，却见童小川站在那儿有些神情异样，直到章桐和顾瑜抬着尸体走过身边的时候，突然拦住了她们："等等，让我再看一眼死者。"接着，便不容分说地伸手拉开了黄色的裹尸袋。

见此情景，顾瑜刚要说话，却被章桐用目光拦住了，只能眼睁睁地任由童小川认真端详着死者已经有些轻微变形肿胀的脸。

许久，他才站起身，脸上的神情充满了阴郁："我想，我认识这个死者，她叫田桂芳，今年四十二岁，失踪时间是在昨天。"他咽了一口唾沫，接着说道，"所以，已经可以确定这是一起连环凶杀案，章主任，按照程序走吧。"

章桐点点头。

停下车，熄火，然后趴在方向盘上，透过车窗远远地看着废弃游乐场的门口，脸色阴沉的警察不断进进出出，最终抬出了一具冰冷的尸体，而整个过程就像在演一出极具讽刺意味的哑剧。

我不明白，人都死了，还要那么紧张干什么？他们不知道死人是没有时间观念的吗?

这个世界上的每个人都会死，唯一的区别只不过是死亡的时间和方式而已。

听我一句吧，其实有时候，真的不用太在意。

3

秋雨对于处在江南的安平市来说，是见惯不怪的。

但是秋雨有时候也会让人感觉心烦意乱，因为它不知道何时起就会突然来临，让人猝不及防。淅淅沥沥的雨声落在街头，来不及扫去的落叶很快便铺满了整条大街。

郭敏不会抽烟，可是站在公安局大院外的围墙旁，等的时间越长，心中的焦虑感就愈加浓烈。他把手伸进了裤兜，无意中摸到了那包还未全部抽完的烟，盒子空了一大半，只剩下为数不多的几根。那天在路边的小店里买了烟后，郭敏像很多老警察那样抽了几口，结果被呛得半死，弄得肺里充满了火烧火燎的感觉，但他还是流着眼泪勉勉强强地把那根烟抽完了，就像他逼着自己去习惯这种内心的自责感一般。老所长说得没错，这是自己作为一名警察的第一个案子，他只知道自己放不下，没有很崇高的理由，只是因为心里放不下而已。

强忍着咳嗽抽完了手中的烟，接着在路边的垃圾桶上拧灭了烟头。这时候的郭敏似乎下定了决心，他锁好摩托车，然后冒着雨向警局大院里走去。在出示了证件后，浑身湿漉漉的郭敏便按着路牌指引，直接穿过一楼大厅，来到楼梯口，下楼，拐弯，最终，闻着熟悉的来苏水味道，他敲开了章桐办公室的门。

“你好，我是新吴区惠风路派出所的二级警员郭敏，这是我的证件。”

顾瑜一愣，回头看了看正从更衣室里走出来的章桐：“主任，这有个小警察找你，派出所的。”

“有什么事吗？”章桐问。

“没……哦，不，有事，有事找您，是公事。”郭敏结结巴巴地说道，“案子的事。”

“案子？什么案子？”

“就是您现在正在办的那个案子。”郭敏有些紧张，章桐肩膀上的警衔标志可不是用来做装饰的。

听了这番没头没脑的话，章桐不禁微微皱眉：“我这边正忙着，有什么案子方面的事，出门右拐上楼，然后在二楼顶头最后一个办公室找童小川队长就可以了，明白吗？他是案子的负责人，一切都按照程序来！”

这明显是对自己下逐客令，郭敏急了，赶紧解释道：“我知道，我知道，可是这件事，我不得不找您，主任。您是负责尸检工作的，我只想见一见这个新发现的死者，哪怕只是见一下现场相片也好。”

“等等，你说你是惠风路派出所的？”章桐问道。

“是的。我知道案发地点是我的辖区所在地，但是报案的时候不是我值班，上一次是，但是这次他是直接打了 110，没有来我们派出所……”因为着急，郭敏渐渐地有些语无伦次了起来。

章桐感到不耐烦了：“既然不是你出的警，难道就要我来向你科普处理刑事案件的正常程序吗？真是无聊。你快走吧，我们这边的工作不能再耽误了。”边说，她边朝办公室外走去。顾瑜见状，只能乖乖地跟在她的身后，走过郭敏身边的时候，轻轻耸了耸肩，脸上露出了同情。

郭敏并没有跟进解剖室，只是呆呆地站在走廊上，进也不是退也不是。许久，他便拖着沉重的步子在一旁的简易长椅上坐了下来。这里的椅子只有一种功效，就是提供给来此认领尸体的家属稳定情绪时用的，因为在这条长长的见不到一丝阳光的走廊里，哪怕只停留五分钟的时间，心中都会感到一种说不出的压抑而无法站立，所以，有张椅子坐着，总比瘫软在地板上好得多，也来得比较体面。

不知道过了多久，耳畔突然传来了轻微的脚步声，郭敏本能地睁开了双眼，不由得一怔，顾瑜双手插在兜里，正歪着头认真地看着他。

“出，出什么事了？”郭敏赶紧站了起来。

“没什么事，你不用太紧张，”顾瑜微微皱眉，双手始终都插在工作服外套口袋里，没有拿出来，只是朝后面努了努嘴，“进来吧，我们主任有话要问你。”说完，她便转身朝解剖室走去，没走几步，却突然意识到郭敏并没有赶上来，不禁站在活动门边苦笑，“你是不是怕死人？”

“不，不，我当然不怕。”回过神来的郭敏便赶紧追了上去。

推开门的时候，一股混合了人体排泄物和血液的怪异味道扑面而来。

章桐没有抬头，只是冷冷地吩咐道：“给他找件合适的防护服，离垃圾桶近一点。”

这一次虽然没有像在上一个现场时那么狼狈不堪，郭敏好歹忍住了，不过所站的位置还是远离了不锈钢解剖台。

虽然一时之间看不清楚死者的脸，但是从墙上挂着的液晶屏幕里，解剖台上所发生的每一个动作都是清清楚楚的，包括死者的脸。

而这张脸，或许是因为同样的面无表情，抑或是郭敏已经在户籍登记资料上看了无数遍，所以印象特别深刻，他一眼就认了出来。

“难道真的是田桂芳？”他吃惊地伸手一指。

章桐听了这话，不禁抬起头，疑惑不解地看着郭敏：“这么说在她生前，你就曾经见过她？”

郭敏摇摇头，果断地说道：“不，人家报警时，是我第一个到的现场。但是当我知道的时候，她就已经被人带走了。这个事情，自始至终只是从来都没有人重视过的失踪而已。”

“为什么？”章桐轻轻放下了手中的无齿镊子，抬头不解地问道，“为什么会没有人重视她的失踪？”

“理由很简单，因为她是一个智力残障的流浪女，所以她活着的时候，没有人会相信她所说的每一个字，而她失踪了，也没有人会真正在乎。”郭敏喃喃地说道。

章桐心中一沉，她略加思索后便默不作声地沿颅骨锯线剪开硬脑膜与大脑镰前端，将其向后牵拉与蛛网膜分离："记下，蛛网膜下腔有明显出血。"

顾瑜按照吩咐在本子上记录。

章桐接着伸出双手，将两侧额叶向后上抬起，尽量靠近颅骨硬脑膜侧剪断嗅觉神经和视觉神经，然后将脑部逐渐向后拉，依次剪断颅内动脉、脑垂体及两侧第三至第七对脑神经，又沿着枕骨外侧缘向颞骨边缘剪开小脑幕，剪断三叉神经及其他各对脑神经。做完这一切后，接着用细刀尽量伸入椎管，切断脊髓，放下刀，最后用左手托住大脑，右手协助将大小脑连同脑桥和延髓及其深部的脊髓一并取出。最后剥离脑垂体周围组织，取出脑垂体。

这一切的动作犹如行云流水一般干脆利落，把郭敏看得目瞪口呆，脸上露出了佩服的神情。

章桐对着灯光仔细查看取出的脑部组织。过了很长的一段时间后，她抬头看向顾瑜："帮我接通李晓伟医生的电话。"

顾瑜点头，拿过工作台上章桐的手机，划开界面，找到速拨键，上面李晓伟的名字是第一个，便直接拨打了过去，然后按下了免提。

电话刚接通，章桐便语速飞快地说道："可以确定这次凶手失手了，死者脑部蛛网膜下腔出血很严重，并且伴随大脑白质和基底节部大片出血，多处孤立性血肿，排除病理性脑出血和外伤性脑出血，头部照过 CT，除了眼眶部位的外伤并无其他外伤的形成，所以，她的死因可以确定是经眶外伤性脑内出血。"

电话那头一片沉寂，半天过后，李晓伟的声音充满了无奈："看来，对方是不死心啊……我下午就回来，会马上去局里找你。"

章桐冲着顾瑜点点头，"可以挂了。"她接着对郭敏说道："虽然这个案子目前来说已经不属于你的职责范围，但我还是要感谢你的执着，你回去后，希望能放下这个心理负担，好好工作，加油！"

"谢谢！"郭敏勉强挤出一丝笑容，脱下防护服后，便神情落寞地转身离开了解剖室。

顾瑜若有所思地看着郭敏的背影，半晌，这才低声说道："主任，我怎么觉得这个小警察有点对自己的案子太投入了，这样不太好。”

章桐听了，迟疑片刻后，哑声说道：“说是这么说，可是当初我刚入行的时候，也是经常放不下，毕竟我们干这一行的都是活生生的人，而不是神，你说对不对？不过，相信时间长了就好了。把案子与自己的生活好好切割开，不要太受影响，否则的话，这一行干不长的，你明白吗？”

顾瑜默默地点头：“放心吧，我会的。”

4

李晓伟把车开进了安平市医科大学江南分校园区内的停车场，锁好车后，出示证件做了登记，接着便穿过熟悉的石拱门，径直向右手边的教授楼走去。

因为刚下了一场雨，地面上湿漉漉的，道路两旁高大的法国梧桐树几乎叶落殆尽，而教授楼旁斜坡上的那片火红的枫树林就显得格外突出了。他不由得停下脚步，仰天深呼吸，那雨后清新的空气和枫叶的清香让他全然忘记了即将到来的冬天的萧瑟。

“是小李吧？”一个苍老的声音在耳畔响起。

“沈教授。”李晓伟微微一怔，随即笑道，“我正要去你家，有个问题想请教一下。和你在电话中说过的。”

“我知道。”沈教授虽然满头白发，却精神不错，只是当李晓伟提到电话中所说的那件事时，他脸上的笑容显得有些僵硬，“走吧，去我办公室，有些资料在我电脑里存着呢。”

两人便顺着林荫道走进了红色砖瓦结构的教授楼，这栋楼是整个校园中最老的一栋建筑，建成后被修缮过无数次，李晓伟曾经听说过校方想拆了重建，却被教授楼中几乎所有的老头老太太们严词拒绝，理由是已经习惯了这里的环境。如今想来，这或许就是所谓的“念旧”吧。

“听说你现在做了心理医生，对吗？”穿过长长的阴暗的走廊，沈教授看似随意地问道。

李晓伟顿时脸红了，他支吾了半天。

“不，不，不，小李，你也不用太自责了，我从来都没怪过你，虽然你是当年我最得意的门生之一，但是这个世界上的每个人都有实现自己梦想的权利，所以呢，我很尊重你的选择。”说这句话的时候，老头一直背对着李晓伟。

“老师……”李晓伟感到鼻子有些发酸，他张了张嘴，想安慰老头，却又不知道该说什么才好。

办公室的门打开了，一股油墨香味扑面而来，木质的地板踩上去的时候发出了轻微的吱嘎声。一切都没有变，就连墙角的那具人体教学模型还是照着老样子斜靠着，头上被戏剧般地戴上了一顶牛仔帽。李晓伟记得很清楚，这顶帽子是那一年沈教授去国外讲学时，对方学生会送的临别礼物，老头视若珍宝，回国后自然也就送给了陪伴自己多年的这具人体教学模型了。

时光仿佛倒流，李晓伟习惯性地走向了办公桌边那张油漆斑驳的榉木椅子。见此情景，沈教授不由得微微一笑，便也在办公桌边坐了下来，伸手打开了桌上的电脑：“经眶脑白质切断术对于我们神经外科手术界来说，曾经是一场噩梦。”

老人沙哑的嗓音微微颤抖着：“医者仁心，很多事情虽然初衷都是好的，但是往往结果却是差强人意。经眶脑白质切断术是一种切除脑前额叶外皮连接组织的神经外科手术，最初起源于20世纪30年代，那时候是用来医治一些精神类疾病的神经外科手术，可以说是精神外科手术的鼻祖，治疗对象包括精神分裂症、临床抑郁症、躁郁症和部分忧虑紊乱症等，病人术后虽然变得温顺了，却往往会就此患上精神幼稚病，表现在丧失语言功能和智力低下，严重的还会丧失个人自理能力。”

“老师，也就是说，这种手术治疗好了病人可怕的一面，却往往会带来更可怕且难以想象的后果，对吗？”李晓伟问道。

“有所得必有所失，在医疗技术并不发达的那个年代，人们为了能够更快地解决眼前的问题，所以就做出了很多种尝试，虽然一开始的时候是有显著成效的，就像这个手术，成本低，并且操作简单，但是术后的恢复却显出了这个手术在设计上的很大不足。据我所知，它的后遗症还不只是精神幼稚病，还有别的……对了，小李，你为什么突然问起这个手术？”沈教授一边在电脑上搜索着，一边问道。

李晓伟也不隐瞒：“老师，情况是这样的，我现在不只是在第一医院当心理医生，同时作为警官学院的聘用讲师，我还会经常帮助警方办案……”

话还没说完，老头便是一阵剧烈的咳嗽伴随着沉重的喘息，他制止了李晓伟想帮助他的打算，颤抖着手从兜里摸出了一个喷雾器，连喷几下后，才止住了咳嗽，这时候老头的脸上血色全无，变得有些灰白。他的视线从电脑屏幕上转到了李晓伟的脸上，嘴里喃喃道：“小李，说老实话，是不是出人命案子了？”

李晓伟心中一震，微微点头：“是的，老师。”

“那能给我看看死者的状况吗？有脑部的尸检照片最好，如果可以的话。”沈教授的目光中分明流露出了一丝渴望。

李晓伟迟疑了一会儿，随即掏出了手机：“好吧，老师，你稍等，我给章医生打个电话，征求一下她的意见。”

“章医生？”

面对沈教授有些疑惑的目光，李晓伟竟然有些脸红，他嗫嚅道：“是案件的主检法医师。”

老头似乎有些领悟，便微微点头。电话很快接通了，章桐并没有拒绝李晓伟的要求，很快就给他发来了一张田桂芳尸检时的高清脑部解剖相片。

沈教授看了后，沉吟半晌，似乎是在犹豫着什么，很快，他伸手点开了电脑屏幕上的一个文件夹，名称赫然就是——关于经眶脑白质切断术的探讨。

“老师，这……”李晓伟不明白老头的意图。

“这虽然是一个古老的神经外科手术，确实也存在着很多弊端，但是作为一位神经外科方面的专家，我却从未放弃过对它的研究，毕竟去其糟粕留其精华也是一件有功德的事，你说对不对？”老头的目光中闪过一丝不安，“但是如今看来，我当年所打开的分明是一个潘多拉魔盒。”

“老师，你的意思是……”面对着沈教授脸上所流露出的异样神情，李晓伟不由得紧锁双眉。

老头长叹一声："这个手术虽然不人道，在国内也已经被禁止，但是当初我之所以这么做，也是有我的苦衷的，因为经眶脑白质切断术是目前唯一一种价格低廉，且术后病人性格温顺，完全丧失攻击力的手术。小李，要知道在这个世界上没有什么东西是能做到真正的完美无缺的，任何一个手术都有它不可避免、必须去面对的后遗症。而且，你现在做了心理医生，应该也知道有很大一部分病人，他们是没有办法被完全治疗好的，他们的生存必须要靠大量的药物，而这些药物中的多数是走不了保险的，也就是说病人的家属必须完全自费，对他们而言，这不亚于一场灭顶之灾。

"而我重启对这个手术的研究，就是想能够找到一种尽可能减少后遗症，并且在术后能让病人完全自理的途径，也算是我悬壶济世的一个心愿吧。"沈教授抬头看着李晓伟，神情落寞地说道，"当初在我所带的学生中提起这个研究课题时，有一个学生非常感兴趣……"

李晓伟心中一沉，但是他并没有出言打断老头的话。

"他和你一样，是个很聪明的孩子，也很有前途。"说到这儿，老头有些犹豫，似乎在内心挣扎是否要把那个人的名字说出来，最终，他艰难地转了个话题，"小李，你打电话给我的时候，我就觉得这个事情太巧了，简直有些不可思议。"

李晓伟点点头："老师，因为你在神经外科手术界是非常有名望的，而这个经眶脑白质切断术相信也只有老师你才能够给我一个完整的并且是极具权威性的答案。在来找你之前，我也曾查过一些相关资料，知道这个手术的背后有一段黑历史，但是个中内幕，我却并不知道。"说到这儿，他不由得长叹一声，"老师，你就放心吧，像你刚才所说，那个孩子或许真的只是对这个手术感兴趣而已，也不能就此说他就是犯罪嫌疑人，对不对？所以，老师，我觉得你不必有太多顾虑的。或许和他谈谈，还能找到一些新的线索呢。"

沈教授认真地看着自己曾经的爱徒，半晌，他移动鼠标，点击最后查阅者一栏，接着点开使用者的编码，随即跳出了学生档案，看着那张稚嫩的面孔，李晓伟不禁感到有些诧异。

沈教授轻声苦笑："说来也怪，他和你一样，最终也并没有选择成为一名神经外科医生呢。看来我这个死老头子确实挺讨人嫌的。”

说这个话的时候，李晓伟注意到老头的目光中闪过一丝悲哀。

“老师，我最后还有一个问题，想请教你。”

“当然可以。”沈教授点点头。

“为了以防万一，老师，我想知道这个手术除了刚才提到的后遗症之外，撇开手术失败所带来的死亡不说，还有没有别的意外可能存在？”

一听这话，沈教授似乎想起了什么，突然紧锁双眉，看着李晓伟，半天都没有说出话来。

和沈教授告别后，李晓伟便独自一人走出教授楼，径直向学院外走去。一路上，天空中飘起了蒙蒙细雨。寂静的校园里，还能够听到偶尔的鸟鸣。

但是李晓伟此刻的心中却感到了一种说不出的酸涩。他完全能够理解自己恩师的心情，虽然并没有直接证据表明就是那个年轻人干的，可李晓伟记得很清楚，在看了那张相片后，沈教授的目光中就再也没有了刚开始见到自己那一刻时的神采飞扬，相反，充满了深深的自责。学过医的人都知道，尤其是干外科的，每个外科医生的手法在外人眼中看似一样，其实却有着很大的区别。可想而知，悉心培养学生的沈教授所受到的心理打击有多么沉重。最后，站在校门口，李晓伟本能地转身朝教授楼的方向看了一眼，无论多么努力，片片枫叶间却已然看不到那栋深红色的砖瓦结构老建筑了，他默默地一声叹息，驾车离去。

站在窗口，沈教授陷入了沉思，他不是一个善于撒谎的人，或者说，但凡是做学术的，都不善于撒谎。他不知道自己刚才的那一番话是否最终还是让李晓伟起了疑心，却很清楚自己其实对于李晓伟放弃神经外科而去做了心理医生的这件事，一点都不感到吃惊。这是个对生活中任何事物都观察入微的年轻人，无论朝哪个方向发展，他都会有不小的成就。不像自己，已经走到了生命的尽头，自然也就无所谓对与错了，必要时候，该放弃的还是要学会放弃的，哪怕是做人的原则。

想到这儿，他拿起电话，拨通了一个没有被输入过手机的号码，这个号码已经被牢牢地刻在了他的脑海里，所以，他并不需要去刻意保存。电话接通后，沈教授毫不犹豫地说道："我看，警察已经盯上你了，你要小心了。"

又来了，这该死的记忆！

我梦到了父亲，再一次的，但是当我醒来的时候却怎么也记不起他的脸。

不知怎的，我越来越想他了，因为记忆中的父亲也曾经有过温柔的时候，我忘不了他不经意时看着我的眼神，虽然只是转瞬即逝，但是却足够驱散我心中所有的恐惧。

可是，这样的温柔，在母亲离去后，便在我的世界中荡然无存。

如今，我总是莫名地揣测着，父亲最后那一刻所张开的双臂，说不定就是来拥抱我的，因为那时候的我，就站在楼下，仰起头，看向空中。

他必定是看到我了，所以才会笑。

很奇怪，我一点都不感到害怕，只是觉得父亲笑得很诡异，却也很释然。不过，我也笑了，只是我的笑声，短暂得就像天边的流星。

人，如果能有第二次机会，那该多好。可惜的是，我越来越记不清父亲的脸了。不过这样也没关系，因为总有一天，我终归会把自己活成他的样子。

第四章

李晓伟点点头："会的，显然，他这么做是试图用自己的行动证明着什么，他知道自己从未被处理过，所以在你们系统里没有他的任何生物检材记录，他就能为所欲为。"说到这儿，他深吸了一口气，"这么说吧，他是一个典型的心理学上的'镜面人'。"

1

安平市公安局五楼的案情分析室里灯火通明，哪怕是大白天，都不得不如此，因为房间里的光线实在是太暗了，以前还能够做到勉强不开灯，但是当窗口的那株大槐树终于用树冠努力地遮盖住了房间里唯一的室外光线来源时，大家就只能选择最终的妥协，因为公安局只有权力抓坏人维持治安，却并没有权力随意砍树。

接连发生了两起诱拐并杀害智力残障人士的案子，并且最终是以一个诡异的方式来进行抛尸，这对案件的动机定性方面所产生的影响后果是非常大的。果不其然，参加会议的人很快便分成了明显有分歧的两派，却无一例外最终都把犯罪嫌疑人的作案动机归纳为伏击者类型的连环杀人犯，因为这种连环杀人犯的特点是在其熟悉而又能控制的场所范围内实施攻击行为，侵害目标一般都是身边的人或者被诱骗至其控制场所内的人，并且这种类型的连环杀手计划性极强，行事缜密，经常在相同的地点藏匿或者销毁被害者的尸体。

这些显著特征，与山北乡废弃游乐场中的木马抛尸案中的几处要点相对照起来，确实有很多相符之处，尤其体现在作案对象和抛尸现场上。但是身处同一室的章桐却总觉得有哪里不太对劲。所以，从会议开始后直至过半，她都没有说话，只是在静静聆听，时不时地紧锁双眉。

副局长陈豪注意到了章桐神情的异样，便找了个机会说道："章主任，作为本案的主检法医师，你有什么需要补充的吗？"

章桐听了，便点点头："我不否认大家的观点，本案无论从作案手法还是作案对象，直至最终的抛尸现场来说，都能体现出凶手是同一个人。我所关注的却是他为什么要如此执着于一个古老的并且已经被明令禁止的 20 世纪的手术，并且我可以确信我们目前所见到的两位死者，都只不过是他的试验对象而已。也就是说，他其实并不希望置人于死地，但是他显然更着眼于对自己成果的验证。所以，当出现自己不希望看到的结局时，我想他才会想到用在游乐场抛尸来做一点小小的弥补。"

"游乐场抛尸？"欧阳工程师小声嘀咕道，"难道说之所以选择游乐场，那只不过是因为死者都是智力残障人士而已？"

章桐无奈地说道："两位死者中的第一位，季庆宝，生理年龄四十岁，心理年龄却只有六岁。而另一位死者田桂芳，虽然没有详细的病历资料，但是根据最初接警时的那位警员所说，也是属于幼稚型，对事物的是非对错缺乏正常人的判断能力。我想，凶手应该是知道这一切的，所以最终抛尸才会用游乐场这种自我安慰的方式来画上句号。

"我以前经手过的一些发生在近亲或者恋人夫妻之间的冲动型杀人案，现场所发现的尸体上，很大概率都会有一些弥补的行为，比方说在死者的身上盖上一床被子，或者说把死者的尸体摆放得舒服一些。有一个案子中，甚至还帮自己妻子擦干净了满是血污的脸，而这些，我想都体现出了凶手对死者的歉疚感。

“至于说到那个手术，我想在这里有必要给大家详细解释一下。”说着，章桐从面前的文件袋里取出几张放大了的相片，然后逐一顺着椭圆形办公桌传递过去。

“这是几张在实施经眶脑白质切断术时的黑白相片，我是从网络上下载下来的，这种手术现在在我们国内，甚至于整个世界上，都已经明令禁止了。这种经眶脑白质切断术属于精神外科手术史上的第一例手术，设计的最初目的就是想通过切除我们人类的额叶部分来对某些特殊的精神病症进行有效的控制和治疗。打个比方说吧，就是做手术前，病人是一个极具攻击性的躁狂症患者，但是做完手术后，病人就会变得非常温顺，可以说是性格大变，并且不会反弹，这在一定程度上对于病人家属来说，是一种彻底的解脱。所以，在这个前提之下，那些术后的后遗症，比如说自理能力下降之类，就可以完全忽视了。因为某些精神方面的疾病，哪怕终身服药，也还是无法彻底治愈的，更不用说高昂的经济代价了。所以这个手术在20世纪的时候，还是得到过诺贝尔奖的。但是后来，这个手术被废除，不只是因为有了更好的治疗手段，最主要的原因，就是这个手术的后遗症实在是太大。”

说到这儿，章桐抬头看了一眼对面坐着的李晓伟，忧心忡忡：“有专家曾经把这个手术比喻为是一把双刃剑，病人在接受手术后，表面看去是有很大改观，但是内里却好像装了个定时炸弹一般。根据1996年开始调查的数据看，34名接受过此类手术的严重强迫症患者，六年后，其中20名可以勉强进行基本的个人生活自理和一些简单的维持生计的工作，但是剩下的14名中，却出现了自残乃至自杀的严重抑郁倾向，后来不得不进行药物强制治疗干预。我担心的是，犯罪嫌疑人如今重开这个手术，并且在不断地试验，他的最终目的到底是什么，而且在这之前，他还要做多少个试验才能停手。”

童小川问道：“那这个手术到底是什么样的，章主任能给我们简单介绍一下吗？”

章桐点点头，拿出一块白板，边说边在上面简单地绘出了大概的人体示意图：“在这个手术中，需要的工具是一把类似于冰锥一样的尖锐物体，还有就是一把榔头，别的什么都不需要，非常简单。补充一下，在本案中的第一具尸体上，电击所产生的灼伤出现在死者胸口，看灼伤的痕迹可以得出所使用的电压是很大的，而第二具尸体身上却没有发现电击的痕迹，也就是说本案中第一具尸体身上的电击行为可以推测为死者在经历过手术后，突发意外状况，导致心脏停搏，所以施行手术的人才会用电击法来试图让心脏再次跳动，结果是失败的，直接导致了第一位受害者季庆宝的死亡。”

“是不是可以说凶手的目的并不是想置他们于死地？”陈豪问。

“目前来看，结合第二具尸体的死亡原因判断，确实都是手术所引起的意外，并不是凶手刻意为之的结果。”章桐答道，她从公文包中取出了两张报告纸，让大家传阅。

“我接着结合本案再详细阐述一下，这是我刚拿到的第一具和第二具尸体的毒化物检验结果，发现了血液中有琥珀酰胆碱的人体转化残留物，这是一种被普遍用于临床神经外科手术的肌肉松弛剂，配合麻醉剂使用效果是非常好的，副作用也很小，并且很容易让病人昏迷。从而，在此前提下，将锥子经由眼球上部从眼眶中凿入脑内，破坏掉相应的神经，总之，整个手术过程是非常迅速的，哪怕没有专门的手术室都可以进行。所以在 20 世纪 30 年代到 40 年代的时候，这个手术在全世界非常流行，因为那时候的精神病患者根本就没有办法进行有效的药物治疗，而术后效果的评价也没有客观并且可信的标准。但是现在不一样了，从人道的角度出发，所以才会被禁止。”

听到这话，李晓伟不禁皱眉，神情凝重地说道：“我补充一下章医生的论述，关于这个手术，还有一个更可怕的后遗症，那就是不管成功与否，只要人还活着，术者都将会永久性丧失以往的记忆，并且永远都没有恢复的可能。所以说，这对术者的余生来讲，也是非常残酷的。”

痕迹工程师欧阳不解地问道：“两位，那难道说我们要抓捕的，竟然是一个急于用廉价手术来让人得到解脱的‘善良医生’？”

章桐摇摇头：“欧阳，我虽然无法回答这个问题，但是可以确定地告诉你，这个人绝对不是一个医生，因为医者仁心，哪怕是我们做法医的，前提条件之一也必须是尊重每一个活着的生命，而不是眼睁睁地看着两条人命死于自己之手，虽然是无心过失，但是也不能把手术的风险转嫁给这些无辜者，你说是不是？”

“那他手术成功了没？”欧阳紧接着问道。

章桐无奈地摇摇头：“从尸体上的痕迹来看，他太心急了。”

一旁的副局长陈豪听了，不禁皱眉说道：“手术还没完全成功的话，这么看来，下一个对象很有可能还是智力残障人士，需要通知各个下属派出所，立刻对辖区内所有的类似人员进行摸排走访摸底，并且及时提醒，尽量赶在下一起案件发生之前尽快制止，从而尽最大可能减少人员伤害事件的重演。”

会议结束后，童小川回到办公室，下属侦查员海子便从自己的桌子旁探头说道：“童队，案发现场附近的监控终于有结果了。”

一听这话，童小川不由得面露喜色，他紧走几步上前，顺着海子的手指看去，却是一愣，脸上的笑容也瞬间消失了：“等等，你再倒过去。”

海子照做了几遍，虽然监控中仍然无法看清楚对方脸部的具体长相，但是背影和动作却是清晰可辨的。童小川的目光因此而变得异常冰冷，果断地伸手一指：“把这张图截屏，马上发给我。”

监控视频的画面是黑白的，一角所标注的时间是凌晨一点三十二分，画面中一辆行驶的摩托车正在穿越离废弃游乐场最近的那个十字路口，虽然看不清骑手的脸，但是从抓拍画面上，童小川一眼就认出了那是警用摩托。这种摩托车区别于地方上的其他类型摩托车或者电动车，无论是车身体积还是排放量都非常大，尤其是车后座装有一个警灯。而安平市中配置这种摩托车的，除了交警之外，就是供给各个派出所警务站巡逻时使用。

童小川无法解释的是此刻自己的脑海中，为何总是出现那个前天特地上门前来质疑自己的小警察的身影。

是的，在他的手里，就抱着一个警用摩托头盔！

“难道是他？”童小川心中一沉。

网安大队办公室里，副队长兼高级工程师郑文龙紧锁双眉，看着自己面前的电脑屏幕，心中充满了忧虑。本能告诉自己必须小心谨慎，因为每一次的追踪行动都是充满着未知的风险的。虽然说很想再次进入那个可怕的“暗网”，但是却不能保证每次的进出都平安无事。

可是，难道自己就这么放任不管？自己加入警队的初衷不就是想在网络上惩恶扬善，维护正义吗？郑文龙轻轻闭上了双眼。不知道何时那首可怕的曲子又会在网络的任何一个角落中响起，那么，当年李智明杀妻案的悲剧就将会在别人的身上重演，凶手巧妙地利用了网络来伪装和保护自己。即使被抓，如果没有直接的证据，也很难在法律上把他严惩。想到这儿，郑文龙的心中不免感到一丝绝望和愤怒。

还有，“潜行者”到底是谁？

郑文龙猛地睁开双眼，呼吸也变得急促了起来，他突然想起“潜行者”最后发给自己的那一份加密邮件。郑文龙知道，但凡是“码农”，尤其是高手级别，几乎都会有一个炫耀心理，不论是出自本能，抑或是故意而为之，他们会在暗码中加入自己的特殊签名，那么，如果自己找到这个签名的话，或许也就能够找到这位“潜行者”。

郑文龙的脸上终于露出了孩子一般天真的笑容。

隔着玻璃窗，站在走廊里的侦查员海子有些担忧地对身边站着的张一凡说道：“张哥，听网安的兄弟们说，阿龙这些天一个人坐着的时候就总是这么神神道道的，叫他，他也听不到，你说他的脑子不会出什么问题吧？”

张一凡瞥了他一眼，小声嘀咕：“不懂了吧？阿龙本来就不是一个普通人，相信我，不然的话，陈局是绝对不会对他那么言听计从的。”

海子尴尬地嘿嘿一笑。

2

快下班的时候，天空中一阵惊雷闪过，转眼之间大雨便倾盆而下。

正好经过一楼大厅，章桐抬头看了看大楼外灰蒙蒙的天空，长长地叹了口气。自己早上出门的时候没带伞，也怨不得谁。

正在这时，身后传来了李晓伟的声音："嗨，真巧，等下一起走吧。"

声音中充满了笑意，章桐不禁感到有些惊讶，但也没有拒绝。

直到车开上环城高架，李晓伟这才充满歉意地看了一眼章桐："我想请你陪我去见一个人。"

章桐有些意外："现在？谁？"

"郭敏。"李晓伟打开雨刷器，看着雨水顺着摇晃的刷头在车前窗玻璃上留下了一道道扭曲的痕迹，他的目光中充满了忧虑，"我想和他好好谈谈，或者说，我只想近距离看一看，他到底是一个什么样的人。"

章桐听了，不由得心中一动："他干了什么？以至你要拉上我一起去。"

"他是个警察，二级警员，今年年初才正式参加工作。"说到这儿，李晓伟略微迟疑了一下，"提到另一个角色，你可能会感到意外，他是我的师弟。"

"我前天下午见过他，他来局里找我，为了第二具尸体的事。但是，"章桐更糊涂了，"说到这个人，他真是你的'师弟'？同一个医科大学的？"

"是的，我的导师沈教授的学生。我后来查了，那段时间因为学院本科部缺人，沈教授就暂时代了一个学期的课，他就是在那个时候接触的郭敏。老教授非常喜欢他，说他很有灵气。而沈教授是业内神经外科手术方面的专家，他当然也知道这个臭名昭著的经眶脑白质切断术。那天，在学院中他的办公室，他告诉我说他之所以研究这个手术，就是想找到一种避免后遗症的方法，彻底改善这个手术的本质，让它造福于人。但是后来，老教授不得不放弃了，因为一方面身体状况不是很好了，毕竟自己上了年纪；而另一方面，是因为从心底里，他感觉不到希望。但是老教授却很高兴自己的这个半路学生非常感兴趣，所以，他给了他联网查看自己笔记档案的电脑权限。"李晓伟缓缓说道。

"原来如此，"章桐不由得一声低呼，"我记得他那天来了我的办公室，就觉得他的神态有些不太对劲，因为第一次看我们进行尸检的，都不会那么镇定，真是一点都看不出来。"

李晓伟没有说话。车窗外的雨越下越大，渐渐地路面被一层雨雾所笼罩，前面的路牌显示已经过了柏庄路口，很快，就来到了新吴区惠风路派出所门口。停下车，李晓伟略加思索后，果断地说道：“等下还是你主导问题吧，我见缝插针就行，毕竟他见过你，心理上对你就不太容易设防，容易说真话。哪怕不说，表情和肢体上也会流露出来。”

章桐点点头：“没问题。”

因为在来之前，李晓伟就已经打过电话确认，所以此时的值班大厅里空荡荡的，郭敏一个人坐在值班台旁，看到有人走了进来，便站起身：“你们来了？请坐吧。”

坐下后，章桐开口就问道：“你是学医的？为什么要来当警察？”

郭敏一愣，或许是没有料到章桐会直截了当问这个问题，片刻迟疑后，便双手一摊，苦笑道：“章主任，这一点都不奇怪，我是个实实在在的普通人，你也知道五年学医毕业后，还要实习和当住院医师，薪水微薄不说，很长一段时间里也照顾不了自己的家人。所以呢，我就只能改行了，参加了当年的招警考试，很快就上岗，说起来还算是比较幸运吧。相比起在安平这个小地方当医生来说，基层警察的值班补贴还是挺可观的。”

一旁的李晓伟并没有说话，他也没有出言戳破郭敏精心编造的故事，只是认真地看着对方的双眼，静静聆听。

“对了，章主任，你们今天来找我有什么事吗？”郭敏问，“还有，这位是……”

李晓伟微微一笑：“我姓李，章医生的同学。”

章桐感到有些意外，却见李晓伟继续说道：“现在基层的工作一定很辛苦吧？”

“那是当然，毕竟是基层民警，很多事都是要处理的，工作起来非常琐碎。”郭敏的脸上露出了专注的神情，“但这么做却是很值得的。”

“为什么，单纯只是为了钱吗？”李晓伟看似很随意地追问道。

“不，也有一些是对这个职业的崇敬吧，章主任当初应该和我是一样的出发点吧。要知道现在基层当法医的女性可真的是凤毛麟角。”郭敏脸上露出了诚恳的笑容。

章桐双眉轻轻上扬：“我和你不一样。”

一时尴尬，房间里的气氛变得有些紧张。章桐接着说道："你既然是学医的，并且还是神经外科，就这么放弃的话，还是挺可惜的。"

"都过去了，不想那么多了。"

郭敏的话还没说完，李晓伟突然从风衣胸口的袋子里摸出了一张被仔细折叠的打印纸，也不打开，就放在桌面上，然后推到郭敏面前，一个字都没说，而脸上依旧带着淡淡的笑容。

郭敏不解地打开这张 A4 版面的打印纸，很快便认出了这是电脑的截屏打印稿，上面的相片正是自己，而时间是两年前："这……"

"这是你的一次电脑访问记录截屏，还有印象吗？"李晓伟目光专注地看着他，轻声问道，"沈教授亲自给了你这个联网访问的权限。"

郭敏并没有否认，只是茫然地点点头："你去过沈教授那里了？"

李晓伟没有回答他的问题："你再看看上面所访问的文件资料名称，别急，慢慢看，毕竟过去这么久了，有些事情还是需要时间回忆的。"说这些话的时候，他的目光始终都停留在郭敏的脸上。

郭敏下意识地咬了咬嘴唇，最终却只是摇摇头，同时把纸叠好后还给了李晓伟："对不起，我帮不上你，因为我已经不记得有这次访问了，离开学校后，我彻底忘了这些事了。再说了，即使我真的看了，那也代表不了什么，你们说是不是？"

章桐刚要开口追问，却被李晓伟拦住了，他冲着郭敏微微一笑："郭警官，谢谢你的耐心解答，打扰了。"说着，他便站起身，和章桐一前一后走出了值班大厅。

不知过了多久，窗外已经夜幕降临，郭敏这才伸手关了面前的电脑，然后站起身，回到后面的值班办公室。办公室房间很小，就两张桌子，面对面放着。郭敏在自己的桌前坐了下来，他掏出手机，划开锁屏，映入眼帘的是一张自己和姐姐郭亚茹的相片。记得照这张相片的时候，正好是自己去医科大学报到的那一天，姐姐送自己到学校，走的时候，两人便在校门口留下了这张合影。如今算来，这张相片已经在他的手机里存放了整整六年的时间，中间换过一次手机，郭敏都舍不得把这张相片删掉，毕竟，相片中的快乐记忆再也无法重现了。

姐姐是个性格倔强的人，就像父亲。母亲死得早，父亲从不管家里的事，从懂事起，自己的一切就顺理成章地指望着姐姐，或许是平日里依赖惯了，也或许是自己太粗心，直到出了那件可怕的事情……郭敏常常后悔不已，如果自己当初能够及时留意到姐姐身上的细微变化的话，或许还能来得及做出点什么去补救。可是“或许”永远都只能是“或许”，现实冰冷得让人几乎窒息。

“小郭，还不回家吗？”老所长推门进来问道，外面的雨下得很大，尽管穿了雨衣，他的帽檐还是被打湿了。

“我今晚路面巡逻，所长。”郭敏站起身，顺手拿过桌上的警用头盔。

“小伙子，干工作别太拼命了，要多注意休息。”老所长看了他一眼，语重心长地说道。

郭敏没有吱声。

3

安平市公安局网安大队办公室里，童小川神情严肃地看着郑文龙面前不断跳动的电脑屏幕画面，半天都没有说话。

“童队……”出于直觉，郑文龙从童小川的沉默中隐约感觉到了一丝不安。

“这个程序可靠吗？比中的概率高不高？”童小川紧锁双眉，沉声问道。

“这个你不用担心。”郑文龙轻轻一笑，“省里去年专门出面搞的大数据库，准确率是非常高的，当初录入数据的时候，那帮小子严格把全省每辆车的颜色形态特征用高清相机拍摄下来的，毫不夸张地说就连一根头发丝都不会放过，交警那边自从开始使用这个大数据库后，肇事逃逸的破案率几乎达到了百分之百。”

“哦，是吗？”童小川突然有些弄不清自己此刻的心情为什么会变得异常复杂，毕竟画面上正在比对的是一辆警用摩托车，因为夜晚光线不好，所以尽管路面用的是高清镜头，却没有能够看清楚骑手的长相，就连车牌号都无法抓拍到。而最初当童小川向郑文龙提出说要比对一辆车，并且补充说有可能是一辆警用摩托车时，郑文龙惊得目瞪口呆。

而这是目前为止唯一的线索。

不过还好郑文龙并没有继续追问下去，童小川才暗暗松了口气。数据库的比对是需要时间的，耳畔充斥着电脑主机运行时所特有的嗡嗡声，过去的每一分每一秒，对于童小川来说，都显得有些度日如年。

终于，电脑屏幕上停止了跳动，画面定格在一辆警用摩托上。右边的记录一栏里显示，这辆车确实被登记在新吴区惠风路派出所的名下。

“童队，警用车辆的使用都是有相关记录的，”郑文龙哑声说道，“一查记录就知道结果了。”

童小川轻轻拍了拍郑文龙的肩膀：“谢谢，兄弟。”很快，匆匆的脚步声传出门外，消失在走廊的尽头。

有些事情不用说得太明白。

李晓伟把车停在小区门口的玉兰树下，拉上手刹，熄火，瞬间车里便显得异常安静。

“他撒谎了，对吗？”章桐喃喃地问道。

“是的。”李晓伟答道，“人会说谎，但是肢体语言却不会。”

“那他为什么要这么做？”章桐抬头看着李晓伟，目光中闪过一丝不安，“难道他就不知道这个手术可怕的后遗症？”

李晓伟默默点点头：“他当然知道。”脑海中闪过沈教授自责的面容，他不由得轻轻一声叹息，“我想，他应该有着无法告诉我们的秘密吧。但是我觉得他不可能杀人。”

“为什么？”章桐不解地问。

“我虽然不知道他的生活中到底发生了什么，才会导致他最终心甘情愿地放弃了自己所追求的梦想，而选择了另外一种截然不同的生活，但有一点可以肯定的是，旋转木马的案子，绝对不是他做的。很抱歉，我现在不能告诉你具体的理由，因为这还只是出于我的个人直觉，毕竟我和他的接触仅仅只有今天这一次。在和他的交谈过程中，我感觉到他是一个‘服从型’的人。这种‘服从’绝对不是字面上的‘服从’那么单纯。打个比方来说吧，拥有这种性格的人，往往会在生活中不惜做出巨大的牺牲，而在他看来，这种‘牺牲’是自己的义务，是他必须去完成的，他没有别的选择，哪怕为此而放弃自我。”李晓伟认真地看着章桐，“总之，这是一个极富有正义感的人，他绝对不会为了一个手术和一己私利而做出任何草菅人命的事来。”

“他来我办公室是有他的个人原因的。”章桐说道，“他告诉我说，自己当班的时候曾经接到过一起失踪人员报告，因为失踪对象是一位残障人士，他就有些担心是第一起旋转木马案件的再次重演，为此，他曾经找过刑警队，希望他们能重视这个失踪报告。”

李晓伟恍然大悟：“要是我没记错的话，普通的失踪案，尤其是残障人士的走失，一般不会上报到重案组的。”

“是的，所以童小川显然并没有重视这条线索，后来，游乐场再次发现尸体。他得到消息后，就赶来警局找到我，要求验证下死者是否就是那位失踪的女性，很不幸，最终确定正是死者田桂芳。”说到这儿，章桐不由得叹了口气，“失踪案最初宝贵的那一段时间被浪费了，这是一个无法回避的严重判断失误。”

“这，这个，我想这也不能都怪你们，对不对？你也不要太自责了。”李晓伟结结巴巴地安慰道，“你们毕竟也是照章办事，没有做错什么。警察也是人，不可能神通广大、未卜先知……”

章桐没有回答，她沉吟半晌，接着拉开车门，钻出车后便头也不回地走进了小区。

看着章桐的背影逐渐消失在小路尽头，李晓伟不禁陷入了沉思，他忘不了郭敏紧咬嘴唇时那短短一瞬间飞快滑过嘴角的凝重神情。

这个年轻警察的身上到底背负着一个什么样的秘密？

4

我来了。

面对着你哀求的目光……

我就这么静静地看着你，我不会让你死去，至少是现在。我太熟悉你此刻身上的所有变化了。

我知道人死的时候，呼吸将会变得更加困难，变成间歇性的，就像你现在所感觉到的那样，死亡始终都在离你两三分钟的距离之外徘徊。

对了，你或许还能闻到它的气味——那是肮脏的腥臭味，却又伴随着一丝让人着迷的晕眩。

事实上，没有人会真正喜欢上这种味道的，相信我。因为这将是他在这个世界上所闻到的最后的气味。

但凡是知道自己必将死去的人，都会哀求上苍让那一刻赶紧来临，这样，自己也好尽快得到解脱。

就像此刻的你。

但是我不会让你死去的，至少是现在，不管你相信还是不相信，因为我打心眼儿里，真的嫉妒你。

是的，我要让你继续活下去，背负着只属于幸存者的罪恶感，活下去。

像我一样。

雨停了，夜色中宁静的安平市街头，闪烁的霓虹灯把城市的另一面静静地倒映在穿城而过的运河河面上。

因为不是雨季，所以沿河的城市泄洪洞口都是裸露在水面上的，由于位置处在堤岸下面，即使白天也很少有人在经过时会注意到这个角度，夜晚更不用说了，就连路灯的光也是朝着另一个方向。

虚弱地趴在泄洪洞边上，就像一只被疯狂扯碎的破布娃娃，与其说是自己醒过来的，还不如说是他把她用力晃醒了。伸手不见五指，所以她连他到底长什么样都不清楚，但是浑身上下那种生不如死的痛苦却会让她牢牢地记一辈子。

他粗暴地抓起她的右手，然后把一个手机塞进了她的手里，甚至还用力地握紧了一下，疼得她叫出了声。

黑暗中，借着手机屏幕所散发出的微弱光芒，她辨别出那是她自己的手机，粉红色的手机壳，上面的樱花吊坠完好如初，就好像刚才那一幕根本就没有发生过一般。

劫色完了应该就要劫财了吧，意识到这一点后，她便绝望地垂下了头，因为害怕而轻轻啜泣了起来。早就知道自己钱包中那两张二十块纸币是完全无法填补对方的贪欲的，可是，为什么自己就会这么倒霉？抑或说，眼前这一切只不过是一场噩梦而已？

脑子里一片混乱，浑身上下却又疼得要命，她紧紧地抓着手机，一时之间便陷入了迷茫之中。

“打电话，快！”对方压低了嗓门，声音恶狠狠的。

她不由得一阵哆嗦，手机终于从手掌心中滑脱了，落在水泥管道里，发出清脆的啪嗒声。

本以为会因此又招来一阵拳打脚踢，谁知，对方却只是无声地抓起手机，又一次用力地抓住她的胳膊：“打电话，打 110 报警！”

她呆住了，简直不敢相信自己的耳朵，嗫嚅道：“你，你说什么……”

“报警，就说你被人性侵了，至于地点嘛，就说是运河边的涵洞里，靠近金龙桥的地方。”对方丢下这句话后，便慢悠悠地穿好衣服，然后纵身跳下涵洞口，头也不回地说道，“我最后警告你，再不打电话，等到天亮的时候，他们就要给你收尸了，明白吗？”

恶魔般的脚步声渐行渐远。

也不知道过了多久，心中猛地一沉，恐惧感瞬间爬满了全身，她咬着牙爬起身，强烈的求生欲望逼得她不得不颤抖着右手打开了手机屏幕，身体上的剧痛让她几乎哭出声，终于，她摁下了 110 三个数字。

电话很快就接通了。

“你好，安平 110，请问有什么可以帮助你？”

“救命……请救救我……”屈辱的泪水顺着脸颊无声地滚落下来。

是的，噩梦终于结束了。

与此同时，安平市城北的街面上静悄悄的，路灯昏黄的灯光投射在柏油马路上，远远看去，昏黄的灯光在夜雾中若隐若现。

一小时的街面巡逻很快就结束了，平安无事。

紧握车把，刹车，摘下头盔，漆黑的夜色中，郭敏本能地环顾四周，这才发觉自己竟然又一次来到了第九人民医院的门外。

他的心顿时被紧紧攥成了一团，这个地方让郭敏感到窒息，但是却又不断地出现在他的脑海里，因为，在过去的整整四年时间中，他来过这里的次数都已经记不清了。

现在是凌晨一点二十七分，他干脆把摩托车直接驶入了医院大门，在住院部前停了下来。下车后，便径直走进了住院部值班室。

本就没有人会去拦阻一位身穿制服的巡逻警察，更何况值班住院医师孙强认识郭敏，因为每一次他总是会在半夜时分出现，也总是看一眼就走，从不会多说什么。

长长的走廊寂静无声，就连两人一前一后行走时的脚步声也变得小心翼翼，尽管病房中的病人因为服用了药物，本就睡得十分沉，但是郭敏似乎并不想让房间里的人知道自己来过。

隔着紧锁的病房门，透过玻璃窗，郭敏看到了姐姐。冰凉的月光从窗口照射在床上，此刻，她正蜷曲着身子，像极了一个在睡梦中的孩子。

他点点头，转身便顺着原路返回到住院部值班室门口，正要走，孙强下意识地小声说道：“你姐姐……”

郭敏停下了脚步，没有回头：“她怎么了？”

“她恢复得很好。”孙强迟疑地说道，“还有就是……”

郭敏无声地苦笑：“孙医师，你放心吧，医药费用我不会拖欠的，我只有一个要求，治好我姐姐，看住她，不要让她再继续伤害自己。我工作忙，请多理解。”说完这句话后，他便走出了住院部，骑上摩托车扬长而去。

看着郭敏的背影，值班医师孙强不由得一声长叹：“我尽力而为吧。”

章桐到家时已经过了凌晨三点，穿过黑暗的房子，看见屋外对面大楼里还有晚睡的人亮着昏暗的灯光，她的心情舒缓了许多。她把提包、外套和鞋子都放在走廊里的长凳上，然后在厨房里稍做停留，帮丹尼打开了一盒狗罐头，接着自己便喝了杯水，同时看了眼手机。

从李晓伟的车上下来后，她本想早点回家，但是在拐进楼栋口的时候，却接了个电话，是安平市急诊中心自己认识的一个年轻急诊医师秦刚打来的，她听得出电话那头的年轻医师已经在竭力控制自己的情绪了，可是讲话的声音却依然微微颤抖，甚至还有些语无伦次，而这种情况发生在“久经沙场”的急诊医师身上，是极不寻常的。章桐无法拒绝，便回头重新打了一辆出租车，按照电话中的指点，直接去了市第一人民医院，之所以去那里，是因为第一医院的急救设备是全市最好的。

不出所料，又是一起恶性伤害案。被性侵的女孩就像一具破布娃娃一般被丢弃在沿河的涵洞里，苟延残喘等待着救援。

“我从没见过这么严重的伤势。”站在 ICU 病房门口，身上沾满血污的急诊医师秦刚压低嗓门，目光中流露出了一丝恐惧，“一个脑子正常的人是绝对做不出来这种伤天害理的事的。所以，我就想到或许这，这个人不是第一次干，章医生，我，我不知道……”

隔着玻璃窗，章桐紧锁双眉，她缓缓脱下了身上的无菌手术服，神情凝重地对急诊医师秦刚说道：“秦医生，你不用怀疑自己的判断，这确实不是第一次。这个案子，我接了，我会通知重案组过来的，到时候你配合一下工作。”

秦刚点点头，却又难以掩饰眉宇间的担忧，他沙哑着嗓音说道：“谢谢你，章医生，这么晚还让你跑一趟。”

章桐笑了：“都是为了病人和工作，再说了，我们也已经习惯了。”

回到家，想着还有不到四个小时的时间又要去工作了，章桐瞬间便无了睡意，如水的月光洒满了整个房间，看着心满意足的丹尼伸着懒腰重新又爬回了狗窝，她不由得靠在身后的椅背上，盘起双膝，陷入了沉思。

不知过了多久，天边露出了一丝鱼肚白，章桐瞥了眼桌上的手机，时间差不多了，她便抓过手机，拨通了李晓伟的电话。

“我需要你的帮助……”

5

一切突发事情的开始似乎都会有一个难以解释的征兆，郭敏尝试了很多次，都没有办法把腰间的警用制式腰带顺利解下来，应该是哪里被扣住了吧，他略略感觉到了一丝不安。老所长每天都来得很早，今天也不例外，所以，当他在派出所大院的车棚里看见乱了方寸的郭敏时，便上前伸手帮了他一把。

“小伙子，别太心急，这种腰带都有一个暗扣的，一旦挂上了，就很难自己打开。”老所长笑眯眯地说道，“我就在这上面吃过很多次苦头呢。”

很快，暗扣解开，腰带应声而落。郭敏尴尬地笑了笑，正要开口说话，大院入口处走进了两个人。

“请问，哪位是郭敏郭警官？”来人掏出了自己的警官证，“我们是市局刑侦二队的，我叫张一凡，这是我同事李海，请你现在跟我们去一趟局里配合下工作。”

老所长听了，顿时惊得目瞪口呆。郭敏却似乎早有预料，他并没有多说什么，只是冲着老所长点点头，沙哑着嗓音说道：“所长，我去去就回，值班巡查记录本请帮我填一下。”

说着，三个人便一前一后离开了惠风路派出所。老所长手中拿着腰带，紧走几步来到大门外，看着远去的警车，心绪复杂。

“所长，”教导员的自行车在老所长的身后停下，“出什么事了？”

“他们带走了小郭。”老所长心事重重地说道。

“他们？”教导员不解地问道。

老所长抬头看了一眼自己的老搭档，沉声说道：“局里刑侦二队的人，说是要配合工作。”

“这，这不符合程序啊。”教导员隐约感到了一丝不安。以往也有被要求去局里协助调查案件的经历，但那通常都只是提前来一个电话，然后自己过去就可以了，眼前这一幕，却让人感觉很是别扭。

“小郭不会有什么事吧？”

老所长果断地摇摇头：“他不会有事的，我了解这个孩子。”

安平市公安局法医办公室，章桐手上拿着两张脑血管造影 X 光片，踮起脚打开灯箱，然后逐一把它们夹了上去，接着，便对一旁站着的李晓伟说道："这是我今天找你的第一件事，注意看这两张 X 光片，你看出其中的差异了没有？"

李晓伟刚想摇头，突然眉头一皱，伸手指了指右边的那张："这一张，明显比那张手法要娴熟许多。虽然损坏了很多脑血管，导致大面积出血的阴影，但是它的路径，至少是摸索对了。"

"是的，"章桐的目光中充满了忧虑，"你也知道这是两张旋转木马抛尸案死者的 X 光片，对吧？"

李晓伟点点头："对，看被切除的脑白质阴影部分就知道，我想，他是在摸索做这种手术的手法。"

"我担心他真的不会就此罢手。"章桐轻轻叹了口气，转身看着李晓伟，说道，"但是我没办法阻止他，这才是最让我感到闹心的事。"

李晓伟没有说话，他在等她继续说下去，他还从没有看到过章桐此刻脸上的神情。

果不其然，章桐的口气变了，她有些举棋不定，声音中充满了犹豫："可是，我还有个想法……"

李晓伟双眉一挑："那就说来听听。"

"我们既然已经知道这个手术的真正用途所在，那么，在现今发达的医疗技术手段下，还有继续研究这个手术的必要吗？甚至不惜用活人来做实验？"章桐不解地问道。

李晓伟沉吟片刻后，说道："是的，这个已经被淘汰的手术放在现在，确实显得有些多余，而且手术后遗症一大堆，所以再次研究，确实是有些让人觉得不可思议。虽然说沈教授再三表示是因为想另辟蹊径，降低治疗成本，但是在我看来，这个理由显得有些牵强。除非……"

"除非什么？"章桐顿时警觉了起来。

李晓伟神色凝重地说道："我记得沈教授最后说过一句，这个手术有个后遗症，就是一旦手术成功，患者以往的记忆就会彻底丧失，并且再也没有被恢复的可能。”

“说下去。”这时候的章桐似乎想起了什么，转头继续看着那两张X光片，因为她的身材有些矮小，灯箱又做得比较高，所以为了看得更清楚一些，她不得不高高地昂起头。

“你也知道的，我们人的记忆共分为三种——短时记忆、联想记忆和感觉记忆，有时候看上去我们会随着时间的流逝而遗忘某些人或者事物，但是实际上它们只不过是被我们的大脑转移到了深层脑细胞而已，只要时机恰当，它就会被唤醒，手段多种多样。”李晓伟伸手指了指右边那张脑血管造影X光片，“但是这种手术却能彻底破坏负责记忆的脑细胞，也就是说，人为地造成一个记忆断层，彻底遗忘过去。”

“这样的话，对人脑的损伤是非常大的。”章桐喃喃地说道，目光却始终都没有离开过那两张灯箱上的X光片，“不过，我总觉得他这么做的话，抛开法律层面不讲，真的有点愚蠢。”

“确实无法理解他的动机。”李晓伟道。

就在这时，顾瑜推门进来，怀里抱着刚打印好的尸检报告，她应该是听到了刚才屋里两人的对话，于是，前脚刚进门，便直截了当地说道：“我看啊，主任，这个家伙应该是想在这种早就被淘汰的手术中寻找一种能永远毁掉别人记忆的方式，不然的话，你说他为什么要这么孜孜不倦呢？”

“这……这不惜把术者变成一个幼稚园的孩子，代价未免也太大了吧？”李晓伟断然摇头，“不可能，除非这人疯了。”

“不，他没疯！”章桐冷冷地说道，“小顾说得对。他在试图破坏大脑的颞叶海马回，而颞叶海马回一旦被破坏，就会发生不可逆的记忆障碍，我想术者会因此而彻底忘记以前的一切，并且导致听觉和嗅觉的丧失，取而代之的是不断出现的梦幻觉。这样一来的话，就真的彻底疯了。”

顾瑜听了，却呆住了：“如果是这样的结果，那还真的是不如死了算了。”

一旁的李晓伟听了，不由得微微一怔，他若有所思地看了看章桐，故作轻松地说道：“那第二个呢，你说过今天找我有两件事的。”

“今天凌晨两点左右，你们第一医院急诊中心的人接收了一个特殊的病人，她是一起恶性性侵伤害案的女受害者，人还活着，和乔米月一样，”说到这儿，面对李晓伟惊愕的神情，章桐伸手抓过桌上文件栏里的一份病理检验报告，递给他，“这是伤者的伤情法医病理检验报告，和乔米月所受到的伤害，一模一样。”说最后四个字的时候，章桐刻意加重了语气。

看着报告上的每一个字，李晓伟的双手不由得微微颤抖，这女孩还活着简直就是一个奇迹。

“她，她是怎么被你们发现的？”

章桐直视李晓伟的双眼：“是他让女孩自己打电话报警的。如果再晚一些的话，就是失血性休克导致的多脏器功能衰竭死亡。”

“天哪！”李晓伟脑海里顿时出现了乔米月那呆滞的眼神，这哪里是奇迹，简直就是诅咒。

“如果只是出现一次的话，或者说只是出现小米那一次，我也许还会认为这只是‘一次’，但是现在看来……”说到这儿，章桐不禁长叹一声，“真的如你所说，只能从心理的角度来分析了，很可惜，这并不是我的专长。”

“主任，你的意思是说，还会有下一次？”顾瑜面色苍白。

李晓伟点点头：“会的，显然，他这么做是试图用自己的行动证明着什么，他知道自己从未被处理过，所以在你们系统里没有他的任何生物检材记录，他就能为所欲为。”说到这儿，他深吸了一口气，“这么说吧，他是一个典型的心理学上的‘镜面人’。”

6

你绝对不会相信，一个真正品味过恐惧的人，无论过了多长时间，最愿意接近的却仍然只是“恐惧”——别人的“恐惧”。因为已经熟悉了这种特殊的滋味，就像一个对其上瘾的人，痴迷于在别人身上继续复制着那曾经属于自己的“恐惧”。

就像回到当初，隔着那层薄薄的板壁，闷热的空气让我几乎窒息，我却依旧用毯子裹紧了双腿，冷眼旁观那一刻自己所流露出的无助和恐惧。

只不过这一次，我再也不用颤抖了。

无论我愿不愿意，我还是变成了那个曾经被我诅咒过无数遍的人。

而这，说来真是讽刺，竟然是我战胜恐惧的唯一方式。

安平市公安局刑侦二队办公室里，一切都和自己第一次来的时候一模一样，只不过，周围人的目光却变得异常陌生，郭敏的心中感到很不是滋味。

童小川并不在，张一凡打开了他的办公室，伸手指了指办公桌对面空着的那张椅子："坐下吧，我们有些事情想问问你。"

还好不是旁边的审讯室，知道对方可能是顾及自己的面子，郭敏点头，坐下后，心中便涌过一丝异样的感觉："你们童队呢？是不是他来找我问话？"

海子笑了笑："童队开会去了，我们先开始吧。"

张一凡准备好了小型摄像机，随即便转身，清了清嗓子，说道："好了，现在时间是10月9号上午7点28分，地点是安平市公安局刑侦二队办公室，问讯事由：山北乡废弃游乐场旋转木马区抛尸案，问讯对象：新吴区惠风路派出所二级警员郭敏，警号******。"

这些都是标准的问讯步骤，郭敏却下意识地深吸了一口气，坐直了身体，他有些紧张。

"下面是具体问题，郭警官，"说到这儿，张一凡认真地抬头看了眼郭敏，"第一个问题，请问你是什么时候正式加入警队的，具体负责什么工作？"

"实习期从4月1号开始，正式工作是10月1号，具体工作是派出所里的民警，负责日常的治安工作和街面的夜间巡逻，因为我们所里人不多，所以要干的活就多了些。"

张一凡微微一笑："好的，那第二个问题，郭警官，跟我说说你平时的夜间巡逻范围好吗？"

"从火车站的安定桥东侧开始，到柏庄路口西侧，北面的话，从中山北路和上南塘桥交叉路口北侧到惠风新村，总共巡逻时间是一个小时。"

海子和张一凡不禁互相对视了一眼，海子问道："你们夜班是几个人一起巡逻？"

郭敏微微感到了一些不满，他皱眉答道："出于安全考虑，按照规定是两个人，但是辅警不能单独行动，因为他们没有执法权，而遇到接警多的话，所里又需要有人留守，故此巡逻时实际上都是一个人，随时和接警中心保持联系就是。这种情况在夜班的时候是很正常的。"

海子认真地看着郭敏的双眼，接着问道："那你们所里巡逻用的警用摩托车都是固定一个人在用吗？"

郭敏点点头："一部车两把钥匙，备用的那把都在值班室的墙上挂着，一般不会有人动用。"

"那十一假期这几天，你都上的夜班吗？"

郭敏的心中闪过一丝警觉："重大节日期间所里都是处于战备值班状态的。"

张一凡双眉一挑，声音也变得尖锐了起来："那好，你能给我解释一下为什么 10 月 4 号凌晨 2 点 07 分到 2 点 10 分之间，你的警用摩托车会出现在不属于你巡逻区域的地方？而根据你们所里当晚的值班记录显示，那天使用这辆警用摩托车的人就是你，没有别人。"说着，他把手中的平板电脑转向郭敏所在的方向，而电脑屏幕的画面中，一辆警用摩托正穿过十字路口。

房间里的气氛瞬间变得紧张了起来。

"你不会告诉我说这个人不是你吧？"张一凡冷冷地说道，"你虽然关了警用摩托上的 GPS 定位仪，但是这并不妨碍我们最终找到你。"

郭敏没有说话。

"从这个区域到你刚才所讲的巡逻位置，至少还有八公里左右的路程，郭警官，你能告诉我们，这个时候的你本应该回派出所继续值班，为什么却会关了 GPS 定位仪在街头闲逛？你到底在做什么？"海子沉声问道，"我们查询过那天二十四小时内的 110 接警中心记录，可以说在这个区域里当晚非常安静，没有任何突发事件。而且，周围几乎都是农田，根本就没有巡逻的必要，除了那座被废弃的游乐场。"

郭敏微微侧目:“我刚参加工作没多久，那晚上我开错方向了，不熟悉路程，好不容易才找到回派出所的路，这是我的工作失误，对不起。”

“那你为何要关了GPS定位仪?为什么不马上联系110接警中心?开着定位仪的话，不是更容易找到路吗?”明知道郭敏在撒谎，海子却苦于目前为止手中还没有任何直接的证据，他不时瞥一眼桌上的手机，心中充满了焦急。

终于，手机铃声响了起来，海子赶紧抓起手机走出门，来到隔间外的走廊上，电话是痕迹工程师欧阳打来的。

“怎么样，轮胎印和现场的吻合吗?”

“不吻合。”欧阳的声音中充满了沮丧，“不止如此，轮胎缝隙中的泥土样本和现场的也不吻合，也就是说，这辆车根本就没有进过游乐场。对不起，帮不上你忙了，兄弟。”

从游乐场正门口到旋转木马区的抛尸地点至少有八百米左右的直线距离，隔着玻璃窗，海子紧咬嘴唇，他知道在这个年轻警员的身上肯定隐藏着一个秘密，与旋转木马抛尸案有关的秘密，但是自己现在却什么都做不了，海子的心中感到一种说不出的挫败感。

他又一次拨通了欧阳的电话:“现场发现的那两组足印，都是43码的，对吗?”

“不全是，”欧阳答道，“另一组是37码的。我在刚发出的报告中都有注明。”

海子心中一喜，他挂断电话后立刻来到自己办公桌前，点开共用文档，找到现场的足印相关相片，看着画面中足印痕迹的变化，他立刻抓过手机，拨通了童小川的电话:“童队，我终于找到尸体进入现场的方式了。”

“说。”

“是被人抬进去的。欧阳工程师在现场发现了两组足印，尺码分别为43码和37码，两组之间间距均衡，进去的时候，这两组足印在泥地上显得比较深，出来的时候，就相对较浅……”

话没说完，电话那头的童小川却冷冷地打断道:“这些我都知道了，把那个小警察放了吧。”

“为什么？”海子感到不解。

“你问下他穿几号鞋就知道了，遇事要多动动脑子！”电话应声挂断。

海子愣了半天，这才沉着脸返回隔间，他走到郭敏身边，示意他脱下鞋子，果然，童小川的判断一点都没错，海子自己就是穿 43 码的鞋，但是郭敏明显大了两号。虽说曾经遇到过“小脚穿大鞋”的现场足印，但是这 45 码的脚是绝对不可能穿上 43 码的鞋的。

“谢谢你配合我们工作，郭警官，很抱歉耽误你时间了。”海子无奈地打发走了郭敏，回身面对张一凡，长叹一声，摇了摇头。

“他肯定有事，不然的话，在抛尸那天绕着现场附近瞎转悠干什么。”张一凡不满地说道。

海子没有吱声，在这一点上，他是完全赞同的。

第五章

“我先不问你这案件编号是哪里来的，李医生，这可是违反局里规定的事，我不能做。”童小川果断地说道，“保护受害者的隐私是法律上明文规定的，我不能知法犯法。”

1

天阴沉沉的，没有一丝风。

安平市公安局案情分析室里，童小川的声音低沉而又沙哑，这一半是因为抽烟的习惯老改不了，而另一半则是沉重的心理压力，看不见摸不着，却分明压得人几乎喘不过气来。

“山北乡游乐场，就是一个单纯的抛尸地点，作案人的攻击目标是智力残障人士，这种人如果有什么意外发生的话，不会引起太大的社会关注。”说着，他摁动手中的遥控按钮，墙上的投影仪便进入了下一张画面。

“这是两位死者被发现时的现场比对相片，仔细看的话，相似度非常高，无论是坐姿还是手脚摆放的位置。虽然说两位死者的死因不同，但是根据抛尸地点和死者的身份，再加上死者眼部的伤势来看，综合派出所的接警记录研判，可以确定是同一个人所为。”

陈豪皱眉说道：“作案动机确定了吗？”

“不排除凶手利用死者进行经眶脑白质切除手术的尝试，”一旁的章桐说道，“至于说原因方面，除了死者身上有相同的手术痕迹外，还有就是死因，都不是故意造成的，可以推断出凶手的本意并不是想杀害他们，之所以有这样的结果，就是因为手术的不完善性。这在第二个死者的脑部血管造影 X 光片上就可以判断出来，手法有了明显的进步，但是因为力度上的把握失误，导致了死者田桂芳的最终死亡。”

“这么说的话，凶手还是会继续作案的，对吗？”陈豪的目光中充满了焦虑。

“是的。”童小川说道，“而且这个案子是两个人做的，这从抛尸现场的那两组足印上就可以看出来，”投影仪屏幕被定格在现场两对足印的放大相片上，“在这之前，我一直无法解释尸体到底是怎么进去的。”

“等等，你的意思是说这个案子有可能是两个人做的？”一旁默不作声的李晓伟突然开口问道。

童小川点点头：“刚排除了一个身体素质优秀的人的作案可能，那就只有是两个人作案这个选项了，至少是共同抛尸。”

“如果其中确实有一位女性的话，那诱拐受害者的成功性就大大提高了，”李晓伟忧心忡忡地说道，“作案者的攻击目标很明显就是智力低下的人，而这种人在社交判断力方面类似于六岁左右的孩童，对男性有着本能的排斥，但是如果是女性的话，就有一种母性的亲近感，很容易就会跟着对方走。这和诱拐儿童的人贩子中六成左右是女性一个道理。”

“我的下属已经逐一通知了辖区内的各个派出所，要求他们入户见人，希望能在源头上堵一堵，不然的话，这麻烦就大了。”童小川轻轻叹了口气。

李晓伟略微迟疑过后，便说道：“做下这两起案子的人，有医学背景是肯定的，至少其中一个人是，他的出发点可能是好的，但是却无法回避附带伤害的形成。原因可能是现场的医疗条件，也有可能是心理因素。他的年龄不会太大，并且身体素质好，不排除接受过高等教育，这从抛尸现场的选择以及尸体的摆放姿势上，可以看出来。”

“旋转木马？”陈豪问。

李晓伟点点头：“是的，旋转木马意味着孩子的童真，而智力停留在六岁左右的人，他们就是永远都长不大的孩子。抛尸地点选择旋转木马的话，我想，那应该是作案者一种内心歉意的表露。”

童小川皱眉道：“杀了人又要表示歉意，这唱的到底是哪出戏？”

“我只能说杀人不是他们的本意吧，从抛尸地点来看，至少作案者的内心深处还是有那么一点良知的。”又一次想起沈教授忧虑的目光，李晓伟一声长叹，“但是这却无法弥补两条无辜的人命。”

“童队，图侦组这几天要尽全力配合你们的工作，重点是抛尸用的交通工具，扩大搜索范围，做到跟人跟车到位。我就不信了，抓不住他们的蛛丝马迹？这可是活生生的两个人啊，不是随便供人摆弄的两具人偶！”陈豪愤然地一拍桌子，“我们做刑警的，不管受害者是什么样的人，就不能允许有破不了的案子存在！”他看了看面前的案件汇报报告，抬头冷冷地说道，“还有发生在涵洞的那起恶性伤害案，不是第一起了，现在在社会上的反响非常恶劣，医院方面的消息——受害者虽然活下来了，但是却落下了终身残疾，身心都受到了很大的创伤。童队，你们那边查得怎么样了？”

童小川换上了另一组相片：“已知的第一位受害者，乔米月，年龄二十五岁，出事前是一家旅游公司的涉外导游，事发那天正值同事聚会，本来说好送她回家的男友却出了事，因为喝多了，从楼梯上不慎踩空，导致腿部骨折，当晚就用急救车送进了医院。而第二天由于要接一个美国旅游团，受害者乔米月替男友办好住院手续后就从医院回家了，惨剧就是在她回家的路上发生的。

“至于说第二位受害者，蔡晓玲，年龄二十三岁，是一位下中班的护士，就在本市妇幼医院工作。事发当晚，受害者离开医院后，在回家的路上被人带走。可惜的是，受害者至今都回忆不起自己到底是怎么出事的，又怎么到的涵洞。而痕检方面，非常奇怪，受害者的身上包括衣服上，都提取不到任何有用的物证。虽然说两者体内都有相同的男性生物检材样本，但仅此只能得出结论对方是一个年龄在三十岁至四十岁之间的男性，并且身体素质良好。由于数据库里根本就匹配不到相对应的 DNA 样本，自然也就无法确定他的身份。”

“不，还有一个方法，或许有效，可以缩小犯罪嫌疑人的身份识别范围。”章桐神情严肃，征询的目光看向李晓伟，“但是在做出结论之前，我需要再分别见一见两位受害者。”

李晓伟当然明白章桐看向自己的用意所在，他沉吟片刻后，不由得轻轻出了口气，为难地说道：“不错，她们现在是我的病人，但是她们正在经受严重的 PTSD 的折磨，我担心你的突然出现，会让她们重新又回到封闭的状态中去，也有可能就此发展成为严重的精神分裂症患者。”

“但这是我唯一的办法，”章桐的声音果断而又坚决，“我不只是要和她们谈话，我还要看到她们的身体。所有的，你明白吗？”

“你这是在逼我！”李晓伟明显地流露出了不满。

“没有办法，如果不逼你的话，那我们很快就会见到第三个受害者，”因为激动，章桐的脸色微微涨红，“你难道还没看出来这犯罪嫌疑人行为的恶劣吗？而且我很怀疑他是一个受过严格训练的医疗从业人员。”

李晓伟不禁屏住了呼吸：“说下去！”

“两个受害者，都是我第一时间出的警，她们所受到的伤害，完全是致命的，但是她们却偏偏没有死，你知道为什么吗？”章桐声音有些发颤，直视李晓伟的双眼，一字一顿地接着说道，“那可不是她们的运气好，真正的原因是他恰到好处地把握住了自己下手的分寸，他要受害者留着这条命来狠狠打我们警察的脸！”

房间内顿时一片哗然。

李晓伟脸色大变，他呆呆地看着章桐，半晌，点点头，目光黯淡，轻声说道：“给我一点时间，我会打电话通知你的。”

窗外，瓢泼大雨，雨水打在玻璃上，发出了沉重的噼啪声。

郭敏撑着伞，拖着疲惫的步子，心事重重地走进惠风路派出所大门，刚要向自己的值班宿舍走去，兜里的手机响了起来。

“郭先生，我们这里是第九人民医院，你现在方便过来一下吗？”

郭敏脸一沉："我姐的住院费不会拖欠的，你不要老盯着我好不好。"

电话那头的年轻女声略微迟疑了一下，接着便果断地说道："不是为了住院费的事，郭先生，请你务必马上过来一下，是孙医师找你。"

直觉告诉郭敏，姐姐肯定出事了，对方只是不方便在电话中直截了当告诉自己："我马上到！"随即便转身匆匆离开了派出所大院。

一旁屋檐下的老所长把这一幕看得清清楚楚，他本想叫住郭敏，询问下市局那边到底处理得怎么样了，很快却又打消了念头。教导员从身后走了过来："老丁，小郭是不是出什么事了？"

"我刚才听到是他姐姐的事，医院里打来的。"老所长叹了口气，"这家家都有一本难念的经，只是苦了这孩子了。"

"他姐姐？怎么了？"教导员隐约感到了一丝不安。

老所长抬头看了眼教导员，沉声说道："据我所知，小郭的姐姐郭亚茹患上了精神分裂症，平日里也是时好时坏的，为了怕他姐出事，每次犯病了，他就不得不把他姐送进第九人民医院。"

"精神分裂症？我知道那种，"教导员的目光中满是同情，"我家所在的小区里就有一个，一犯病就到处打人，周围居民报过好几次警，但是因为家里没钱送医院，家人实在没办法，就不得不用根绳子绑起来，唉，这么做真是作孽。"

老所长听了，却只是用力摇摇头："你是五月份才调来的，不了解里面的情况。小郭的姐姐可不一样，她具有严重的自虐倾向，有好几次都差点自杀成功了。我想啊，或许就是为了能够离家近一点，方便照顾，这孩子就放弃了去大医院工作的机会，当了一个平平淡淡的派出所小警察吧。对了，他家就住在离我们所里不到五百米的那个小区里。"

话说到这儿，老所长脸上的神情突然变得凝重了起来："说到他家，去年的时候，我去家访过一次，因为看着那份实习意向单，我心里总觉得一个名牌医科大学毕业的年轻人，放着大好前程不去，却强烈要求来我们这个小地方实习、上班，内里肯定是有原因的。"

"那后来呢？"教导员关切地问道。

老所长长叹一声，苦笑："他妈妈早就因病去世了，父亲是个老酒鬼，平日里靠打零工度日，挣的钱自己花都不够，所以常年不管家里的事。小郭从小到大都是姐姐郭亚茹在照顾，后来，姐姐意外患病，家里请不起看护，为了能照顾姐姐，他便强烈要求来我们这里。”末了，又感慨道，“这孩子，非常聪明，说老实话，我其实很希望他能离开，不要束缚在我们这个小地方，但是现在看来，他早就已经做出了选择。谁都改变不了了。”

教导员听了，不由得一呆。

安平市公安局网安大队办公室里，郑文龙飞速敲击着自己最心爱的樱桃青轴键盘，清脆的键盘噼啪声充斥着房间里的每一寸空间，也让他的心情异样激动。这两天因为要不断地进行编程尝试，局里统一配发的键盘被他生生敲失灵了，便干脆搬来了家里的这个最心爱的 MX8.0，不仅如此，就连过夜用的枕头被子也一并搬过来了。

终于，看着电脑屏幕上最后出现的那一行 IP 地址，郑文龙惊喜过后，却怔住了，嘴里喃喃道：“原来你不在中国啊！”

站在身后的助手嘀咕道：“郑队，难不成你还活在 20 世纪？”

“为啥这么说？”郑文龙不解地问道。

“网络和现实不一样的地方就在这——它根本就无国界可言！”助手嘿嘿一笑，“不过，郑队，你还真挺厉害的，藏得这么深的 IP 都被你找到了。他是谁？”

郑文龙若有所思地看着这串数字，半晌，耸了耸肩，道：“一个老朋友。”

2

安平市第一医院职工更衣室的走廊里，李晓伟有些心不在焉地来回踱着步。终于，身后的门一响，章桐走了出来。

在来医院的路上，章桐不得不向李晓伟妥协，答应临时换上医院里加护病区护士的专有颜色制服。因为她身材比较瘦小，所以要想找到一套适合穿的并不是什么大问题。

穿着护士服，章桐却感觉浑身别扭，每走一步，双手不是拽就是扯，脸也憋红了。李晓伟见此情景，先是一愣，随即脸上露出了青涩的笑容。要知道章桐除了青黑色的制服外，平日里的衣服也总离不开黑色和灰色两种单调的色彩。

章桐盯着李晓伟看了一会儿，不禁皱眉嘀咕道："我是不是穿得很难看？"

"没，还真挺好看的呢！"李晓伟脸红了，他赶紧转移话题，"快走吧，到查房时间了。"

章桐点点头，两人便一前一后向病房区快步走去。

按照规定，加护病房区每天有两次查房，而只有在这个时候，才能够让病人彻底放松警惕，章桐所提的要求也很简单，就是想再次近距离看看两位受害者身上的伤势。

每个加护病房里只住一个病人，李晓伟和内科主任等在门外，章桐和另一位护士先走进蔡晓玲的病房，用力拉上围帘，轻声安抚后，年轻护士便轻轻掀开被子，直至褪去衣服。章桐便上下仔细查看起蔡晓玲的身体，除去左胸口因为有开放性伤口，不得不绑上 8 厘米宽的纱布以外，身体的其余部分是看得清清楚楚的。在这之前本打算用手机拍下相片，但是却遭到了李晓伟的强烈反对，章桐便在医嘱记录上尽可能地画下蔡晓玲身上所有伤痕的位置和大致形成的时间。

走出房间后，接着便是乔米月的病房。在门口，章桐遇到了乔米月的弟弟，见他缠着李晓伟抱怨个不停，便和护士先行进去，很快就结束了查验登记伤势的工作。出来的时候，见他还在角落里和那年轻人理论着什么，就和身边的护士嘱咐了几句，自己先下楼去他的办公室等。

十多分钟后，李晓伟匆匆推门走进了等候室，满脸歉意地对章桐说道："实在没办法，他问个不停，我又不好多说什么，毕竟凶手还没抓住，你说是不是？"

章桐合上记录本，抬头看着他，目光复杂。

"你这么看着我干什么？"李晓伟感到很奇怪。

"假设一下，你被人打了，我是指程度很严重的那种，接着你反抗了，那受伤后的第几天，你身上的伤势能最完整地在皮肤表面被反映出来？”

李晓伟皱了皱眉：“活人的话，我想应该是在四十八到七十二小时左右吧，不过，这也要就事论事的。”

章桐点点头：“乔米月已经超过了七十二小时，蔡晓玲不一样，她正好符合这个时间段，但是，在她们的身上，我没有看到任何抵抗伤的遗留痕迹。”

李晓伟愣住了：“不对不对，这不可能，这么严重的伤势，怎么可能没有抵抗伤？会不会是因为伤痕太多，所以你忽视了？”

这话一出口，李晓伟就后悔了。章桐只是看了他一眼，却并没有回答，接着说道：“两个人身上的伤痕中，包括掐痕、皮肤撕裂伤、擦伤……发现位置和数量与记录相对照，都是吻合的，但是在这些遍布全身的伤痕之下，受害者的十指指关节、手背、上臂、下臂……那些我所能想到的位置，什么都没有。也就是说，案发过程中，这两位受害者要么是被迫承受伤害，放弃抵抗，要么就是被突然袭击，被控制，以致根本就没有反抗的机会。”

“我趋向于后者。”李晓伟道。

“为什么？”章桐不解。

李晓伟神情凝重，缓缓说道：“因为无论你再怎么忍耐，只要你的意识还清醒着，那么在‘痛感’的面前，你的本能会迫使你去做出反抗，哪怕你被捆住了手脚，还是会拼命去挣扎和躲避。因为‘痛感’是我们人离开母体时最先接触的也是最原始的感觉。”

章桐突然想到了什么，抬头看着李晓伟：“那处胸口的创口，有原始的相片吗？我给她们做检查的时候，都已经被急诊医生处理过了，进行了包扎。”

“你问过急诊医生了吗？”

章桐脸上露出了尴尬的神情：“他只是提到说左胸乳房发生了接近两厘米左右的离断伤，乳头被割去，别的，他就没说。而这还不是命案，我没有权力……”

李晓伟顿时明白了章桐言语之间为何会这么迟疑不决了，他不由得咧了咧嘴，无奈地摇头：“我也没办法。”

安平市第九人民医院住院部走廊里，看着空荡荡的病房，郭敏狠狠地一拳打在了墙上，嘴里不由得发出了痛苦的哀号，这一幕惊得一旁陪同的护士和住院医师面面相觑。

突然，郭敏转身顺势一把抓住院医师孙强的前胸，把他推到了墙角，双眼紧紧地盯着对方，沉声斥责："你们到底是怎么回事？我警告过你们，一定要好好看住我姐姐，她是怎么出去的？她现在要是有个什么三长两短的，我……"

"郭警官，你冷静点。"孙强竭力控制住自己的情绪，"你好好听我说，行吗？事情的发生并不是你所想象的那样的。郭警官，我是她的主治医师，我要对她负责的，你相信我一次，就这一次，行吗？"

听了这话，郭敏呆了呆，随即松开了对方的衣领，低声说了句："对不起，孙医师，我冲动了。"

孙强大口喘着粗气，用目光示意随后赶来的保安和护士离开，直到走廊里只剩下他和郭敏两人，这才无奈地说道："郭警官，你很清楚你姐姐所患的只是间歇性精神障碍并且伴有轻度自残倾向，她除了发病的时候需要看护，其他时间里，是不需要我们全天候陪护的。因此，在你所交费用的基础上，只要她自愿，并且通过了我们医院的审核，三位主治医师确定她神志清醒，并且具有完全独立的自我判断能力，我们就不能够限制她的人身自由，这里毕竟只是医院，不是你们派出所，更不是监狱，你明白吗？"

"那你至少也该给我打个电话，是不是？"郭敏愤怒地说道。

孙医师听了这话，只是神情复杂地看了他一眼，自言自语道："看来我猜的是对的。"

"什么意思？"郭敏愣住了。

"护士正要打电话通知你，你姐姐说她出去后会告诉你的，还说你现在工作很忙，叫我们不要随便打扰你。"孙强若有所思地喃喃说道，"我那时候就觉得有点不对劲，但是我却又一时半会儿找不到原因。你姐姐走后十多分钟的样子，我就叫护士给你打了个电话，让你马上来趟医院，因为我猜到你姐姐身上一定发生了什么事。"

“说下去！”郭敏急切地追问道，“发生什么事了？”

“我们查过医院外面的监控，发现她是坐了一辆白色的轿车走的，而据我所知，你家没有车，对吗？”孙强认真地看着郭敏的眼睛，“那车一直在等她。”说着，他伸手从白大褂口袋里摸出一张病历签，递给郭敏：“这上面是你姐姐离开医院的时间，还有车牌号。在给你打电话之前，我们没办法确认她是不是出事了，这些判断也只不过是推论而已，而在给你的电话中又说不清楚，所以，也就只有硬着头皮把你叫来再说了。总之，希望你姐姐她没事。”

郭敏听了，感激地点点头：“谢谢你，孙医师，你放心吧，我姐姐不会有事的，绝对不会！”

面对郭敏的果断，孙医师只能轻轻叹了口气：“唉，平安就好，她太可怜了。”

入夜，安平市日报社大楼里一片灯火通明。

记者部年轻的副主任吴岚心情糟透了，不只是因为自己结婚的事前不久刚刚泡了汤，更主要的是一连好几天都没有吸引人眼球的大新闻拿出来，这对自己来说可不是什么值得庆幸的事。新官上任三把火，自己却连个火星都见不到，那可是很丢人的。

透过隔窗，外面的大办公室里依旧人头攒动，毕竟是市里的大报社，很多人挤破脑袋都想进来混个饭碗好出人头地，所以这里每天都在上演着无声无息的角逐厮杀。吴岚知道，头条大新闻对于一个想出名的记者来说到底意味着什么——就像嗅到血的蚊子，当然会毫不犹豫地向猎物冲过去。

吴岚绝对不会甘心自己就此被淘汰，她焦躁不安地敲击着电脑键盘，仿佛自己下一个成名的机会就隐藏在屏幕上的字里行间一般。

正在这时，键盘旁的手机发出了微信提示音。吴岚微微皱眉，只是习惯性地瞥了一眼，如流水一般敲击键盘的声音依旧在自己小小的隔间里流淌着。但是她的内心却为此而大大地松了口气。

似乎这几天来，吴岚所等待的就是这一刻。

微信留言的话不多，只是短短的几个字，吴岚也并没有迫不及待地立刻划开手机页面去回复对方。她看似没当回事，嘴角却闪过一丝心满意足的微笑。

3

这么多年了，我不断地在问自己一个问题——同一件事情，有没有第二次机会的可能？

人的一生不会重新来过，错过的就是错过了。如同玩轮盘赌一样，自打轮子转动的那一刻开始，就不会有人知道下一个结果到底是什么。

但是我不甘心。

我学会用父亲的眼光去看待生活。我吃他爱吃的食物，学着他抽烟的样子，甚至还买了一辆同样牌子的摩托车。

说来真是奇怪，我害怕父亲，但是我却又崇拜他，因为，他是唯一真正爱过我的人，难道不是吗？

一缕笑容从我的嘴角慢慢洋溢开来，我温柔地说道："亲爱的，如果你不想死的话，你现在可以打电话报警了。"

但是这一次，她却再也不会动了。

我的心也在一点一点地变得冰冷。

是的，她死了。

安平市公安局大院里格外热闹，因为临街的出入境办证大厅需要维修，所以便临时把办公窗口挪进了公安局一楼大厅。

谁都没有注意到一辆警用摩托快速地开了进来，郭敏下车后，拔了钥匙，穿过人群便向楼上跑去，全然不顾身边经过的人投来异样的目光。最终，他大汗淋漓地出现在刑侦二队办公室门口，冲着海子便嚷道："我要报案！"

海子惊得目瞪口呆，他上下打量了一番郭敏，问道："你说什么？"

"我要报案！"郭敏的声音几乎充斥了整条走廊。

童小川从小隔间里走了出来，皱眉："出什么事了？什么案子？"

“我姐姐，她失踪了！”郭敏咽了口唾沫，神情紧张，“她，她患有创伤后应激障碍，已经好多年了。求你了，童队，一定要帮我找到她。”

童小川不由得心中一凛，他立刻转身，来到值班台前，打开电脑，一边记录一边问道：“什么时候发生的事？”

“就在刚才，不，确切时间是五十八分钟前。”郭敏边说边抬头看了看墙上的挂钟，声音微微颤抖，“我接到第九人民医院孙强孙医师的电话，赶到医院后，他们告诉我说，我姐姐离开了医院，并且，并且坐上了一辆白色轿车，两厢式的，我看了他们给我的车牌号，还查了监控……”

“套牌？”童小川眯起了双眼。

郭敏点点头，焦急地说道：“是的，是套牌，而且车辆行驶轨迹也很特别，出了两个街口，在钱桥花园小区门口消失了，在来这里之前，我去了车辆最后出现的小区附近，可是查遍了所有的周边监控，这车就跟人间蒸发了一般，消失得无影无踪。”

“看来这家伙对地形非常熟悉。”童小川嘀咕道，他突然抬头，目光狐疑地看着郭敏，“等等，我记得精神病院的病人不都是要经过家里人接才能出院的吗？你是不是搞错了？”

郭敏摇摇头：“我姐姐郭亚茹虽然患的是 PTSD，但她是属于轻度自残倾向的，也就是说发病的时候，她只会伤害到自己。至于说家里，也只有我照顾姐姐。我怕万一出事，所以这么多年来，只要一发觉姐姐的精神状况出现异样，我就会送她去九院治疗一段时间。”

“那他们医院的出院制度呢？不会只是个摆设吧？”海子在一旁不解地问道。

“当然不是。”郭敏果断地否决了，“九院对于出院这方面的要求是非常严格的，哪怕是病人家属去接，病人也要先经过院里的专门问卷调查，并且由三位主治医师共同做出鉴定才能放行。”

“但是你姐姐……”童小川不解地问道。

“是的，她通过了调查，再加上是自愿入院，所以，只要她愿意，她随时都可以离开医院。”郭敏并没有说出姐姐郭亚茹还欺骗了院方，其实在他心里，只要能把她找回来，那一切就都不是问题了。

童小川沉思片刻后，点头道：“好的，这个案子我接了，海子，帮他完整地做个笔录，把情况通知图侦组。”

他刚站起身，值班台上的红色电话便响了起来，声音刺耳，听得人不由得心头一震。海子赶紧接起电话，简单确认后便对童小川说：“童队，有案子，调度通知我们马上出发！”

郭敏在一旁听了，焦急地追问道：“哪里？是哪里出了案子？”

童小川没有回答他，径直嘱咐海子：“你留守，有情况随时联络。”转身便带着几个下属跑了出去。

见此情景，郭敏刚要追，却被海子一把拦住了：“没你的事，去了只会让童队冲你发火。”

郭敏愣住了，他看了看海子。

海子却叹了口气：“尸体是在隧道边的排水沟里被人发现的。我看，你就给我老实待着吧，别再给我们添乱了。兄弟，等有你姐姐消息的时候，我一定会尽快通知你的。”

“谢谢！”郭敏的眼圈红了。

云溪山隧道有将近三公里长的距离，因为地处安平市的交通要道城市内环，所以平日里就是车水马龙的地方。隧道两旁是高大的排水沟，有一人多深。

因为是旱季，尽管刚下过一场雨，排水沟里也只有几厘米高的积水。女孩的尸体就在排水沟的底部，头东脚西斜靠着一旁的水泥管壁，睡着了一般，头耷拉着，长发遮盖住了脸部，身上的衣着还算完整，只是双脚光着，没有穿袜子。

在隧道路中央的往来车辆根本就看不到排水沟底部的女孩尸体。她就像一袋垃圾，被人随手扔在了这里。

章桐换上长筒胶鞋，下到排水沟底部，然后从助手顾瑜手中接过工具箱和相机，等她也下来后，两人这才在尸体旁蹲下身子。

章桐伸手轻轻地拂开盖在女孩脸上的头发。她看到的是一张没有生气的脸，冰冷而又僵硬，脸色呈现出异乎寻常的灰白。

“主任，”顾瑜忙着拍照，却又微感不安地问道，“这儿难道是抛尸现场？”

章桐点点头，神情凝重，戴着手套的右手逐一轻轻翻开了女孩微微闭着的双眼：“与山北乡的案子无关。”

这话是说给一直守在排水沟边上的童小川听的。他张了张嘴，却只是发出了一声重重的叹息。

章桐心中一动，右手顺势撩起了死者的内衣，果不其然，血肉模糊的左胸顿时出现在她的面前：“拿手电给我。”

顾瑜赶紧从一旁打开的工具箱里找出了强光手电：“主任，难道是那个案子？”

章桐没有说话，排水沟里虽然有隧道的顶灯照明，但是进一步查看伤口的话，却需要更为集中的光线。章桐用嘴咬着手电，腾出双手，把尸体的内衣全部卷了上去，面对着满是血污的上身，她干脆双膝跪在排水沟的底部，身子前倾，这样能更接近自己所要查看的位置。

终于，章桐看清楚了。她默默地放下衣服，关上手电，站起身，对童小川说道：“童队，我想这次那家伙是失手了。”

“你说的是……”

章桐爬上排水沟的顶部，站在隧道边上，来往车辆所发出的嗡嗡马达声让她感到有点头晕：“是的，目前看来就是那个暴力伤害前面两位女受害者的犯罪嫌疑人干的。胸部的伤口位置一模一样，而且是死前造成的。”

一听这话，童小川的脸色顿时阴沉了下来：“你确定是同一个人干的？”

“手法完全相同。”章桐答。她想了想，又强调了一句，“但是前面两个还活着，所以我没办法核实近距离的伤口。”

“可连环伤害案件的行凶者一般都是不会伤人性命的，”童小川皱眉自言自语道，“这说不通。”

正说着，排水沟底下的顾瑜已经把尸体装进了裹尸袋，拉上拉链，在章桐的帮忙下把担架拿下来，准备最后固定尸体。耳畔突然传来了一声急刹车，很快，车门打开，车上匆匆下来两个人，扛着相机和录音设备，自顾自伸手拉开路边的警戒带，径直就要向这边过来。张一凡正站在警戒带边上，见这一幕，刚要伸手阻拦，其中的年轻女人颇为傲慢地说道：“我们是安平报社法制专栏的，领导叫我们来现场进行实地采访，这是正常公务。”

童小川听了，不由得心中暗暗叫苦，因为这声音对他来说再熟悉不过了，来人正是前段日子和自己闹得不可开交的未婚妻吴岚。

他铁青着脸转身朝吴岚走去，来到近前，面对对方脸上一闪而过的得意笑容，冷冷说道：“废话少说，你们再不马上离开，我就直接抓人！”

笑容瞬间凝固在吴岚精心修饰过的脸上，因为记忆中眼前这个男人还从未这么公开冒犯过自己，她目瞪口呆地注视着童小川渐渐远去的背影。直到警车全部离开，身边惴惴不安的助理这才忍不住小声嘀咕道：“吴姐，你看……”

“看个屁，直接去公安局，我就不信堵不住他的门。”吴岚愤愤然说道，“这可是头条新闻，不能让别人给抢了！绝对不能！”

话音未落，手机响起，是微信提示音，吴岚匆匆扫了一眼屏幕后，脸上的怒容竟然消失了，她一头钻进车内，冲报社同事嘀咕了句：“开车，去市公安局！”

同时，纤细的手指快速敲击手机屏幕——谢了！

通过车后视镜无意中看到后座上的吴岚脸上的神情变得轻松许多，助理不禁意外地问道：“吴姐，啥好消息？”

吴岚双眉一挑，神情傲慢且颇为得意：“我遇到个线人，消息还真的是准呢。”

“是吗？”助理也挺高兴的，毕竟吴岚是自己的直接上司，她开心了，自己接下来在她手下当差的日子也能好过些，“吴姐，你是怎么认识这位‘大神’的？能弄到警方线索的，可不是什么 B 级别，必定是 A 级别哦。”

吴岚听了，却只是耸了耸肩，嘀咕道：“我没见过他，是他在网上自己找到我的，并且免费提供我消息，看来这年头还是‘好人’多啊。”

4

安平市公安局案情分析室里，应童小川的强烈要求，李晓伟便在分析室靠门的位置给自己加了张凳子，不然的话按照他的习惯，尸检报告出来之前，他是不习惯加入案件分析的。

“从案发现场尸体身上所发现的工作证件得知死者叫邱月英，女，二十二岁，生前是顺康医院的护士。”童小川说道。

“顺康医院？”陈豪不解地问，“这名字很陌生，是什么医院？”

童小川低头看了下自己面前的记录本：“这是一家专门护理老人的康复医院，位于城东，属于咱们安平市的社会福利院下属机构。”

“既然是在城东，那死者尸体又怎么会被抛在这么远的隧道内，足足横跨了大半个城？”有人问。

童小川道：“根据走访回来的汇报情况显示，案发当晚，死者所工作的康复医院里，一位老人旧病复发，但是康复医院没有相应的医疗设备，便联系了急救中心，安排 120 急救车给送到了市人民医院。而死者邱月英正是随行护士。”说着，他抬头环顾了一下四周，“据死者的对班同事说，当时两人交接班后，邱月英便离开市人民医院，自行返回宿舍休息。凶案就是在那个时候发生的。”

听了这话，李晓伟不由得心中一沉，他看了看童小川：“童队，在现场时，章医生那边的判断是什么？”

“她认定这是一起连环案。”童小川迟疑了片刻后，说道，“不过，现在尸检报告还没出来，我暂时保留并案的个人意见。”

李晓伟不解：“那你的意见是什么？”

童小川看了他一眼：“李医生，我没有你专业，但是我总觉得一个已经有既成模式的连环伤害案件犯罪嫌疑人，一般来说是不会轻易打破自己的犯案模式的，所以，我需要更进一步的证据来推翻我这个观点。”

李晓伟微微皱眉：“童队，我记得前面两个案子，犯罪嫌疑人都是在事后威逼受害者报案，而作案地点也都是比较隐秘，事后受害者也还能保住性命。但是这一个，却死了，而且，根据刚才你的讲解，案发地的隧道是交通要道，来往车辆非常多，监控探头的密集程度更不用提了，他为什么偏偏要选择这么一个抛尸地点？原因应该很好理解。”

“继续说下去。”一旁坐着的副局长陈豪禁不住开口催促道，“什么原因？”

“我记得章医生曾经说过这个犯罪嫌疑人做事非常谨慎，这一点，可以从前面两位受害者身上的伤势看出来，用我们心理学上的话来说，就是近乎病态型的强迫型人格障碍的体现。”说到这儿，李晓伟突然换了一种口气，声音低沉，脸上的神情也变得严肃了起来，“但是说到性侵案，再加上暴力虐待，总有无法掌控伤害程度的那一刻，毕竟我们所面对的是普普通通的人。所以，一旦出了差错，受害者死了，而这样的意外结果是完全打破了这家伙所预先拟订的计划的，本来游刃有余的他瞬间就失了章法，所以才会出现在隧道口冒险抛尸的结果。我想，这种近乎愚蠢的抛尸行为的发生应该是由于时间仓促，嫌疑人必须马上处理掉尸体，以防自己的所作所为被人发现。

“所以我的结论和章医生是一样的——两起伤害案，一起杀人案，可以并案。”李晓伟果断地点头，结束了自己的推论。

与会的众人面面相觑。

散会后，李晓伟在走廊里叫住了童小川：“童队，有件事想麻烦你，或许和你的这三起案子有关。”

“是吗？”童小川双眉一挑。

李晓伟点点头，顺手从兜里摸出一张便笺纸，塞到他手里：“帮我找到这个人，这是案件编号。”

童小川听了，一脸狐疑地打开手中的便笺纸，目光扫过之后，不禁绷起了脸，冷冷地一口回绝：“对不起，李医生，这个案子，我恐怕有难度。”

“可是，我必须找到她。”李晓伟有些急了，“她是唯一的钥匙。”

“我先不问你这案件编号是哪里来的，李医生，这可是违反局里规定的事，我不能做。”童小川果断地说道，“保护受害者的隐私是法律上明文规定的，我不能知法犯法。”

"你，你怎么这么不讲理！"一向温文尔雅的李晓伟头一次急红了脸，"我没有要窥探她的隐私，我只是怀疑当初伤害她的人和我们目前这起恶性性侵案的受害者有着密不可分的关系……或者说，我只想和她谈谈而已。童队，我说你别这么死脑筋，要不这样吧，你们出面和她联系，这样就不算违法了吧？"

"理由？"童小川一字一顿地说道。

李晓伟咽了口唾沫，语速飞快："'犯罪签名'！她身体上的'犯罪签名'，和我另外两个病人身上的所处位置一模一样！"

"'犯罪签名'？"童小川不由得愣住了，他思索片刻后，依然不置可否，"还有别的事吗？"

"当然有，我需要一份前面两位受害者的详细资料，包括工作单位、案发的时间和地点，还有刚发现的死者的，加起来总共三份。"李晓伟道。

"这个没问题，我尽快安排人整理好后，就给你发手机邮箱。"丢下这句话，童小川便头也不回地匆匆离开了走廊。

看着他的背影，李晓伟沮丧地发出了一声长叹。

第六章

我轻轻地闭上双眼，在仔细品味黑暗的同时，耳畔传来了你的声音，轻柔地仿佛来自另外一个世界——准备好了吗？

这一刻，终于来到了。

1

安平市公安局底层独立解剖室里，水池中的滴答声不断敲击着人脆弱的耳膜，偶尔房间里还会响起用力剥离人体器官时所发出的一阵阵沉闷而怪异的刺啦声。

房间里的空调已经打到最低温度，章桐穿着一次性手术服，头发被小心翼翼地卷进了手术帽里，脸上戴着护目镜和口罩，整个人都被包裹得严严实实，贴身的衣服已被汗水浸湿。

此刻的她双手沾满了血污，汗水顺着额头滚落，让她几乎睁不开眼。或许是顾瑜刚才系得太紧了，腰间的皮围裙让她感觉很不舒服，只要稍微动一下身体，无论多么小的角度，围裙的边角就会发出难听的嚓嚓声。

章桐不太喜欢听到皮质互相摩擦的声音，就像有些人不喜欢听到饭勺刮锅底的声音一样，这会让她感到头皮阵阵发麻。

“……擦伤……挫伤……挫裂创……主任，除了她左面乳房上 3.2×2.5 的 V 字形锐器剪切创外，她身上可到处都是伤啊！你说，她到底经历了什么？”看着手中的尸检记录画册，顾瑜的年纪和死者的差不多，所以难免就有些动了感情，说话的语调中自然也随之而带上了些许质问。

章桐平静地看了她一眼，什么都没说，只是依旧低头把注意力集中到自己面前垫板正中央的心脏上。这无疑是一颗健康的心脏，大小正如死者的右手握拳时的尺寸，几条重要血管的分布和心脏瓣膜的颜色、状态都是正常的，几乎挑不出一丝瑕疵，但是现在这颗心脏却再也不会跳动了。

虽然说死者曾经经历过一场可怕的劫难，并且为此而失去了性命，但是章桐知道，如果不排除死者本身病因致死的可能，那后面就将寸步难行。

看着死者水肿的肺部和微微肿大的左心室，章桐的心中顿时有了底。

正在这时，解剖室的门被推开了，童小川站在门口，眼前突兀的场景让他微微皱眉，一脚门里一脚门外。正在迟疑之际，章桐头也没抬，叹气道：“童队，要么关门要么出去。”

童小川讪讪地一笑，顺手从工作台上抓起一件一次性手术服，胡乱地往身上一套，靠近解剖台的时候，和章桐说话，脖子却僵硬地保持在水平线上：“章主任，死因出来了吗？是不是他杀？”

“这个，比较复杂，”章桐冲着顾瑜点点头，后者便把手中的尸检记录画册递给了童小川，“除了左胸那一处明显的剪切创外，身上总共有 8 处刺创、2 处砍创、7 处挫伤，其中严重的有 3 处，分别位于背部、腰部和左后臀部，表层伴有严重的挫裂伤，明显是在拖拽的过程中形成的，至于说头部，3 处头皮撕裂……”

章桐话还没有说完，就被童小川打断了：“等等，章主任，你是说她是被活活虐待死的？”

章桐伸手指了指自己面前的心脏，轻轻叹了口气：“她虽然浑身都是伤，但是真正的死因却是急性心力衰竭。

“她虽然曾经拥有一颗健康的心脏，但是因为行凶者对她过于残暴，整个作案过程持续的时间又很长，所以，造成了受害者情绪激动，导致严重的心律失常，血压持续降低，直至心源性休克，最后在没有得到及时救助的情况下，心脏突然停止跳动，心力衰竭而死。”

说到这儿，章桐回头看了一眼静静地躺在解剖台上的尸体，在盖着的白布下，女孩显得越发瘦弱不堪。

童小川突然问道：“章主任，请你如实告诉我，这个尸体上的伤口，是不是和当初的那起案子分毫不差？”

章桐一愣，随即意识到李晓伟必定找了童小川，便点头：“是的，分毫不差，所使用的都是一把刀刃长约 9 厘米的剪刀。”

“剪刀？”童小川不由得一哆嗦，他又小声重复了一遍，“剪刀？你确定？”

听了这话，章桐不由得和顾瑜面面相觑，这才无奈地点头道：“没错，是剪刀，这是从她的伤口判断出来的。你给他看下刚才拍下的尸表相片，详细给他说一下。”

此刻的尸体因为处于开胸状态，所以并不适合翻动。

顾瑜便随即上前，把相机中刚才拍摄的尸体相片分别调给童小川看，解释道：“童队，剪创并不多见，因为剪刀的使用方式不同，所造成的创面也是不同的。你注意这几处，是剪刀刺创，凶手应该是将剪刀的双刃合拢，作为刺器刺入受害者体内，形成剪刺创，它的形成机理却与刺创相类似，但是与一般的单刃或者双刃的锐器不同，因为皮肤表面会有双剪背的形状。

“如果是张开的剪刀的话，则是大小不一，距离不等，两两相对的瓜子形剪创创口，”顾瑜指着死者背部的一处剪创道，“就是这一处，也是剪刀造成的，上面的瓜子形剪创创口很明显。内侧呈现出锐角，而外侧便是钝角。皮肤表面也有出血，表明这是生前造成的。”

再次翻动相片，眼前便出现了一张死者左胸口的放大相片。童小川下意识地紧锁双眉。

“我们对伤口进行彻底清洗后，才确认这是明显的剪断创，虽然创口较为平整，但是仔细辨别的话，可以看到右边 1.3 厘米处有凸起，也就是说形成了互相错位的、一高一低的两个半圆平面，两者之间有个小小的夹角。”说到这儿，顾瑜抬头看着童小川，目光复杂，“我说童队，这家伙疯了，你如果不尽快抓住他的话，下一个，就不知道是谁倒霉了。而在被抓住前，相信我，他可是绝对不会停手的。”

童小川没有说话，他思索片刻后，问：“我有两个问题。”

章桐摘下了手套，顺手丢进一旁的垃圾桶：“尽管说。”

“第一，前两个受害者身上，创口是否也是剪刀造成的？”童小川直视章桐。

“第二，当年的那起案件呢？”

章桐想了想，答道：“严格意义上来讲，前面我所看过的那两位受害者，因为都不属于命案，所以，我只是从表面做了相应的检查，并没有深入研究伤口的形状和成因，所做出的结论也是基于和急诊医生沟通的结果。而现在，受害者已经进入身体的恢复期，我上次在病房中查看的时候，她们胸口的位置都被进行了包封处理，我看不到了，至于说急诊医生，因为不是很专业，所以又描绘得很含糊。”说到这儿，她重重地叹了口气，“这应该算是我的失职。”

“至于说当年那起案件，如果能有机会和当初的幸存者谈一谈的话，就能得到更确切的结果了。”

童小川点点头，转身走出了解剖室。

“主任，这不能怪你，你为什么要往自己身上揽责任？”顾瑜一脸诧异地问道。

“不，前面两起虽然说并不是命案，我们法医也不用负责勘验，一切都是以伤者的意愿为主，但是，”章桐认真地看着顾瑜，“我希望以后你要记住，但凡是脑子里有任何一个念头，哪怕很荒唐，或者说自己事后想想都会觉得是多余，可只要在当时与案子有关，就必须追查到底，这是你的职责！明白吗？”

二楼走廊上，童小川刚要推门走进办公室，身后就传来了杂乱的脚步声，很快吴岚的声音便响了起来：“等等，小川！”

童小川一皱眉，铁青着脸缓缓转身，看着气喘吁吁的吴岚，伸手一指：“叫你的跟班马上给我把摄像机关了！”

年轻助理吓了一跳，本能地摁下开关，呆呆地站着，目光在两人之间来回游移，一时之间不知道该说什么才好。

吴岚刚想反驳，可是脸上的怒容却很快就消失了，打发走了身旁的助理后，接着便笑嘻嘻地说道："小川，别生气嘛。"

"你来这儿干什么？"见对方的态度有些软了下来，童小川也不好抹了面子，毕竟两人曾经是准备谈婚论嫁的。

"公事！"吴岚回答的倒是干脆利落。

"公事？"童小川皱眉，压低嗓门道，"不是跟你说了吗，你不方便在这个时候介入案子，明白吗？破案后，自然会告诉你。"

吴岚听了，却只是双眉一挑，显得满不在乎："你说那个小案子啊，我才不当回事呢，你可别忘了我的身份。"

"哟，几天不见，你升官了？"童小川饶有趣味地看着吴岚，"那刚才跟在你身后的小跟班，难不成是来给你拎包的？"

吴岚脸上的笑容消失了，她瞪了童小川一眼，不满地说道："话怎么说得这么难听！好吧好吧，不跟你计较了，浪费我时间！我这次来，是跑新闻不假，但其实那也是多余，装装门面而已，因为案子里面的大概内幕，我事先都已经知道了，所以呢，我今天来找你，私底下还有更重要的一件事，不过呢，你这榆木脑袋是绝对猜不到的！"

童小川是真的感到吃惊了，他呆呆地看着眼前的这个年轻女人，嚣张与果敢两种不同的个性就像冰与火一样，竟然以一种不可思议的方式得到了完美的结合，虽然说两人之间几乎三句话不到就会吵个你死我活，但是吴岚似乎总有办法在最紧要关头让童小川甘拜下风，乖乖听她说话。

"怎么，不问问我到底是什么事吗？"吴岚笑眯眯地看着她。

"等等，"童小川脸上的神情突然变得严肃了起来，"按照规定，案子未破，你们媒体是不能够随意介入的，你又是怎么知道所谓的内幕？难道说又是你的什么'线人'透露给你的？吴岚，我以朋友的身份警告你，你可别玩火。"

"唉，"吴岚一声长叹，伸了伸懒腰，"你怎么总是把我想得那么无能呢？歪门邪道这一套我是不玩的。"说着，她顺手掸了掸身上的深棕色套装，把头发夹在耳后，等收拾停当了，这才清了清嗓子，神色严峻地继续说道，“我告诉你，解开这件案子的唯一的路径，就是当年的那起轰动整个安平市的‘午夜杀人魔’案。”

略微思索后，童小川不由得脸色一变，向前一步道：“我知道这个案子，那凶手不是死了吗？又怎么会和现在的案子有关联？你的消息可靠吗？”

谁想到吴岚却突然伸出双手，神情夸张地做出了投降状：“别问我，你是重案组的警察，你自己去调查，如今你既然知道这个案子，那么师父领进门修行在个人，我该说的都说完了，我可以走了吗？”

童小川若有所思地盯着吴岚的双眼看了半天，这才小声地嘀咕了句：“注意安全！明白吗？不要轻易相信别人！有什么事随时和我联系，你有我的电话。”说着，便推门走进了办公室。

“连句‘谢谢’都不说，真是的！”吴岚悻悻然离去。

房间内，隔着百叶窗，童小川其实并没有离开，他只是站在窗口，看着走廊里吴岚远去的背影，心中的不安阵阵涌起。他非常了解吴岚，这是一个极度高傲的女人，为了事业的成功，会不惜一切代价。但是她却又有一个很特别的原则，就是无论面对什么样的状况，她都不会说假话。

沉吟片刻后，童小川拨通了李晓伟的电话：“李医生，你上次所说的那件事，我答应帮你。但是我也需要你帮我一次……因为有个老案子，我想听听你的意见和建议，咱们下班后见个面吧……是的，你来局里找我，有些东西，我不方便带出去……好的，到时候见！”

刚挂上电话，办公室的门突然推开了，网安大队的郑文龙探头进来，焦虑的目光在房间里四处张望着，等看见童小川后，便赶紧招呼道：“童队，隧道的监控视频，图侦组有结果了，你快来！”

童小川和海子急匆匆地跟着郑文龙下楼去了机房。

路上，童小川随口问道：“阿龙，你怎么知道我会在办公室？为什么不给我打电话？”

“猜的！”郑文龙小声嘀咕，“我这个人的直觉一向都很准。”

说话间，他已经伸手推开了机房的门，然后径直来到了自己办公桌前，指着电脑屏幕说道："图侦组在经过处理后总共给我发了 121 张有关嫌疑车辆的视频图像资料，我通过对图像资料进行 LBP 处理……"

童小川皱了皱眉："阿龙，说人话！"

郑文龙尴尬地清了清嗓子："也就是局部二值模式处理，这是一种图像特征处理方式，能对人脸进行简单有效的纹理分类，根据图像上几个重要像素点的纹理特征，衡量它和其他像素点之间的关系，再结合我们的户籍数据库中已有的人脸资料，就能比对出乘车人的身份讯息。"

"你是怎么锁定这辆车的？"海子吃惊地问道，"那可是我们安平市车流量最大的隧道啊，更何况据我所知监控并没有完全覆盖住整条隧道。"

郑文龙轻轻一笑："兄弟，这其实一点都不难，虽然车辆可以被伪造号牌，但是按照保险公司的要求，2000 年后出厂的车辆都被强制安装了 GPS 定位系统，而这种定位系统的大数据库只有保险公司才有，也就是说我们目前虽然还无法确定具体是哪辆车，但是却能在案发时间段里，得知哪辆车在隧道里异常停留过。这样一来，自然也就能锁住嫌疑车到底是哪一辆了。结合我前面所说的 LBP 处理方式，"说到这儿，他略微停顿了一下，飞快地敲击键盘输入了一串指令，电脑屏幕上随即便出现了一张放大的人脸图，虽然还有些模糊，但是已经达到了人脸比对的要求了。

"这是坐在副驾驶座上的人。"最后，郑文龙如释重负一般向后靠在椅背上，长长地出了口气，"你们不想知道她是谁吗？"

"她是……"童小川没有说下去，双眼死死地盯着屏幕。话还没说完，一旁的海子已经把自己的手机递了过来："童队，就是她！"

"郭亚茹？她到底搞什么鬼？"童小川吃惊地看着手机屏幕，"阿龙，你能确定是这辆车吗？"

郑文龙果断地点头："案发当天整整十二个小时之内，总共三辆车在东西向隧道内有所停留，一辆是抛锚的比亚迪，停车时间总共是十八分二十七秒，另一辆是把它拖走的清障车，停车时间是三分八秒，这两辆车，都已经经过核实，没有任何问题。只有这第三辆车，套牌的，停车时间是两分十一秒。我想，这点时间用来开关车门和拖动尸体足够了，而且，交警队那边并没有找到这辆车。"

童小川听了，看了看电脑屏幕中那张略显模糊的脸，不由得粲然一笑，顺手拍了拍郑文龙的肩膀：“你给我找到这个女人，阿龙，我就已经欠你一顿烤串了！”

临出门的时候，童小川突然停下脚步，转头问郑文龙：“对了，那家伙，一直都没消息吗？”

郑文龙摇摇头。

“那他会不会就此消失了？”童小川略微迟疑。

“不可能。”郑文龙神情黯然地低声说道，“相信我，童队，我会抓住他的。”

童小川深知阿龙始终都无法忘记那个惨死在网吧的瘦弱男孩小杰，本想劝慰他几句，最终还是放弃了，因为这也是自己心中无法打开的心结。想到这儿，他便长叹一声，喃喃叮嘱道：“注意安全，随时给我电话。”

2

午后四点，正值中小学放学的时间，柏庄中学门口的大街上顿时被车流和人流塞了个严严实实。

因为是雨季，天空中总是下着淅淅沥沥的阴雨，两车道的街面更加显得水泄不通。

这种时候就是最危险的时候，圆圆包子铺的老板娘虽然忙得满头大汗，看着店铺里越聚越多的柏庄中学学生，却怎么也高兴不起来。前天，就在这个时间段，刚被人偷走了自己的手机，如果不是钱箱上被儿子装了个小铃铛的话，说不准连钱箱也保不住了。

这年头，年纪轻轻的，怎么就不干好事呢？

一边忍受着店铺里躁动不安的吵闹声，一边还得分神盯着炉子和钱箱，没多大会儿，老板娘就已经感到自己有些力不从心了。

好不容易喘口气，就在这个时候，一个让人感觉不安的女人走进了包子铺。她没有撑伞，头发被雨水打湿了，湿漉漉地贴在脸上，身穿米黄色风衣，黑色牛仔裤，脚穿一双灰色轻便单鞋，有魔术扣的那种，只是上面沾着几滴污渍，这应该是外面下雨的缘故，被飞溅的污水弄脏了。

女人从兜里摸出了一张十块纸币，递给老板娘。

“你要什么？”

“白馒头，四个。”女人的声音听上去有些怪异，就好像在梦游，缓慢而又单调。

老板娘瞥了她一眼，见女人的脸色不太好，有些蜡黄，顺手把装着四个白馒头的塑料袋递给她的时候，注意到女人的目光已经是第二次落在自己右手边的钱箱上，便本能地狠狠瞪了她一眼。

女人瞬间把目光挪开了，伸手接过馒头和找钱，转身便匆匆离开了店铺。

因为暂时没有新的客人，老板娘便探头向店铺外张望，只是一眼，她便顿时呆住了，差点叫出声来，因为眼前这样的一幕，在几天前也曾经发生过。

店铺外不到十米远的地方，淅淅沥沥的细雨中，刚才那个让自己感觉很不舒服的女人，此刻正弯腰把手中装着白馒头的塑料袋递给路边蹲着的一个浑身脏兮兮的拾荒者，满脸流露出同情。

因为离得比较远，包子铺老板娘无法听清楚她在说什么。情急之下，老板娘立刻叫来了在后厨忙碌的老公，夺过他的手机，又在钱箱里翻了好一阵子，才终于找到那张写着郭敏联系电话的名片。

“喂喂，是郭警官吗？我是柏庄路口圆圆包子铺的老板娘，田桂芳那事儿，你给我名片的……对，对，没错，我要报警，就是刚才，有人又开始在这周围诱拐那些流浪汉了，你快来吧……”不顾整个店铺里的食客们纷纷投来讶异的目光，老板娘挂断电话后，便急匆匆地来到店铺外，踮着脚朝刚才那个位置张望，顿时心中一凉，视野中，那位手里拿着白馒头的拾荒者连同那个女人都不见了。

老板娘一溜小跑来到路边，冲着临近的修车铺店主嚷嚷道：“刚才那人呢，老于，你看到了没有？他们去哪儿了？”

“走了！”修车铺店主头也不抬地答道。

“走了？朝哪儿走的？你怎么不拦住他们！”老板娘急了。

“我哪有这闲工夫，再说了，这捡破烂的老孙头还巴不得有人好吃好喝给伺候着呢，”他朝水盆里丢了个卸下来的螺帽，这才站起身，一边擦着满是机油的手，一边歪着头对老板娘说道，“哎，我说你这么上心干什么？你不做生意卖馒头啦？”

正说着，一阵摩托车声由远至近，郭敏急匆匆地停下车，问道：“刚才电话是你打的吗？”

修车铺店主伸手一指老板娘：“是她打的，与我无关。”

“但是你看到了他们是怎么走的，我光顾着打电话呢。”老板娘心有不甘地嘀咕道。

“到底怎么回事？”郭敏有些不耐烦地追问道。

老板娘这才把刚才发生的一幕如实告诉了郭敏，最后神情激动地补充道：“郭警官，我说啊，肯定是她，是她诱拐了上次的田桂芳和这个捡垃圾的老孙头！”

“他们朝哪个方向去了？”郭敏急切地问。

修车铺店主伸手朝南边一指：“万和路方向，不过，警察同志，你不一定追得上了。”

郭敏皱眉：“为什么？”

店主伸手挠了挠鸡窝一般乱糟糟的头发，为难地说道：“这万和路直通省道，那一带都很偏僻，再说了，他们是开车走的，一辆很奇怪的车。”

“‘他们’？”郭敏心中莫名地一紧，“什么样的车？”

“没错，他们，是两个人，一个开车，我不知道是男的还是女的，至于说那辆车，因为盖着篷布，我看不太清楚，只能肯定是厢式车，比一般的厢式货运要大一点，还有……”修车铺店主张了张嘴，略微迟疑后接着说道，“那车上，好像装了空调，改装过是确定无疑的了。”

听了这话，郭敏不由得紧锁双眉。

“等等，郭警官，我铺子里有监控，就是上次被人偷了手机后，我儿子硬要装的。”面对一脸惊愕的修车铺店主，包子铺老板娘激动得涨红了脸，胖乎乎的双手上下翻飞，“电视里都这么演的，不是吗？没想到还真派上用场了呢。”

很快，在圆圆包子铺昏暗的后厨楼上，老板娘的儿子鼓捣了一阵那台布满了灰尘的二手电脑后，时间便被调到了下午四点刚过的时候，电脑屏幕上，虽然监控所拍摄下来的像素非常差，郭敏却还是一眼就认出了镜头中的那个女人，她正是自己的姐姐郭亚茹。

自己所担心的终于变成了现实。郭敏彻底绝望了。

回所里的路上，雨越下越大，郭敏停下摩托车，掏出手机，再一次拨通了姐姐的电话，不出所料，电话显示关机。

“姐姐啊，姐姐啊……”大雨中，郭敏喃喃自语，仰头看着灰蒙蒙的天空，泪水混合着雨水顺着脸颊无声地滚落。

我不相信缘分，就如同我从未真正相信过你一样。

因为人与人之间，褪去华丽的言语外壳，所留下的，也无非就只是相互利用而已。但我却一点都不怪你，因为从你在我生命中出现的那一刻开始，我就知道我们之间的结局已经注定。

此刻，看着你靠在我身边发呆，我真希望这样的平静能够一直持续下去，永远都不要点破真相，那该多好。

因为至少，我还能假装一下，假装你或许真的很在乎我。

难道不是吗？

你告诉我说快了，很快这一切就都要结束了，我可以重新开始新的生活。我多么想相信你所说的话啊，真的。哪怕一次也好。

我又一次轻轻闭上双眼，假装没有看见你悄悄地打开车门离我而去。

这，或许就是爱吧，因为我知道，你必定会回来，尽管我从不相信你的话，但是我知道你会回来。所以，我从不阻拦。

因为你也需要我。

我真的很想开始新的生活，尽管我已经彻底搞砸了……

3

章桐忙起来的时候，脑子里是没有任何时间概念的。所以经常是饿得前胸贴后背的时候，才会猛地想起自己还没有吃晚饭。

“小顾，我的饭盆呢，你看到了没有，搪瓷白底带蓝色花边的那个！”章桐一边忍着饥饿翻箱倒柜，一边嘴里嘀嘀咕咕。

没有听到顾瑜的回答，自己的搪瓷饭盆却突然出现在了视野里。

她赶紧伸手一把抓过饭盆，站起身刚要道谢，却见站在自己面前的是李晓伟，不是顾瑜。他穿着一件藏青色的印有东华医科大学标志的棒球服，脖子上挂着“访客”的牌子，双手插在兜里，正笑眯眯地看着自己，便不禁感到有些惊讶：“你怎么来了？”

“童队找我有事，”李晓伟耸耸肩，笑得有些尴尬，“不过显然我是来早了，他正关着门跟人开会呢。我就溜达到你这里来了，不会赶我走吧？”

“别担心，我这儿可从来都没有往外撵人的规矩。”章桐笑了，觉得每次李晓伟出现在自己面前的时候，她都会感到莫名的高兴，“你吃饭了吗？不嫌弃的话跟我去食堂吧，我这还有点饭票，请你吃足够了。”

两人一起向外走的时候，李晓伟突然问道：“我记得你曾经提到过你很喜欢听钢琴曲，对吗？”

章桐点头，脸上流露出了感慨：“是的，不只是喜欢，我还学过，小时候家里就有一台钢琴，是一台很老的德国鲍德温，后来搬家的时候给弄丢了，那曾经可是我父亲的挚爱呢！”

“你会弹？”李晓伟感到有些意外。

章桐反问：“那照你的逻辑来看，拿解剖刀的手难道就弹不了钢琴了？”

“我，我可不是那个意思，你误会了，真的，我只是感到有些惊喜，你，你真厉害。”李晓伟赶紧道歉。因为紧张，脸涨红了。

章桐听了这话后，干脆停下脚步，转身盯着李晓伟：“李大神棍，我看你今天肯定有事，说吧，别绕弯儿了。我知道你根本就不懂得如何拍女人马屁的。”

见被章桐一下就戳破了心事，李晓伟摆了摆手，表示妥协：“我……好吧好吧，我今天跟你说这事儿，那是因为我有两张票，俄罗斯的钢琴家马克西姆来我们市开巡演，就一场，后天晚上八点，市歌剧院，我好不容易托人弄到的，能赏光吗？”说着，便把早就攥在手心里的两张钢琴巡演的票塞给了章桐。

章桐吃惊地看看票，又抬头看看他：“李大神棍，你到底想要干什么？其实不用这么拐弯抹角的，就直接说吧。我办事喜欢爽快利落，没那么风花雪月的。”

“没，我真的没什么，就是觉得认识你这么久了，也该请你出去听场音乐会了。”既然已经把话挑明了，李晓伟也平静了许多，“正好，我也喜欢听钢琴……”

章桐呆呆地看着李晓伟，半晌，她突然笑了，把手中的票重新又放到李晓伟手中。

后者一愣，有些失望地说道：“你……你不去吗？”

“谁说我不去了？”章桐的脚步变得轻快了起来，“快走吧，我都快饿死了。”

李晓伟这才恍然大悟，看着手中那剩下的一张巡演票，嘿嘿笑了起来，小声咕哝了句：“谢啦，老同学！”说着，他便长长地出了口气，快步追上了章桐。

昨天下午三点半的时候，李晓伟正在第一医院的门诊室里无聊地打发时间，老同学顾大伟在门口探头探脑。

“你想干吗？”李晓伟皱眉问道，“要看病排队拿号去，你小子又不是不懂规矩。”

“老子才没病呢。”顾大伟干脆直接推门走了进来，一屁股坐在了李晓伟办公桌前，不屑的眼光在房间里扫了一圈，“唉，老同学，我看你这地方都快长蜘蛛网了。”

“没那么严重，你别寒碜人。”李晓伟嘀咕了句，“虽然这里萧条了点，但饭碗可是稳当着呢。对了大伟，这无事不登三宝殿的，你来找我干什么？”

“聊聊不行吗？”顾大伟笑嘻嘻凑上前说道。

“好呀，每小时 80 块，我给你打八折，你给我 64 块就行，一个钟起跳。”李晓伟一副公事公办的架势。

“我看你这家伙真的有点穷疯了。”顾大伟脸上的笑容变得僵硬了起来，话锋一转，“不过我今天特地来找你，可是为了正经事，还有，说到报酬，我当然会给你。”

李晓伟不由笑出声来：“你拉倒吧，铁公鸡。”

“非也，”顾大伟伸手从公文包里摸出一个信封，神秘兮兮地放在办公桌上，“瞅瞅，你就知道我是不是糊弄你了。”

李晓伟半信半疑地伸手打开信封，一眼就看到了两张票，不禁诧异道：“这是什么票？”

“俄罗斯钢琴家在本市巡演的票，很难弄到手的，才一天，就一场，凤毛麟角的东西，为了抢票都快挤破头了。”顾大伟夸张地伸了个懒腰。

“为啥给我这个？”

顾大伟斜睨着他：“你真是贵人多忘事，上次你不是无意中说起你的女朋友喜欢听钢琴曲吗？”

“女朋友？”李晓伟顿时脸红了，“哎呀，你说章医生啊，这……这，这也太……她会不会去？”

顾大伟重重地叹了口气：“老同学，说你笨呢，你还真不聪明。相信我，她肯定会去的。至于说原因嘛，你就自己好好想吧。”

“真的？这，这样不太好吧……”说归说，李晓伟却双手紧紧地抓着信封不放，一点都没有归还的意思。

“嘿嘿，放心，谁叫兄弟我是你老同学呢？我不帮你谁帮你？我看你再不出手好好追的话，将来等她出嫁那天你可真得哭了。”顾大伟懒懒地说道，“怎么样，这份大礼值吧？做人就得投其所好。”

“好吧好吧，恭敬不如从命。”李晓伟耸耸肩，顺手拉开抽屉，把装着票的信封朝里一丢，关上抽屉后，这才清了清嗓门，接着说道，“谈正事儿吧，老同学，你来这儿的目的。”

谁想听了这话后，顾大伟反而有些迟疑，他略加思索后，这才压低嗓门说道：“最近，我们公司接到一个委托。”

“委托？”

顾大伟点点头：“其实也不是正常意义上的委托，比较……比较不正规就是。但是报酬不错，这个可真是心里话。只是遇到点麻烦，思前想后，也只有老同学你才能帮我了。”

李晓伟上下打量了一番顾大伟，不解地嘀咕：“你的穿着打扮都是正常的，包括你这飞机头的发型，你的精神上应该是没出什么问题啊。怎么就有妄想症的倾向呢？”

顾大伟狠狠瞪了他一眼：“扯淡，我跟你说过多少回了，老同学，我很正常，没病！就是这案子，都折腾我一个多礼拜了，真要说病的话，那只能说是焦虑症了。”说着，他无奈地仰天长叹一声，“如果早知道这案子这么愁人，我还真不应该接了呢。”

“好吧好吧，谁叫我拿人手短呢。”李晓伟嘿嘿笑道，“跟你开玩笑呢，别往心里去，大伟，尽管说就是，我一定尽力而为。”

“唉，我哪有什么闲工夫开玩笑啊，事情是这样的……”顾大伟脸上的笑容渐渐消失了，“一周前，我办公室来了个年轻人，年岁嘛，比你我小了那么一两岁，二十七八的样子，不过别看他年轻，人家可是一个上市公司的老总了。”

李晓伟点头：“年纪轻轻就这么成功，估计是心理压力太大了吧。”

“不是他，他是为别人委托，”顾大伟摆了摆手，“确切点说，他是为他妈。他妈现在五十多岁了，却已经快二十年没跟他说过话了。”

“你什么时候开始当起调解员了？”李晓伟有点吃惊。

“我才不当什么调解员呢，那是居委会老大妈才干的活儿，”顾大伟神情严肃地说道，“你知道吗，他妈是创伤后应激障碍症患者，得上这个病已经有快二十年了，虽然在一段时间的看病吃药后，病情稳定了些，却转成了自闭症，这么多年来，就没有跟唯一的儿子再说过一句话。我去九院看过病人，她完全抗拒和外界做任何形式上的交流，无论我怎么努力，都收效甚微。”

“连你都感到头痛的事，为什么会想到来找我呢？”李晓伟苦笑道。

顾大伟认真地看着他："老同学，你也知道，自闭症一般都是在孩童时期就会有发病征兆，后天绝对不会自我个体形成。也就是说成人身上如果出现自闭症症状的话，那要么是误诊，要么就是情况更严重了。而我委托人的母亲曾经得过创伤后应激障碍，这两种原因加在一起的话，后果就不是那么简单了。"说着，顾大伟长叹一声，脸上的神情流露出了深深的无奈，"我委托人说了，只要能让自己母亲在有生之年叫一下他的名字，他就心满意足了。"

李晓伟若有所思地看着顾大伟，半晌，黯然说道："拖了这么久才来找你，我担心已经过了治疗的最佳时间。要知道，心理治疗跟普通的看病问诊不同，不确定因素太多了。对了，你为什么要接下这个委托呢？明知其不可为而为之？"

顾大伟微微一怔，低声说道："抛开酬金不说，我确实是觉得他母亲太可怜了。所以，才厚着脸皮来求你帮忙。"

李晓伟突然想到了什么，赶紧问道："等等，大伟，你委托人有没有跟你说起过他母亲当年到底是为何会得上 PTSD 的？我记得患上 PTSD 的女性人数比例远远超过男性的比例，这个结论可不是随便做出来的，不只是因为女性的性别问题，更离不开女性的个性特征，以及她所经历过的那起事件的重要性。要知道这种病是无法彻底治愈的，有些人一辈子都会被困在里面。而她后面所表现出来的自闭倾向，在我看来只有可能是 PTSD 的人为延续。所以，老同学，我的意见是要想解决这个病症的话，那就需要彻底打开她的心锁。"

"锁？"

李晓伟点点头："找到当初的病灶原因，打开心锁，我想，或许就能让她的生活真正地恢复正常。"

一听这话，顾大伟的双眼顿时亮了起来，他顺手拍了下办公桌，神情夸张地说道："我就知道什么都难不倒你！"没等李晓伟回过神来，他便又一次打开那只高档公文包，如数家珍一般地取出了一沓资料，都是用 A4 纸逐一打印装订好的，"你知道吗，那起案子实在是太有名了，当年都轰动了整个安平市呢，这一个礼拜我几乎都是在档案馆里待着呢，虽然说都是一些外围报道，但是七零八落地凑起来，我想也足够了。你说是不是？”

“你都找了这么多了？那你为什么还要拐弯抹角地给我挖坑？”李晓伟感到有点奇怪。

顾大伟双手一摊，作无奈状：“我刚才不是说了吗，都是外围报道，你至少还在公安局那边挂了个名，深入调查是没有问题的，你说是不是这个理儿？”

“话是这么说，那到底是什么案子？”李晓伟一边说着，一边顺手翻开了面前这堆打印资料。

“还记得你跟我提起的那个六年前的案子吗？”顾大伟突然幽幽说道。

李晓伟点点头：“我当然记得。”

“我这个案子所发生的时间比这个还早，手法也相似。”

“案件详细内容都是不对外的，你到底是怎么弄到的？”李晓伟有些吃惊。

顾大伟抱怨道：“说真的，为了找这些资料，真是想办法想得我脑壳都疼，简直是费劲口舌，费尽心机。不过你放心，老同学，这案子的材料来源都真实可靠，并且是合理合法的第一手资料。”

“虽然说我手上这个案子有关受害者方面并没有用太多笔墨去描绘，毕竟这是要用来面对大众的报道，但是从字里行间还是可以推断出来的，”顾大伟伸手指了指，“相关情节我都用荧光笔给你逐一标记清楚了。老同学，现在就只是缺公安那一块了。”

李晓伟抬头看着顾大伟，严肃地说道：“这个案子，我是听说过的，不是说已经破了吗？”

“破是破了，但是据说在进行抓捕的时候，凶手最终选择了跳楼自杀。也就是说，是个零口供案件，而且有一些情节还是没有被正式确定。从法律意义上来看，这案子还没有破，只能说是犯罪嫌疑人自杀，所以导致案件被终止。”说到这儿，顾大伟咽了口唾沫，神情黯然，“我委托人的母亲，是这起案子中犯罪嫌疑人儿子的小学老师。我想，她肯定是知道什么，所以当嫌疑人跳楼死亡后，她没多久就因为精神问题被家人送进了医院。”

李晓伟一怔：“难道说她当时在现场？”

“具体我不清楚，应该是吧。”顾大伟轻轻叹了口气，“只是听我委托人说，他母亲年轻时非常敬业，经常会在业余时间去学生家中进行家访。他就记得自己母亲在一次家访回来后，整个人就变了。他用一个词来形容他母亲当时所表现出来的变化……”

“什么？”

顾大伟目光直直地看着他，一字一顿地说道：“恐惧。”

“后来，医生经过数次诊断后，最终确诊我委托人的母亲所患上的就是创伤后应激障碍。”

“那他又是怎么确定和这起案子有关的？”李晓伟不解地问道。

顾大伟又一次指了指李晓伟面前的打印资料：“你翻开最后一页，那是一张我委托人所保存的画，是他母亲在住院的时候做心理疏导，按照治疗要求画的，老同学，你看了就知道了。”

李晓伟赶紧把资料翻到最后一页，出现在他眼前的是一张黑色水笔画，画得很逼真，显然绘画者拥有一定的功底，画面非常诡异。

画面中是一个躺在地上的女人，浑身赤裸，左胸一个大洞。

“我刚看到这幅画的时候，也不由得一个哆嗦，真他娘的。”顾大伟忍不住朝地上啐了一口，嘴角露出了苦笑。

许久，李晓伟沉声道：“那后来，她见过这个犯罪嫌疑人的儿子吗？”

“我委托人提到案发后，就再也没见过。”顾大伟叹了口气，“据说公安按照规定把他带走了，毕竟那孩子还未成年，至于说最终带去哪儿，没人知道。我想，他们这么做，也是为这个孩子的日后生活考虑吧，换个新的身份重新开始，对他总是有好处的。毕竟没有人会愿意和一个杀人犯的后代和睦相处的，至少在现在的社会里，还做不到这一点，难道不是吗？”

“大伟，你放心吧，即使你不送我这两张票，这个忙，我也帮定了。”李晓伟轻轻合上资料，神情若有所思，“等我彻底弄清楚这个案子后，我会好好和你委托人的母亲谈谈。”

4

刚过下班时间，郭敏便走出了惠风派出所，匆匆回到家后，破天荒头一次主动找父亲谈话，而在这之前，父子俩形同陌路。

父亲郭长海早就已经退休了，是个固执的老头，脾气古怪还是其次，三天两头和邻居起冲突是最让郭敏感到头痛的。老头每天最爱做的事似乎就只是用一杯酒和一碟花生米来独自打发时间。母亲刚去世的时候，郭敏还埋怨过父亲对自己和姐姐不管不问，后来姐姐郭亚茹出事，父亲越发变本加厉。

进门后，郭敏没有来得及脱去警服，直接就在父亲面前的椅子上坐了下来，焦急地问道："爸，姐给你打电话了吗？我联系不上她。"

老头没有吱声，只是眼皮子微微抬了抬，继续一杯酒下肚。

"爸，姐不见了！"郭敏急了，"她可能涉案了，我必须马上找到她！"

谁想到听了这话，老头突然冷冷地说道："与你无关的事，你别插手。"

"我是警察，她又是我姐，爸，我不能不管的，我做不到。"

"那你到底想怎么样？"老头皱眉看着郭敏，"都这么多年了，你即使找到她，又能怎么样？劝她投案？或者说你知法犯法？"

"我……她可是我姐啊。"郭敏紧咬着嘴唇，"爸，我姐她已经够可怜的了。"

"我最后奉劝你一句，老老实实不要插手这事，"老头一边说着，一边给自己又满上了酒，神情漠然地最后看了儿子一眼，"你现在的饭碗来之不易，好好珍惜吧，傻小子。"

郭敏突然明白了父亲目光中的寒意，他感到头痛欲裂，想着应该是自己下午从柏庄路口回所里时淋雨着凉了，便站起身，回到自己房间，从抽屉里找出止痛药，就着床头柜杯子里冰凉的水仰头喝了下去，然后躺在床上，看着天花板缓缓闭上了双眼。

父亲肯定知道什么，但是他却不会告诉自己，为什么？……脑子里一片混乱，在意识最后消失的那一刻，郭敏分明听到隔壁父亲似乎是在和谁打电话，紧接着便是一声沉重的叹息。

安平市公安局底层法医办公室里，充斥着很浓的咖啡香味。时间已经过了晚上八点，终于等到了童小川沉重的脚步声在走廊上响起。

很快，他推门而进，接着便把怀里抱着的一大堆文件一股脑儿放在了章桐的办公桌上，嘀咕道："章主任，看来还是你这里清净，我那一亩三分地里都快被吵死了。"

"活人是不会愿意上我这里来的，你就放心吧。"章桐一边捂着嘴拍打桌上的灰尘，一边伸手打开桌上的台灯，"这是什么年头的卷宗，怎么这么多灰尘？"

童小川伸手一指卷宗封面，无奈地说道："十八年前曾经轰动我们安平市的'午夜杀人魔'案，因为这案子所牵涉的物证多，涉案对象已经死亡，再加上时间又过去那么久了，所以档案部门并没有把它列为第一时间归电子档的参考对象。你也不想想，在那破架子上放了十多年的东西，没灰尘才是一件稀奇事呢。李医生，你说是不是？"

李晓伟耸耸肩："我可是局外人，别把我拖下水。"

"好吧好吧，"童小川摆了摆手，"咱先说第一件事儿。我现在有理由怀疑这件案子和我们目前所发生的游乐场抛尸案有关，至于说是什么理由，很抱歉我还不能告诉你们，因为就连我自己都还没有完全证实，只是怀疑。而今天之所以把两位请来，是想请你们从各自的专业角度帮我分析一下当初的这个案子，怎么样？"说着，他伸手拍了拍厚厚的几沓卷宗，"里面什么都有，包括发现尸体的现场照片、案情介绍之类……"

"等等，"章桐皱眉问道，"你这样的调查，陈局知道吗？"

童小川摇头："他不知道。"

"那你为什么突然想到这个案子？"章桐紧追不舍，"如果你不把实情告诉我们的话，我们也帮不了你。"

房间里的气氛瞬间变得尴尬了起来，片刻过后，童小川长叹一声："唉，好吧，是我前未婚妻吴岚，她告诉我的。她专门跑法制新闻这条线，市日报社的，最近好像突然消息变得灵通了许多，有些地方甚至还超过了我们警方所掌握的范围。为了能证实她的话，我觉得有必要再看看这个案子。"

李晓伟听了，不禁皱眉道："是听说过跑新闻的，尤其是一线新闻，都有自己专门的消息来源，但是这么大的事，童队……你不觉得一旦被证实的话，风险太大了点吗？"

"我当然明白你所说的，李医生，但是也没办法，目前看来只能走一步是一步了，以案子为主吧。"童小川哑声说道，他斜靠在身后的椅背上，"我挑重要的慢慢说，你们看卷宗，这样比较直观一些。"

章桐点头，把手里的卷宗分了一半给身边坐着的李晓伟。

"我必须说明一下，这里的案子都是死亡案件。"童小川把李晓伟面前的那杯咖啡拿起来，仰头一饮而尽。

"为什么？"章桐不解地看着他。

"不说那个年代了，就是到现在，你去基层派出所问问，有多少强奸案的受害女性会愿意主动报案的，而人命案就是个例外了。"童小川干巴巴地说道，"十八年前，安平市还没有现在这么繁华，当然遍布街头的天网监控也还只是个梦想。而第一个人命案子，就发生在千禧年之前那个国庆节的晚上，本市纱厂的挡车女工，二十三岁的安丽丽下中班回家，在自家住的巷子口失踪，现场发现了她随身所携带的挎包和铝制饭盒，除了受害者以外，还有就是两个陌生男人的足印和一道摩托车的痕迹，足印是44码的鞋子，当时省里的足迹专家看了，推断出是一个中年男人，身材健硕，而摩托车是当地出产的一款老牌子，普遍是当地人在用，运送货物或者载客都有，所以在当时那个环境下要想精准定位，真的是很难。尸体是一天后发现的，相片就是你们手头的那张编号为001的，这是在发现尸体的现场拍的，002至005是尸检相片，虽说尸体上遍布了各种各样的伤口，但是真正的死因却是脖子上的那道唯一的锐器伤。主检法医师在尸检报告中也指明了这道锐器伤是最后形成的，戳进去后，左右拖动，最终剪断了死者的气管。"

听了这话，李晓伟惊愕地看着章桐："剪断？"

章桐点点头，指着面前这张放大的尸检相片："看这尸体的颈部，伤口确实与剪切创相吻合，并且刀刃的边缘非常锋利，犯罪嫌疑人应该是用它压住受害者颈部的皮肤，在原有刺创的前提下，沿着刀刃口长轴方向左右拖动，切割伤口边缘皮肤以及皮下组织而形成。我想，之所以会最终形成这样独特的创口，不排除行凶者最初只是想戳穿受害者的颈部，造成大量出血性休克死亡，但是因为凶器是一把剪刀，可能伤害还不够大，故想通过这种拖拉的方式来人为扩大伤口范围，从而给死者造成最终致命的伤害。”

“看来他是非要置对方于死地了。”

“确实如此，”章桐伸手从办公桌文件栏里翻出了一份尸检报告，打开后，指着上面说道，“这是最近在隧道里发现的那具尸体的尸检报告，虽然说在死者的颈部并没有出现类似的状况，但有一点可以确定的，那就是所用的凶器都是剪刀，并且是一把特殊的剪刀。我比对过，有点像这个，”她探身从右手边的小抽屉里拿出一把未拆封的尖头手术剪，轻轻放在桌上，“不过只能说是类似，从它的尺寸和张开的角度来讲，因为尸体上的创口非常复杂，再加上死后尸体的变化，所以不能准确到百分百。”

“为什么要用剪刀？”童小川不解地问道。

章桐苦笑：“这个，我真的不能回答你，因为法医只能就证物做推论，具体的话，属于个体的主观选择，那就已经超出我的专业范围了。我再看看另外两个案子的尸检相片。”

李晓伟突然问：“那这个死者是在哪儿被发现的？发现尸体的是第一现场吗？还有后面几个死者呢？情况是不是一样的？”

童小川摇摇头：“发现尸体的并不是第一现场，而是抛尸现场，这个案子总共三个死者，被发现的地方都是在城郊接合部类似于垃圾填埋场之类的场所，周围环境非常糟糕，有利用价值的证物真是少得可怜。”

李晓伟逐一把要点在自己随身带着的笔记本上记录了下来，接着问道：“那三位死者的年龄都差不多吗？”

“是的，不仅如此，被绑架杀害的时间也差不多，都是在午夜，所以这个案子才会被媒体叫作——午夜杀人魔案。”说到这儿，童小川不禁仰天一声长叹，“想想那时候经手这个案子的前辈们费尽心机终于锁定了目标，进行抓捕的时候，他却偏偏给跳楼自杀了，唉，真是功亏一篑。”

“这个凶手，他平时到底是什么样的一个人？后来是怎么锁定他的？”

童小川略微思索了一下后，说：“锁定他是有人打了举报电话，据说是他儿子的小学老师。这家伙平时看不出什么，性格内向，社交关系也很简单。”

“他是做什么职业的？”李晓伟问。

“会修摩托车和汽车，平时主要就靠这个赚钱，家里还盖了一栋小楼。”

“生活条件看来还不错嘛，那他老婆呢？”李晓伟心中的不安感越发强烈了起来。

“走访居民的时候得知几年前就失踪了，一直找不到人。所以平时都是这家伙自己一个人带着儿子过日子。周围邻居反映说，除了孩子学校的班主任会经常去家访外，还真没有什么人会主动登门做客。”见李晓伟依旧看着自己，似乎并没有接受这个看似很平常的答案，童小川不由得心中一震，“你为什么这么看着我？”

“童队，你是聪明人！”李晓伟咕哝了句。

“你……”突然，童小川呆住了，回过神来后，不由得手指着李晓伟，咬牙小声咒骂道，“你这家伙，这事儿要是最终被证实是真的话，我就真的把你当神棍供起来！”

“这不是神棍发威，这可是符合犯罪心理学模式的，”李晓伟哭笑不得地摆摆手，“童队，从你刚才的描述来看，凶手性格孤僻且不合群，社会关系简单，杀人手段残忍，并且带有明显的对受害者的虐待倾向，最后面对抓捕，采用的是跳楼自杀来逃避法律的惩罚。他的种种所作所为，常人是做不出来的，都与反社会型人格障碍相吻合，简单点说就是‘报复社会’。这体现在他的猎捕对象方面，三名死者虽然看上去是有一定的年龄、性别和时间的选择特征，但是这些受害者之间，应该是没有任何互相联系的，也就是说，其实是不特定对象。我觉得，如果他不是跳楼的话，那他还会继续干下去，直到自己真正被阻止。

“童队，你知道吗，没有人生来就是以杀人取乐的，这需要一个心理的转变过程，并且非常复杂。反社会型人格障碍的形成基础除了自身的个性外，很大一部分是由后天原因所导致，比如说受到了某种情感的刺激，这在当事人本就不健全的人格基础上给了致命的一击，导致了他开始不特定并且不计后果地报复某一类人，而最终的结果是以自杀了断这场悲剧。”李晓伟伸出右手，用指尖轻轻敲了敲面前的打印资料，“至于说这个案子，刚才提到凶手的妻子几年前失踪，那你告诉我，如果你是一个女人，是个孩子的母亲，你会舍得对自己的亲生儿子不管不问吗？”

一旁的章桐幽幽说道：“这个世界上，没有谁能彻底消失得无影无踪的，除非她死了。”

听了这话，童小川瞬间脸色一变：“那这么看来，真的是出事了。该死，还得挖这个案子。现在尸骨都不知道去哪里找。”

正说着，章桐逐一把尸检相片平铺在桌面上：“你们看，死者伤口的走向和深度除了一两处伤口外，大部分都是一致的，这至少可以证实一点，凶手所用到的凶器是一把剪刀，并且这三起案子是同一个人所为。再结合我们现在手中的隧道女尸案，以及前面的两起伤害案，伤口都如出一辙。我虽然无法解释为何凶手要刻意剪去死者乳房组织的一部分，这不排除变态心理的成分在内，但是从手头既有的证据来看，他们之间有着联系。隔了这么多年，虽然不是同一个人干的，但可以确定，这后面的凶手是知道当年这起案子的，可以说是刻意模仿。”

童小川猛地一拍桌子，目光中闪烁着激动的神情：“对了，李医生，你上次要我找的那个女孩，我答应你要告诉你她的名字，我不会食言。”说着，他从兜里另外摸出一张叠好的打印纸，交给李晓伟，“真没想到，她竟然是那个小警察的姐姐！”

李晓伟不禁呆了呆，他缓缓打开这张带有明显烟草味道的打印纸，映入眼帘的果真就是郭亚茹的户籍资料：“天哪，怎么会是她？”

童小川沮丧地点点头：“案发那年，她弟弟上高二，她想报考医科大学，却因为几分之差最终落榜了，顶着家里重重的经济压力，这倔强的姑娘选择了参加复读，结果，悲剧就在一次下晚自习的路上发生了。她虽然幸存了下来，但是那场可怕的噩梦却被深深地刻进了她的脑海里，这可怜的姑娘疯了，治了好几年。我想，那个小警察之所以在毕业后当警察，而不是去当医生，很有可能也是因为发生在他姐姐身上的这起悲剧吧。”

“侵害她的凶手抓住了吗？”章桐黯然问道。

“没有，”童小川看了一眼李晓伟，“说到她身上的‘签名’，我找到了当时的报案相片，是在医院里照的，真的很不容易，就在卷宗夹缝的最后一张，标记是020。你们看一下，我特地分开放了。”

章桐顺手从抽屉里拿出一个放大镜，就着灯光仔细查看这张几年前的相片，半晌，抬头，一脸迷惑地看着李晓伟：“不对，这个创口，明显是刀形成的，横切面不一样，也没有明显的凸起，这不应该啊，是不是出了什么问题？我印象中像这样的固定模式的连环杀人案，是不会轻易改变的。”

李晓伟也意识到了这点：“你说的没错，这个案子中，所使用的凶器——剪刀，在某种意义上对行凶者来说是一种地位非常高的东西，具有一定的象征意义，他应该是不会轻易改变的。”

章桐焦急地说道：“那，我能见见她吗？让我近距离看一眼伤口的疤痕，就能找到答案。”

童小川一瞪眼，果断地回绝道：“章主任，这不可能，郭亚茹要是个正常人的话，做做思想工作就可以了，多少还能替她讨还公道，但这是个有自残倾向的精神病人，你开什么国际玩笑。再说了，郭亚茹失踪了……她弟弟今天刚报的案，我现在上哪儿给你找人去。”

听了这话，章桐和李晓伟不由得面面相觑。

夜，无声无息，我静静地趴在方向盘上，透过前挡风玻璃，心情愉悦地欣赏着窗外无边无际的夜空。或许是身处郊外的缘故吧，我感觉天上的星星从未像此刻这般几乎触手可及。微凉的夜风从打开的车窗轻轻吹拂着我的脸，我丝毫都感觉不到冬天即将来临，相反，我感到了生命，感到了希望。

人，不能没有希望而活着，就如同不能没有呼吸。

夜风不断地吹拂着郊外的空旷与寂静，远处，那寂寞而又斑驳的旋转木马在风中开始微微颤动，就像此刻的我，不再感到恐惧。

如果我有一双翅膀，那该多好！

我轻轻地闭上双眼，在仔细品味黑暗的同时，耳畔传来了你的声音，轻柔地仿佛来自另外一个世界——准备好了吗？

这一刻，终于来到了。

第七章

章桐冷冷地说道：“不管是谁死了，都有权利知道自己的真正死因。别忘了，命案在我们国家的法律中可是没有追溯期的。”

1

夜深了，刚下过一场雨，泰德花苑小区通道上一个人都没有，孤零零的路灯闪烁着昏黄的光芒，一阵风吹过，树叶发出沙沙的声响，偶尔能听到不远处传来几声野猫的叫声。

蓝白相间的出租车在小区门口停了下来，章桐付了车费后，正要下车，中年出租车司机好意劝道：“姑娘，这段日子不太平，新闻上说有好几个女孩子都出事了，要不我开车送你进去吧，以防万一。反正路也不长，不用打表的，就当我倒个车。”

虽然心中一暖，章桐却婉拒了，笑笑说道：“谢谢大叔，不用，我是警察，我不怕的。”

中年司机点点头，还是目送着章桐的背影消失在小区尽头，这才放心地开车走了。

夜晚的泰德花苑小区静悄悄的，拐过木质走道，面前就是自己住的楼栋，一阵寒意袭来。章桐加快了脚步走进大楼，径直向电梯走去，伸手摁下了上行键，电梯门随之无声无息地打开。就在这同时，身后的玻璃楼门也被快速推开，紧接着一个人影快步走了过来，跨进电梯站在了她与电梯门之间。

对方身穿一整套外卖平台制服，戴着摩托头盔，手中拎着一个塑料方便袋，看不清楚里面装着什么，也看不清楚来人的具体样貌。他一进电梯便伸手摁了最高的 18 层，接着就静静地站在原地不说话，等着电梯向上缓慢运行。

出于本能，尽管电梯内的空间还较为充足，但是章桐却仍然选择朝相反方向靠了靠，目光注视着不断跳动的电梯指示牌。

时间过得有点慢，就在这时，一股淡淡的甜味在电梯中越发变得浓烈，章桐微微皱眉，这种甜味与香水有着迥然不同的区别。她用眼角的余光看了一眼站在自己斜对角的外卖员，确定那股甜味就是由他身上散发出来的，不禁心中感到了一丝同情。

很快，4 层到了，电梯门打开，外卖员便朝一边靠了靠，让出了电梯出口，章桐走过他身边，电梯门在自己身后缓缓关上，就在这时，电梯中的外卖员看似很平常地说了句："慢走，章小姐，下次见。"

话音未落，章桐浑身一震，顿时感到脑子里一片空白，恐惧感随之涌上心头。

自己从未订过外卖，对方又是怎么知道自己名字的？并且还这么准确无误地认出了自己。

还有就是，自己所住的这栋大楼 18 层是没有住户的。章桐在周末的时候曾经上去晒过几次被褥，所以她知道那里是个大露天平台，除了排列整齐的高层水箱外，便是楼下住户统一安装的太阳能热水器。虽然在电梯中有到达 18 层的指示灯，但那只是个摆设，出电梯门还有一道大铁门，为了安全起见，谁上楼顶 18 层都必须问物业要钥匙，才能打开那道铁门。

而这个楼层除了小区物业每半年清洗楼顶水箱时必须上去人之外，平时就没有什么人会上去，尤其是在这三更半夜，怎么还会有人叫外卖？

章桐突然意识到刚才自己走进楼栋直到打开电梯，耳边一直都没有听到任何车辆的响动，而这个外卖员的突然出现就像从天而降一般……章桐下意识地抬头看了一眼离自己不到五米远的家门，静悄悄的，没有任何异常。她又回头看了看那不断改变的电梯运行指示灯，此刻，正停靠在 18 这个数字。

章桐略微思索后，加快脚步匆匆走向右手边的楼层配电房，心跳得厉害，她很清楚这个时候自己要是选择像往常那样回家的话，不确定因素太多了。相比起家里，这个楼层配电房的位置和设施对她来说也非常熟悉。因为自己家里的电线已经严重老化，经常跳闸，所以她每次都不得不亲自动手来解决。

走进配电房，她用力推上大门，然后身体紧靠在门上，掏出手机，刚想拨给李晓伟，却很快打消了这个念头，继而拨通了童小川的电话。

电话刚接通，没等对方开口，章桐便迅速压低嗓门道："童队，我是章桐，你现在不要说话，听我说就好。我在泰德花苑一期三栋四层楼道的配电房里，我想有人在跟踪我，你能来一趟吗？"

"我马上就到，你注意安全！"电话很快就挂断了。

与此同时，寂静的楼道里传来了一声电梯到达的提示音。章桐心中一沉，不由得伸手捂住了自己的嘴，身子向下靠去。

配电房的门是铁质的，但是没有锁，空间只有不到 1.5 平方米，也就是说只要对方推开这道门，那自己就毫无藏身之处可言。

章桐听到了自己沉重的呼吸声，几乎盖住了走廊里响起的轻轻脚步声。她不敢抬头，只是死死地抵住门，还好配电房的窗户离地有一段距离，所以，如果不打开门，只是在外面走廊上朝房间里看的话，除了那一排排配电箱，根本就看不见一米以下的空间。

不知怎的，脚步声在走廊里忽远忽近。章桐混乱的思绪塞满了脑海。突然，她额头冒出了冷汗，迅速掏出手机，关机，拔出电池，重新又把它塞回包里，悬着的心才总算放下。

因为神经过于紧张，再加上已经整整一天没有休息，章桐昏昏欲睡，却又时不时惊醒，死死地抵住背后的铁门。也不知过了多久，她猛然惊醒，听到走廊里有人在轻声叫自己的名字："章主任，你在哪？章主任……"

这是童小川的声音，可是章桐此刻已经浑身肌肉僵硬，她抓着门把手使劲把自己的身体拖开，然后冲着灯光昏暗的走廊喊了一句："童队，我在这儿。"

几道应急灯光顿时循声而至，童小川匆匆上前，见章桐瘫倒在地，便单膝跪下，焦急地问道："你没事吧？"

章桐苦笑道："我没事，刚才太紧张了，这是肌肉痉挛的症状，没关系的，休息一下就好了。"

话音未落，童小川不容分说便抱起章桐，快步朝消防梯跑去。

"你要干什么？我跟你说了我没事。快放我下来！"章桐急了。

"我送你去医院，今天晚上你不能一个人在家了，不安全。"来到楼下，童小川打开车门，把章桐往后座上一放，紧接着便用力关上车门，自己钻进驾驶座，转动车钥匙，满打方向盘开上小区林荫道，看着并不慢的车速，章桐不由得吃惊不已。

"章主任，我打你手机，你关机……"童小川一边看着后视镜，一边语速飞快地问道。

章桐这才想起了自己手中还紧攥着的挎包，赶紧伸手从包里摸出了手机和电池板，装上后，再次打开手机，这才轻轻松了口气："我把手机电池给下了。"

"为什么？"

这时，警车的车速已经接近了80，童小川却依旧没有减慢的意思。车辆驶上了环城高架，夜风吹进车厢，章桐感觉自己的身体已经完全恢复正常了："上次局里不是搞网络安全教育吗，我听阿龙说过，这么做的话，可以避免自己的手机被追踪。"

童小川匆匆朝车内后视镜看了一眼："你是不是感觉到了什么？"

章桐缩在车后座上，竭力忍受着车内刺鼻的烟草味，从头到尾把自己最初走进电梯时所经历的那一幕和自己后来的担忧都说了，接着沉声补充道："他在走廊里不停地走来走去，我就担心他是通过电子追踪器在定位我的位置，所以，宁可信其有不可信其无，我就把手机电池给拆下来了。"

“你的个人讯息是怎么被泄露的？”童小川不解地问。

章桐摇摇头，看着车辆驶进了第一医院急诊大院，便无奈地叹了口气：“我也不知道，要知道这年头，捂住个人的钱袋子可比在网上保住个人讯息要来得容易得多。”

听了这话，童小川不禁忧心忡忡：“那你可要小心。别忘了，那家伙可还没被抓住呢。”

章桐一愣，随即轻声说道：“你说的是弄曲子的那浑蛋？”

童小川把车停好后，回头看着章桐，咧嘴轻轻叹了口气：“唉，我的章大主任，他可没你想象得那么简单，那首曲子对他来说，只不过是一道宴席上的开胃菜而已。不过，只要他一天不落网，我和兄弟们一天都不会掉以轻心。”

章桐没有回答，其实她心里很清楚，虽然那个影子一般的人始终都未曾真正露过面，却总会在自己的周围若隐若现，她无法确定电梯中的那个外卖员就是他，但是自己今天在配电房里第一时间就下了手机电池，恰恰就是因为想到了可能是他。

只是，他这么做的目的到底是什么？章桐绝对不会相信只是单纯地针对警察而来。

下车后，没走几步，章桐突然停了下来，转身面对童小川，夜风吹起了她的头发，让她感到了一丝凉意：“对了，童队，有件事我怕忘了，今天那个电梯中的家伙，是糖尿病 I 期患者，应该是很严重了，这种程度的，我想，可能离不开胰岛素了。”

童小川吃惊地看着她，张了张嘴，却说不出话来。

章桐耸耸肩，撇了下嘴：“不奇怪，丙酮酸中毒不轻，因为他的汗水中散发出一种甜味，我经过他身边走出电梯时，他的呼吸中隐约散发出一种类似于烂苹果的酮臭味。我想，这应该有助于帮你们确定真正的嫌疑人吧。”

“该死，我还真以为你神了呢，原来如此。”童小川尴尬地咽了下口水，“我记下了，谢谢。”

章桐不禁有点意外，她笑了，抬头打量了一眼急诊室的红十字霓虹灯，又叹了口气。“那今晚我就在这儿乖乖待着再说，”她把一串钥匙递给了童小川，“这是我家的钥匙，你们拿去查吧，我也好放心一点。丹尼在窝窝宠物店寄养着，没事儿，它是那里的常客，我跟老板打个电话，过段时间再去接。我明天直接去单位，下班后再回去。”

童小川点点头，接过钥匙，认真地看着章桐：“照顾好自己。”便转身匆匆离开了医院急诊室。

远处，急救车的声音由远至近，忙碌的值班医生和护士进进出出，章桐若有所思地缓步走进了急诊室的走廊里，然后找了个靠门的位置坐了下来。她知道自己身体没事，也很清楚童小川之所以这么做，更多的是想找个借口能让她有个安全的去处。又想起那一团乱麻一般的两起案子，章桐不禁感到了一阵莫名的沮丧，难道说自己只能像现在这样处于被动的位置吗？

正胡思乱想着，不远处急诊室的门被用力撞开，当班医生和护士紧张地推着一架轮床奔跑了进来，接诊医生语速飞快地讲述着病人的状况，一群人经过章桐身边，轮床直接被推进了手术室。而身后，则是一脸焦急的患者家属。

虽然同样身为医生，章桐却还是第一次这么近距离地感受生与死之间激烈的争夺，她的心中不免五味杂陈。生者面对死亡的时候，是如此分秒必争，但是一旦生命终止，周遭就会瞬间变得异常安静，就像在解剖室里，那样特殊的安静，是自己早就熟悉了的。

想到这儿，她突然有些羡慕这里的嘈杂，毕竟这意味着人的生命还在继续。

急诊室的门又一次被推开，一位年轻的急诊医生走了出来，他好不容易才挤出了患者家属的包围圈，刚要走回120急救车，经过章桐身边的时候，却是一愣，随即就笑着坐了下来，长长地伸了个懒腰，点头打招呼道：“你好，章医生，怎么在这里见到你？”

章桐一愣，仔细打量了对方后，才认出是自己认识的急诊科医生秦刚，便点点头：“秦医生，你好，今天你当班？”

秦刚显得很无奈："我们和你们法医不一样，轮班都是一个月才休息一次，没办法，人手不够。尤其是这晚班，女医生都不敢上，就怕碰上喝醉酒闹事的，那就麻烦大了。"说着，他朝急诊室方向示意了下，"刚才那个，我们三个人才把他控制住，其间派出所的同志还被他咬了一口呢。结果自己五分钟不到就犯了高血压，一路飙到 280，你说这何必呢，是不是？"

章桐笑了笑，想说什么，却一时之间也找不到什么合适的词。

"对了，章医生，你现在怎么会在这里？公事吗？上次那个女孩子，她到底怎么样了？我后来一直都没见过她。"秦刚压低嗓门，神情关切地说道。

"放心吧，她正在恢复。"章桐礼貌地点点头，目光无意中落在秦刚的手上，见他的右手手掌在微微颤抖，不由地脱口而出道，"秦医生，你的手……"

"没事，没事……"秦刚赶紧缩了回去，尴尬地笑笑，说道，"估计是我这几天太累了，没休息好。对了，章医生，最近安平市出了好几次暴力性侵案，你回去路上可要小心安全。要不，我等下顺路开车送你回去？"

"没事，谢谢你的关心，恐怕我要等到天亮后就直接去单位了，那时候应该有单位的同事来接我。"章桐礼貌地点点头，她看到对方的目光中闪过一丝明显的失落。

就在这时，秦刚的手机响了起来，是司机通知他出车，秦刚便站起身和章桐告辞，神色匆匆地走出了急诊室走廊。

突然间，急诊手术室门口方向传来了女人的一阵撕心裂肺的痛哭声，章桐沮丧地低下了头，她知道，又一个生命走了。

2

曙光乍现，黑夜退去，天边逐渐闪亮。

位于安平市公安局一楼的刑科所技术室的大门突然被撞开，身材矮小、身穿白色工作服的欧阳工程师兴冲冲地跑了出来，尽管一夜未睡，老头也已经到了五十出头的年纪，此刻却仍然兴奋得像个孩子。他一溜小跑穿过走廊，两级台阶一跨，径直就来到二楼走廊，接着便一头扎进了二组办公室，高举手中的报告单，在弥漫着泡面味和烟草味的房间里大声嚷嚷道："终于弄明白尸体如何被弄进游乐场了，终于弄明白了！哈哈……"

满眼血丝的海子从自己座位上探出头来招呼道："我说欧阳大叔，一晚上没睡还这么兴奋，你小心高血压，别太激动了！"

欧阳工程师狠狠瞪了他一眼："还不是急着要给你们出结果吗，哪有那么讲究。快，去把你们童队找来。"

海子顿时来了精神头，从椅子上站起来，兴冲冲地就向童小川的隔间跑去，伸手拍门道："童队，欧阳工程师那边出结果了，你快出来。"

门一开，一股浓浓的烟草味便扑面而来，童小川紧走几步上前来到白色展板面前。这时候欧阳工程师已经把自己的几张报告用磁铁石吸在了展板上，见大家聚齐了，这才清了清嗓子，大声说道："我们目前总共是两个案子，同样的抛尸地点和同样的杀害对象，这是两张案发现场周围一定范围之内所发现的足印和车轮印分布图，为了便于讲述，我都用不同颜色的笔迹做了标记。

"首先，现场总共发现两对足印，43 码和 37 码，根据足印分析，足尖朝向木马方向的，相比起离开方向的，踩在泥地上的足印要相对较深，也就是说，进去时，这两个人必定是背负重物，才会导致这两组足印落脚比较深。

"我注意到这两组足印只保持在旋转木马区域通道处外 80 米左右的距离，80 米以外，就看不到它们存在的迹象了，所以我据此推断，他们必定有专门的交通工具运送尸体。在收集了现场周围所有的车轮印后，逐一排除，我发现了一种特殊的轮胎印，这种轮胎印出现在一个荒草比较多的固定位置，并且停留了相当长的时间，大约有两个小时至两个半小时。"

"等等，欧阳主任，你是怎么知道它停留这么长时间的？周围可没有监控啊。"海子不解地问道。

"这个很简单，我在草地上发现了空调用氟利昂的渗透液痕迹，因为这种制冷剂不溶于水，而晚上的室外温度又相对较低，我查过，案发那两个晚上，温度都在 8 摄氏度左右，而氟利昂的沸点在 23 摄氏度，所以会留下相对明显的液体痕迹。也就是说这是一台装着大功率空调的车子，并且这台空调出了故障，只要在一个固定位置开足空调的话，就会有氟利昂液体渗到地面上，我就是根据液体的总量和当时的温度计算出了大致的停留时间的。”欧阳工程师的脸上露出了得意的笑容，可是，这笑容并没有持续多久，他转身指着白板上的车轮印模子相片，又轻声叹了口气，“我一直想不通的是，这明明是小型皮卡车的轮胎印，真不明白上面为何要装这么大功率的空调？而且，和小型皮卡车所留下的轮胎印相比，这种轮胎印又深了许多，明显载重量不低，难道说这车子是改装过的？”

童小川双手抱着肩膀，沉思片刻后，紧锁双眉，点点头：“我在禁毒大队的时候，曾经手过一个案子，记得当时虽然掌握了线报，也证实线报无误，但是却怎么也找不到真正的制毒窝点。后来蹲了半个月，才最终确定对方是改装了一辆厢式货车，上面什么设备都有，就这么在我们的眼皮子底下玩起了游击战把戏。

“在我们这个案子中，图侦组和当地派出所走访了多日，却始终都找不到两位失踪者后来的去向，照理说，这种被绑架后伤害致死的案件，都会有一个固定的作案场所。但是这么看来，我们所要寻找的案发现场，很有可能就是一辆车，一辆经过改装的厢式货车，平常能够堂而皇之地在我们面前来回行驶，能让受害者，乃至潜在的目击群众都不会起任何疑心的车。”说着，童小川走上前，来到展板边上，双眼死死地盯着展板上的相片，半晌，突然头也不回地果断吩咐道：“张一凡、李海，你们两个立刻去城东二手车交易中心，找一家天旺车配店，店主叫裴天旺，把这个车轮印相片给他看，他会告诉你们到底是一辆什么样的车的。”

张一凡不由得一怔：“童队，他……”

“尽管去就是，他曾经是我的线人，到时候你提我的名字就行，他欠我个人情。如今我不干禁毒了，他也算是改邪归正金盆洗手了吧。”童小川咕哝道，他并没有说出裴天旺的身份不光是自己的线人，还曾经是安平市地下偷车贼中神话级别的人物。

对于警察来讲，线人是一种灰色的存在，他们所做的事情游走在正义和违法的边缘，身份类似于战争年代的双面间谍。不过，裴天旺知道当年如果没有遇到童小川的话，自己或许早就已经毙命街头了。

所以，当浑身汽油味的天旺汽配店老板听到童小川的名字后，立刻就用脚蹬地，从车子底盘下滑了出来，站起身后，还没来得及擦干净手上的油污，便伸手去拿那张相片，同时咕哝道："给我说说现场的情况。"

张一凡和海子不由得面面相觑，后者默默地从公文包里摸出了另外几张相片，递给了裴天旺，却并没有详细讲述案情，只是强调说想找这辆车。

"那是你们的事，与我无关，我只帮童哥一个人。"裴天旺小声嘀咕道，"这车，确实是改装车，后车厢人为扩大，而且这台空调还是我给他做的，本来我是想弄台新的空调装上去，但是人家死活不乐意，说手头的钱不够。"说到这儿，裴天旺一脸的不屑，"没钱还玩什么改装，真是的。这种车，我看迟早得出事。"

海子听了，更是吃惊不已："你说什么，你真的见过这辆车的主人？"

裴天旺嘿嘿一笑，下意识地伸手摸了摸自己的鼻子："在改装车上弄这么大的空调，排线之类可是大难题，整个电路都要重做，不是我吹，咱这安平市还就我能玩这个呢。"

"那对方的具体长相，你还记得吗？"说着，张一凡本能地抬头去看挂在店内的监控探头。

"别指望那破玩意儿，警察同志，那只是摆着糊弄人的，都坏了好多天了。"裴天旺咧嘴笑了，"再说了，这事儿都已经过去一个多月了，即使你们现在真的查得到，也是没有当时的视频记录的，因为我们这边视频的覆盖时限是十天一次，没办法，盘子容量小。"

"那你尽量回忆一下对方的长相，尤其是他有什么体貌特征，或者习惯之类，任何你能回忆起来的有用线索都可以。"海子看着裴天旺的目光中充满了期待。

裴天旺皱了皱眉，嘀咕道："一个瘦瘦小小的年轻男人，皮肤很白，十指修长像女孩子，身上有股很特别的味道。"

"什么样的味道？"海子急忙追问。

"医院里的那种。"裴天旺双手一摊，"别的，我就不清楚了。还有啊，那辆车其实非常好认。”

“为什么？”

裴天旺耸耸肩：“车子是小型皮卡，但是车尾因为撤掉车斗而换上了个小号货车车厢，所以看上去有点头重脚轻，可很多人一般都不会注意这一点。而新安装的后车厢顶部，有一个很大的车载蓄电池，远远看上去，就跟个大烟囱差不多，在它右边有个空调外挂机，不过为了看上去显得不那么怪异，外面特地装了个广告牌来遮挡，至于说上面到底写了什么，我就不清楚了。”

“那为什么要弄改装车？直接买一个冷冻车不简单多了吗？就是那种运送冷链的专用货车。”张一凡咕哝了句。

裴天旺听了，耸耸肩，双手一摊：“或许是钱的问题吧，也或许是因为不想露马脚的缘故。”

“露马脚？”

裴天旺上下打量了一番年轻的海子，点点头：“年轻人，冷链车是属于特种车辆，要统一管理的。”

海子认真记下后，刚要和张一凡离开，却被裴天旺拍了拍肩膀：“等等，警察同志，帮我带个话可以吗？”

“给谁？”海子问。

“童哥，就说我有事找他，请他什么时候有空了，就来我这里一趟，我想和他叙叙旧。”

海子感到有些奇怪：“裴老板，那你怎么不直接给他打电话？”

裴天旺咧嘴微微一笑：“我没这个习惯。”说着，便又躺在小滑轮板上，用力一蹬，重新钻进待修的车子底部去了。

“真是个怪人！”走出汽配店，海子嘀咕道。

张一凡却若有所思地看了眼悬挂着的店铺招牌：“他可不是什么普通人。”

“张哥，你是说我们童队吗？”

张一凡摇摇头：“不止。”

两人钻进警车向局里开去，路上海子忍不住问道：“张哥，你说禁毒队到底是个什么样的单位？单独一栋楼，神神秘秘的，就连吃饭和我们都不是在一个食堂。”

张一凡一边开车，顺便扫了眼后视镜，一边道：“小兄弟，跟你说个事儿吧。你也知道我们童队是从不轻易提起他的过去的，为人也非常谨慎，不在外人面前随便流露自己的想法，我想啊，这些都是禁毒大队一线的人的本能吧。但有一次除外，我记得上周末的晚上，十一点多快十二点的样子，童队突然打电话给我，说自己在一家大排档里喝多了，回不了家，叫我去接下他，我就去了，反正也睡不着。”

“那然后呢？发生了什么？”

张一凡笑了笑：“童队可不是喝多了那么简单，他是彻底喝高了，一个人几乎灌下了整整四瓶二锅头，结账的时候把我吓了一跳。”

海子吃惊地看着张一凡：“他遇上什么开心事了吗？”

“不，”张一凡的嗓音变得异常沙哑，“是童队曾经的战友去世了，因公殉职。据说非常惨烈，尸体是在边境公路旁的草堆里被路过的边民发现的，通知了我们边防派出所。从尸检报告上来看，贩毒集团用的是专门对付卧底的惩罚方式，把他给活生生地虐杀了。”说到这儿，张一凡叹了口气，“童队哭得很伤心，他告诉我，主检法医师在报告上说得很清楚，从第一刀开始到最后的死亡，整整四十五个小时的折磨，尸体内检验出含有大量的安非他命，知道安非他命是干什么的吗？”

海子点点头：“我知道，含有盐酸麻黄素，服用后能让人精神振作，是毒品的一种。”

“那帮浑蛋就是要让他清醒着经受折磨，感受每一分痛苦，并且牢牢地记住。兄弟，太可怕了，童队给我看了那份尸检报告，我到现在都忘不了那上面写的东西——五根肋骨被钝器敲碎，两条腿膝盖以下被剥皮削肉，鼻子被挖掉，眼球被捣碎，下巴则更是不见了，八根手指被砍掉。而最终的致命伤是头骨右侧的一处钝器凹陷……”张一凡面无表情地诉说着，声音中听不出半点情绪，但是握着方向盘的双手手指却因为用力过猛而变得异常惨白，他在竭力控制着自己的情绪。

“后来，童队对我说他的心里很难受，也很后悔，后悔不该抛下曾经一个战壕的战友而去了别的部门，最起码应该并肩作战。他觉得自己此刻的处境就像个懦夫，我都不知道怎么劝他，就任由他哭。稳定一些后，我担心他那天晚上回家情绪出现波动，再出什么意外，干脆就直接把他给拉到了局里办公室，守了一晚上。”说到这儿，张一凡不禁一声叹息，“童队是个性情中人，也很有正义感，更是把自己周围的人当兄弟一样。其实，不管他到底是因为什么而离开了禁毒大队，我始终都相信他这么做，必定是有自己的理由的。他艰难地做出了抉择，我们就该好好地支持他。做个警察不容易，不管是哪个部门。”

海子听了，用力点点头。车窗外，阳光明媚，秋风吹过街头，车轮驶过，卷起片片黄色的梧桐叶，在风中打转，落下。

3

上完了今天最后一节课，李晓伟匆匆回到办公室，稍微收拾一下后，便径直开车，离开了警官学院宿舍。

在车上，他接通了顾大伟的手机。

“大伟，我想去见见你委托人的母亲，越快越好，我现在就去你公司接你。”

电话那头，顾大伟显得有些意外，但是很快就应允。

十多分钟后，在公司楼下，李晓伟车刚停下，顾大伟便拉开右边车门钻了进来：“我把地址发给你了，听说你要去，我委托人很高兴。”

李晓伟打开 GPS 导航仪，导入地址后，接着便一脚油门，直接就把车开上了公司门前的那座高架桥，边开边苦笑道：“我昨晚熬了个通宵，终于看完了所有的资料。现在有证据显示当初的这起案子与现在安平市还没破的三起案子有关，老同学，我也不瞒你，我这次去和她谈话，不只是为了你的委托人，还有件事，很重要。”

顾大伟看了他一眼，嘀咕了句：“我就知道，不过，你能先跟我说下吗，以防万一到时候出什么意外。”

李晓伟点点头：“锁定的嫌疑人叫朱一文，当年案发时三十六岁，无业，安平本地人，平时以打短工和给人修摩托车和汽车为生，性格孤僻内向，独自居住在城中老城区朱家桥的一栋小房子里，没有亲戚朋友愿意和他来往，自然也就不会有人愿意帮他照顾他年仅十二岁的儿子朱南了。”

“他老婆呢？”顾大伟皱眉问道。

“户籍记录显示，他老婆叫王静，新南人，不是本地的，比他小四岁，在他案发前一年就失踪了，一直没有下落。要是我没估计错的话，”李晓伟叹了口气，“他老婆是他所杀的第一个女人，只是到现在还没有发现尸体而已。”

顾大伟吃惊地张大了嘴：“老同学，你的意思是，我委托人的母亲很有可能知道些什么，对不对？”

李晓伟显得很无奈：“没错，我也是这么想的，不然的话，精神上不会受到这么大的刺激。但是，在和她正式谈话之前，我不能做任何决断。”

“这个我明白。”顾大伟认真地点点头，却又有些不安地说道，“可是，老同学，别怪我啰唆，你一定要斟酌言辞，我这委托人的母亲，已经不能再受刺激了。”

“放心吧，我心里有数。”说归说，李晓伟却还是下意识地长长出了口气。他明白对于一个普通人来说，这样的谈话是没有什么大问题的，但是对于一个病了多年的创伤后应激障碍症患者，自己的每一步都等同于是在刀尖上跳舞。

车很快就开过高架，绕过环湖路、高浪路，最后直接进入太湖大道，很快就看到了社会福利中心养老院的牌子。穿过养老院的大门，还未到停车场，顾大伟就伸手指着前方：“那就是我的委托人，他已经在等我们了。”

“这里景色不错。”下车的时候，李晓伟感慨道。

顾大伟嘿嘿一笑：“服务更好，老同学，你我将来老了要是能来这里养老的话，那可就是上辈子修的福气咯。”

三人寒暄一番后，委托人赵先生便把他们领进了一间安静的会客室。房间并不大，8 平方米左右，阳光明媚，木质地板，却并不是非常光滑的那种，左手边的法式落地长窗开着，风一吹，白色纱帘迎风飞舞。坐在靠窗的藤椅上，李晓伟轻轻松了口气，环顾四周的目光中充满了羡慕。

很快，走廊里传来了轮椅推动的声音，由远而近，赵先生推着一位满头白发的妇女出现在房间门口。老妇人看上去六旬出头，满脸皱纹，眉宇间似乎带着一丝难言的落寞。

轮椅被缓缓推到了靠窗的位置，赵先生轻轻替母亲在腿上盖了一条薄薄的法兰绒毯子，这才转身面对李晓伟他们点点头，轻声说道："这就是我的母亲，也是我唯一的亲人，宋颖，苏川市都墅区人，不过她听得懂安平话，你们也可以用普通话和她交流，只不过最终结果还是要看她愿不愿意和你们说话就是了。"

李晓伟听了，压低嗓门说道："赵先生，你可以坐在你母亲身边，毕竟你是她最熟悉的人，这么做可以让她有安全感。考虑到你母亲的身体，我们的问题也不会很多，放心吧。还有就是，我和你母亲的谈话，最终目的就是想打开你母亲多年的心结，只要帮助她走出这个心理阴影，我相信出于本性的母爱，回过头来，她就能接受你了，你的心愿也能得到实现。所以，我需要你的配合和充分的理解。"

"谢谢李医生，你放心，在这之前，顾总大力推荐过你，说你是业内顶尖的心理医生，所以我支持你。"赵先生感激地点点头。接着，顾大伟便退出了房间，躲到花园里抽烟打发时间去了。此刻，安静的会客室里就只剩下了李晓伟他们三人。

李晓伟伸手拉过一张小茶几，摆在三人中间，然后打开公文包，抽出了几张放大的相片，然后逐一轻轻摆放在宋颖的面前，同时，认真地关注宋颖目光中的细微变化。

这是几张老妇人当年在小学工作时的生活照，因为年代久远，再加上照相技术有限，相片有些发暗，但是这并不影响相片中人物的展现，其中有一张是五年级毕业照，坐在第一排正中央的班主任宋老师一脸的笑容，眉宇间满是欣慰。

"宋老师，我是李晓伟，你儿子赵先生的朋友，这次特地来看你，顺便给你带了这件特殊的礼物，希望你能喜欢。"李晓伟笑眯眯地说道，"能找到这张毕业照，说实话还真的很不容易呢。"

老妇人没有说话，目光落在相片上。李晓伟知道，无论谁，都不会拒绝自己这辈子最好的人生回忆。他便顺势单膝跪在老妇人的轮椅旁，伸手指着那张毕业照，柔声说道："宋老师，你一直都教毕业班的，对吧？"

老妇人神情木然的嘴角竟然微微颤动，眼神也变得不那么空洞了，看着这几张老相片，长时间的沉默过后，她轻轻点了点头。

"快二十年了，宋老师，你还记得这些孩子吗？"

她又一次点头，目光中竟然流露出一丝哀伤。显然，老妇人并没有真正忘记自己的过去。

"宋老师，这是你当年所带的最后一届毕业班孩子，对吧？"李晓伟刻意把那张毕业照轻轻放到老妇人的面前。

"是，是的。"老妇人嗓音沙哑，缓缓伸出左手，捧着相片，手指逐一在孩子们的脸上滑过，似乎是在竭力辨认着什么。

"跟我谈谈他们吧，好吗？你能记得几个就几个，咱们不勉强，毕竟已经过去这么多年了。"李晓伟看着眼前这位羸弱的老妇人，心中不禁百感交集。

一旁的赵先生刚想开口说话，却被李晓伟用目光制止了，便又重新退回到沙发上坐了下来，神情关切地注视着自己的母亲。

老妇人已经完全沉浸在自己的回忆中，应该是当过老师的缘故吧，老人的记忆是那么清晰，虽然用了一定的时间，但最终还是回忆出了一大半，包括那个站在队伍最末尾、身材也最瘦小的男孩。

李晓伟见老妇人手指指尖一直指着最后的那个男孩，嘴唇嗫嚅着无声地诉说着什么，便轻声问道："宋老师，你还记得他吗？"

"记，记得，他叫朱南，住在，住在，"老妇人咬着嘴唇，努力在记忆中搜索着，最终却不得不放弃，沮丧地看着李晓伟，"对不起，我，我想不起来了……"

"没关系，宋老师，"李晓伟微微一笑，"你还记得他的名字，就已经很不错了。谢谢你，宋老师。对了，能和我谈谈这个孩子吗？"

终于到了最关键的时刻，李晓伟虽然表面上显得很轻松，但是内心却惴惴不安了起来，因为他实在不忍心让眼前这位饱经风霜的老妇人的内心再一次受到冲击。

老妇人低头陷入了沉思，一时之间，房间里安静得几乎能听到人的心跳声。

终于，她抬头看着李晓伟，脸上的表情显得若有所思，李晓伟吃惊地看到老妇人的眼角竟然滚落了一行泪珠。

“年轻人，我，我想起来了，这个孩子，他很可怜，很可怜的。”老妇人的声音虽然依旧很沙哑，但是却充满了果断。

“能和我说说吗？”李晓伟的心顿时悬到了嗓子眼，他突然有些恨自己这么自私，“你知道他妈妈到底去哪儿了吗？”

老妇人突然回头看了一眼自己的儿子，目光中似乎在寻找依靠，却又仿佛正在做一个很大的决定，时间在缓慢流逝，她的呼吸逐渐加快，脸涨得通红，身子微微颤抖。她伸出左手紧紧地抓住自己的胸口，大声喘息着。

李晓伟冲着焦急的赵先生果断地摆了摆手，因为这个时候已经不能再随意打断老妇人汹涌而出的回忆了。可是，尽管昨晚已经对将要发生的事情预备了好几个方案，此刻真正面对时，李晓伟的心中却还是感到深深的不安。

终于，老妇人双手紧握轮椅把手，咬牙切齿地一字一顿：“他的母亲，早就死了，就在，尸体，尸体就在他家的杂物间里，作孽啊！进门左拐的那一间。我，我，亲眼看见他父亲掩埋的。他父亲是魔鬼！魔鬼！杀人犯！我天天做噩梦，天天做噩梦啊……”老人的泪水夺眶而出，哭得像个孩子一般，长久淤积在内心的记忆终于被打开了。赵先生赶紧上前搂住母亲，一边安慰，一边把充满疑问的目光投向了呆立在当场的李晓伟。

李晓伟明白，与其说刚才那段话是老人声嘶力竭的痛斥，细细听来却如同老人痛苦的哀号。他不由得恍然大悟，当年宋老师所举报的，看来并不是后来所发现的那三位死者，而是在旁人眼中人间蒸发一年多的朱南母亲。

一切或许都只是一个可怕的巧合而已。

这时候，医护人员走了进来，递给老人一个写字板，老人用左手抓过笔，颤颤巍巍地在上面签下了自己的名字，然后接过了几粒药丸，就着水吞了下去。

李晓伟知道，这是精神类药物，为了以防万一，必须由患者自己签字确认。他突然感到了一阵莫名的悲哀。

在回市区的路上，李晓伟一声不吭，直到把顾大伟送到公司楼下，这才拨通了章桐的电话："你现在有空吗？"

章桐感到有点意外，不禁开玩笑道："当然有空，不过你说的是钢琴演奏会吗？明天晚上呢，现在去还早。"

"我知道，咱们去趟老城区，带上你的工具箱，我们要去挖点东西，我这就开车去接你。"李晓伟语速飞快地说道，"章医生，我想，我可能知道朱南的母亲到底在哪儿了。"

"好的。"章桐立刻挂断了电话。

李晓伟在公安局大门外接到章桐后，便径直开车出城，向老城区的汀州村开去。

"我刚去福利院见了当年朱一文案件的举报者宋颖，也就是朱一文的儿子朱南的小学班主任老师。"李晓伟一边开车一边说道，"我记得卷宗中提到当年宋颖老师打电话给专案组，举报说朱南的父亲有杀人嫌疑，我不知道是什么原因导致这个报案电话出了差错，总之，宋老师当初真正想表达的是，她看见了朱一文正在掩埋妻子王静的尸体，而专案组却专注于那三具已经发现的女尸的凶手……"

章桐打断了他的话，冷静地说道："你不能就此便指责专案组失职，我们办案是有程序的，对于所有举报电话，都是以最新案件为优先落实，同时进行外围走访调查，搜集证据。我想，按照惯例思维方式，再加上当年的刑侦技术手段还并不发达，对人口的流动性掌握程度比较差，而朱南的母亲不是本地人，这样一来，走访调查中所得到的有用讯息自然也就和后面的那三起案件相结合了。况且，报警电话中，这位举报人或许并没有说清楚死者的具体情况吧。"

李晓伟听了，点点头："有可能，不管怎么说，我们先去实地查看后再说，如果能挖到尸骸，证明死者的身份的话，那就更好了。"

与此同时，城市的另一头，798 街区外的路边上新开的一家星巴克内，为数不多的几个顾客在边喝咖啡边聊天。

这段日子里，吴岚每次从健身房出来后，就必定会上这里来坐坐，休息是一方面，另一方面，其实自己也是有点心不在焉，不知道什么时候那个神秘的家伙就又会发来有用的微信，毕竟自己还是要靠这些东西吃饭的。

她一边用毛巾擦着汗，一边心不在焉地环顾四周。正在这时，身后传来一个女人的声音：“打扰了，是吴大主编吧？”

吴岚一愣，循声转头看去，见身后正站着一个身穿烟灰色休闲风衣的年轻女人，虽然面生，但是对方身上那股淡淡的香水味却让她顿生好感，嘴角不免露出一丝笑意，伸手指了指自己面前空着的座位：“坐吧。请问你是……”

对方并没有让吴岚感觉尴尬，优雅地笑了笑，开口说道：“吴大主编贵人多忘事咯，我是市大剧院公关部的方梅，上次广电有活动的时候，我们见过面的。”

“哦……是那次啊，哎呀看我这记性，”吴岚其实很清楚自己脑海里根本就找不到这个所谓方公关的影子，但是碍于面子便也把对方当作了自己的朋友。当然了，更大原因是方梅身上的香水味，是她心仪很久的一个牌子，便直截了当地问道：“不好意思，方小姐，你用的是 ×× 香水，对吗？”

方梅轻轻一笑：“是的，最新款，吴小姐，你喜欢吗？喜欢的话我这瓶送给你。我朋友送了我两瓶，我一个人用不完的。”说着，便从挎包中摸出一瓶香水，递给吴岚。

“哎呀，这多不好意思。”吴岚有些脸红了，自己这辈子头一回问人开口要东西，刚要推辞，心中却有些不舍，便默默地接过了香水。

方梅倒是显得大大方方，她又伸手从包中取出一张自己的名片，然后双手捧着探身递给吴岚：“吴大主编，你可以加上面的微信，有时间我们就多联系吧，以后还请多关照关照我们大剧院。”

“那是当然啦。”吴岚开心地笑了，她偷偷地瞥了一眼手中的香水，似乎这几天的不快都瞬间消失得无影无踪。

就这么东一句西一句地聊了十多分钟后，方梅告辞离开星巴克，匆匆走出门，钻进路边停车位上的一辆黑色 SUV，驾车离去了。

看着手中心仪已久的香水，吴岚打开瓶盖闻了闻，一股幽香扑鼻而来，她陶醉地闭上了眼睛。看来这年头拍马屁的人可真是越来越多了。

手机微信提示音响了起来，吴岚立刻睁开双眼。

4

无论哪个城市，都会有那么一块几乎被遗忘的区域，原因是多种多样的，却有一个统一的名字——城中村。

车子艰难地开过一条坑坑洼洼的土路，四周尘土飞扬，车窗两边满是各种各样的店铺档口，招揽顾客的高音喇叭声夹杂着变了调的《小苹果》充斥了整条街道，让人几乎神经崩溃。

停停开开，最终来到了城郊接合部的李巷巷子口，车是无论如何都不能再往里面开了，李晓伟便在土堆旁把车停了下来，沮丧地叹了口气，把车熄火后，咕哝道："对不起，看来我们得走上一段路了。"

章桐迟疑了片刻，小声说道："我不能就这么出去，虽然我穿了便装，但是这工具箱……"

看着车窗外来来往往的人，李晓伟咽了口唾沫："没事儿，我来帮你提。"

"你提着和我提着有什么区别吗？"

李晓伟伸手接过工具箱，笑眯眯地说道："这是人的正常心理，一男一女走路，如果男的空着双手，女的却提了一个很重的箱子，自然会多看上一眼；反之，就会视若无睹了。"

"好吧，我就信你这一回。"章桐耸耸肩，跟着李晓伟一起下了车。李晓伟这才注意到章桐还背着个黑色的背包，一米多长，显得有点沉，刚想开口，章桐却摇摇头："这个不用你背，怕你弄坏了。"

李晓伟听了，只能乖乖锁好车门，两人一前一后走进了李巷。

李巷长度不超过 800 米，很快，穿过巷子，眼前就出现了一条混浊的小河，李晓伟指了指右前方河边的那排房屋："那边叫朱家桥，是属于李巷的一个分支，最边上的那栋老房子就是朱一文以前住的地方。"

"现在还空着吗？" 章桐边走边问道。

李晓伟摇摇头："村里出租了，盖了三层楼却一直都没人住，最近这片区域又被开发，因此就多了很多外地来打工的人，求租率上升，村里经过商量后，便出钱把老房子粉刷了一下，重新出租。"

章桐笑了，回头看了他一眼："你这个医生消息挺灵通的嘛，都快赶上警察了！"

李晓伟嘿嘿一笑："那都是童队先期工作做得好，这家伙，表面看上去挺粗糙的，做事非常仔细。"

两人一前一后推门走进院落，来到老房子前，章桐不由得抬头看了看这栋灰色的 20 世纪建筑，楼高三层，和一般农村的房屋没什么大的区别，也不张扬，规规矩矩的，底层周围是个小院落，20 平方米左右，院墙上布满了碎玻璃片，院落里有些凌乱，横七竖八的晾衣绳上挂满了衣服，显然这里一直都租客不断。

在来这之前的路上，李晓伟已经和朱家桥的村主任联系过了，所以，一见到两个陌生人走进院落，身穿藏青色工作服的中年男人便从一张小板凳上站了起来，热情地迎上前。在简短的寒暄过后，便把两人带到了楼梯另一角的一间杂物间门口，用力推开了已经生锈的铁门，一股霉味扑面而来："这就是你们要找的杂物间。"

看着屋里被惊动的一只老鼠快速窜过脚边，李晓伟问："那你们一直都没有动过吗？"

"当然没有了，" 中年男人苦笑道，"上面粉刷和检查线路都只是做做表面功夫，这里没啥用，现在又没那么多人做农活了，就干脆一把锁锁了了事。村里的钱也是挺紧张的呢。"

打发走了中年男人后，章桐打开应急灯，这样好使房间的光线充足一点，清理掉地面上堆着的杂物，看着房间里最后露出来的黑色泥地，章桐便放下肩上的黑色背包，打开后，伸手进包里打开控制开关，接着便从里面取出了一台平板，外加一个不到两米的探测杆，最后拉起天线，重新又把包背在背上，戴上耳机后便在不到6平方米的房间里开始顺着墙一寸一寸地扫过地面，同时认真地注视着自己手里的平板显示屏。听着房间里传出的单调的滴滴声，李晓伟顿时明白了，章桐手中所使用的正是一台简易的探地成像仪，这可比刨开整个房间地面要有效多了，也只有用这个办法，才能最快地得到结果。

时间已经过去了快十分钟了，此刻，院落里的人越来越多，见平时从不打开的杂物间竟然有人站在门口，有些人感到好奇，便远远地站着围观。

终于，单调而有节奏的滴滴声突然变成了一连串急促的警报，虽然声音并不是很大，但是章桐却双眉紧锁，来回调试平板像素，最终抬头看向李晓伟："我想，宋老师说得没错，这下面确实有人，而且是个女人。"

李晓伟心中一沉，他快步来到章桐身边，低头查看平板显示屏："那是剪刀吗？"

"看上去是的。"章桐点点头，"整个尸体头东脚西，呈现出仰卧的状态，尸骸已经严重白骨化了，从骨盆和颅骨的形状来看，应该是一位女性，这个和你刚才所提到的线索就对上了。"章桐沉声说道，"我必须马上通知童队，这是一起很明显的命案。"

"凶手已经死了。"李晓伟悄然说道。

"尸体不全挖出来的话，我没办法回答你这个问题。"章桐装好成像仪，拉上黑包背在肩上，然后掏出了手机。

"等等，你的意思是除了这具尸体还有别的可能存在……"李晓伟一时语塞，不知道自己该怎么问下去。

章桐冷冷地说道："不管是谁死了，都有权利知道自己的真正死因。别忘了，命案在我们国家的法律中可是没有追溯期的。"

走出气味混浊的杂物间，章桐抬头，血一般艳丽的夕阳早已无声地洒满了天空。

我的脚边是那具已经变得冰冷僵硬的尸体，我的心跳也似乎停止了，耳里甚至听得见隐隐约约的轰隆声，还听得到我无声的哀鸣。

她在耳边对我低语："吸口气……，一二三四……呼口气，一二三四……"

我就坐在这散发着血腥味的车厢中，手里什么东西都没有。而四条牛皮带把我牢牢地绑在了椅子上。

在我的身下，还有那具尸体所留下的余温。

“你不后悔吗？”

我想摇头，但是麻醉药物终于起作用了，我的耳边终于又一次听到了父亲由远至近的沉重的脚步声、喘息……

我好累，或许，这真的是最后一次了。

第八章

用力去撕开一个人内心深处的伤口是非常残忍的，郭亚茹脸色煞白，张了张嘴。李晓伟本以为她会像刚才那样痛骂自己，但出乎他意料的是，这个眼神复杂的女人却转身去了卧室。

1

傍晚时分，小小的城中村院落里灯火通明，蓝白相间的警戒带把楼洞口封堵了个严严实实，大楼里的住户则被要求今晚不得外出，随时等待警察问讯。警戒带外站着好几个围观的人，时不时议论纷纷。

海子皱眉问童小川：“童队，这周围还有二十年前的老住户吗？我的意思是认识死者的。”

童小川从裤兜里摸出一支香烟，在鼻子底下闻了闻，刚要放嘴里抽，瞥了眼趴在杂物间地面上的章桐，狠狠心便又塞了回去，嘴里咕哝道：“够呛。”

“那，会是朱一文的老婆吗？”海子接着问道。

童小川听了，转头狠狠瞪了他一眼：“我怎么知道？这不还没都挖出来么。”

正说着，杂物间里传出了顾瑜的叫声：“来个人，搭把手！”

童小川随手拍了海子肩膀一巴掌：“快去。”海子便屁颠屁颠地跑进了杂物间，伸手接过应急灯，高举着，让应急灯光能覆盖整个坑底。

眼前这一幕却让他感到有些愕然——一米不到的坑底，一具骸骨仰卧着，应急灯下，骨架显得越发惨白。而骸骨的右胸处，插着一把大号的缝纫剪刀，因为行凶者用力过猛的缘故，剪刀的刀刃深深地卡在肋骨上面。

“天哪，她是被剪刀捅死的？”

章桐头也不抬地断然否决：“不，没那么简单。”她小心翼翼地把死者的颅骨拿了起来，就着应急灯光仔细查看着。

海子下意识地环顾了整个房间，目光最后落在了坑底的白骨之上，不禁咧了咧嘴，只求早点结束这“人形灯”的工作。毕竟，对于离自己这么近的骸骨，心中还是有那么一丝小小的忌惮的。

很快，散落在坑底的骸骨，包括死者残留的衣服碎片在内，都被章桐逐一整齐地摆放在坑边铺开的塑料纸上。顾瑜爬上了地面，一屁股瘫坐在地上，咕哝道：“在这暗无天日的鬼地方被埋了这么久，真是作孽！”

守在门边的童小川探头问道：“章大主任……”

“初步鉴定：尸体白骨化，死亡时间四年以上，不排除比这更久。髋骨呈现出类方形，与男性髋骨相比较矮。耻骨支移行部背侧面，靠近耻骨联合面背侧缘处，呈现出与之大体相平行的骨质凹痕，约黄豆粒大小，表面粗糙，这是女性所特有的分娩疤痕。而根据颅外人字缝和矢状缝的愈合程度初步判断，死者的年龄在二十五至三十岁之间。”接着，她举起了手中那把黑漆漆的剪刀，“至于说这个，可以证实她是被害的，也就是说这是一起命案。”

“上面黑漆漆的是什么？是不是生锈了？”

章桐轻轻叹了口气：“长期插在人体内就是这个样子。肌肉能腐烂，但是它却不会，看样子，这应该是一把老式的缝纫剪刀。”

“那具体的死亡时间能判断出来吗？”童小川有些不甘心。

“当然可以，这些衣服碎片再加上土壤样本的分析对比，我相信痕检欧阳工程师的那帮弟子们是完全可以搞定的。”章桐伸手指了指身边的两大袋证物，“就等他们来取了。”

童小川皱眉想了想，抬头问道：“还有最后一个问题，死者能证实是失踪的王静吗？”

“我需要一张她的户籍相片，人像识别是很容易做到的。”章桐无奈地看了看童小川，“还有别的问题吗，童队？”

“李医生去哪儿了？”

“他去公安局了……等等，你不知道那事？”章桐不解地看着他。

“什么事？”

“我下午刚给你打电话没多久，李医生就接到了张警官打来的电话，说郭敏想见他，他就直接赶去局里了，希望能拦住郭敏干傻事。”章桐一边摘下手套，一边叹了口气，“那孩子太冲动了。”

“那小子到底想干什么？”童小川急了，追问道。

“自首。”

“我，我不明白，他干吗自首？”童小川糊涂了。

章桐愣住了，看着童小川的目光就像眼前站着的是个孩子。

（两个小时前）

山北乡郊外的废弃游乐场里，生锈的广告牌在临近傍晚的夜风中不断地摇晃着，蓝白相间的警戒带还没有被完全拆除，毕竟案子还没有破，但是这里已经渺无人烟，哪怕是大白天都很少有人经过。

一辆车厢上绘制着“安平冷链”字样的奶黄色厢式货车正停靠在游乐场的后门山坡下。车子很新，形状有些怪异，尤其是它的尾部，竟然装着个空调外挂机。

此刻，这辆车显得格外安静，发动机已经凉透，前面的车门两边都敞开着，只是后车厢却关得密不透风，但是门把手上并没有上锁，谁都能打开这辆车的后车厢门。

郭敏一眼就看见了这辆车，其实也不奇怪，这两天，每天下午他都会找时间来这个游乐场周围兜上一圈，有时候还会守候大半夜的时间，就这么坐在坡上，一根接一根地抽烟，晚上很冷，但是郭敏知道，只有这个愚蠢至极的方法，才能在刑警队抓住姐姐郭亚茹之前，让姐姐尽快离开。

郭敏当然清楚自己这么做的代价是什么，所以，每次要来这里的时候，他都会脱下身上的警服，不管怎么说，这套衣服他不想玷污。当然了，还有那封信，是给老所长的，想来老所长知道这件事后，一定会对自己很失望，但是这一切都已经顾不上了。

人的一生中有无数次选择的机会，而这个决定，郭敏从没有后悔过，只是他不知道，这一天竟然会来得这么快。

昨晚，他没有来，因为父亲突然病了，平时控制得很好的血压突然蹿到了接近 300，看着老父亲痛苦扭曲的脸和满地的呕吐物，郭敏内心深处最软的地方被深深地触动了。他把父亲送到了临近的社区医院，晚上又临时值班，所以直到今天下午交班后，才匆匆赶到游乐场边上。姐姐的电话依旧打不通，但是此刻，他却看到了那辆已经停在那儿很久的冷链车，车子必定是昨天晚上停在那里的。

郭敏真的开始有些相信命运了。他摸着手里的空烟盒，这包烟还是上次去柴机新村老季家走访的时候，顺路买的。郭敏仍然记得那个小杂货店店主对自己的忠告，也明知道自己不抽烟，但是这个世界上就有那么多事，是偏偏没有任何能解释得清楚的缘由的。

绕着车子转了几圈，他摸过发动机，也摸过方向盘，甚至包括插钥匙的钥匙孔，能想到的地方，他都摸过了，是在仔细擦拭干净原来的指纹过后摸的，并且没有戴手套。最终，郭敏在后车厢门前停下了脚步，他掐灭了最后一个烟头，然后刻意扔在显眼的位置。

好了，一切都已经准备好了，身后夕阳已经在天空出现，这将是最后一个属于自己的自由的夜晚了。

郭敏活动了一下有些僵硬的四肢、脖颈，最后深吸一口气，神情凝重地伸手拉开了后车厢的车门。

一股腥臭味扑面而来，车厢里的空调早就已经停了，此刻的后车厢就仿佛一个大闷罐子一般。郭敏呆住了，虽然早就有了心理准备，但是当面对两具尸体的时候，他还是无法接受眼前这惨烈的一幕。他瘫软在地，几欲作呕，除了一些黄水外，别的什么都吐不出来了。因为从昨晚到现在，除了抽烟，他没有吃过任何东西。

风在耳畔呼呼作响，郭敏猛地回过神来，他迅速爬上后车厢，打开手中的强光手电，开始仔细查看车厢中的尸体。

很快，他面如死灰般跳下车，重新又关好车门，然后骑上自己的摩托车，径直从后门离开了冷冰冰的游乐场。

姐姐并不在车里，不过这样也好，想到这儿，郭敏的嘴角露出了一丝苦笑。摩托车迎着风穿过最后两个路口，进入城区后，很快便看到了安平市公安局灰色的外墙。郭敏毫不犹豫地把车开进了大院，也不锁车了，习惯性地把头盔放在了踏脚板上。站在楼下，他抬头仔细打量了一番安平市公安局的正门，又回头看了看身后逐渐亮起路灯的大街，他便快步走进了公安局大楼，顺着楼梯来到二楼刑侦队二队办公室门口，站在值班台前，把自己身上所有的东西都掏出来，放在值班台上，然后冷静地对张一凡说道："张警官，我叫郭敏，原惠风路派出所二级警员，警号 ******，现向你正式投案。"

"你说什么？"张一凡没听明白，他吃惊地看着郭敏。

"我自首，因为我杀了人，现在尸体就在山北乡游乐场里的一辆车上，前面的事情，也是我做的。"郭敏平静地说道。

"你疯了吧？"张一凡双眼死死地瞪着他，"前面绝对不是你干的，你不要胡说八道，我们这边是有证据的，至于说后面，我必须派人去看一下，你先坐吧。"说着，他便抓过话机，接通了当地派出所值班室。而郭敏只是安安静静地坐在长椅上，始终都保持着一个姿势。

在等待电话回复的时候，张一凡还是无法相信眼前这一幕，片刻过后，他终于忍不住了，开口数落道："哎，你这家伙，想出名想疯了？这要是给我们童队知道，你这饭碗可就不好说了。我劝你还是走吧，赶紧地。对了，关于你姐姐的事儿，我们这边一直都没有找到她，你确定她是被人绑架了，还是自己出走了……"

话音未落，急促的电话铃声便响了起来，张一凡迅速接起电话，没听几句，脸上的表情顿时僵硬了："你们保护好现场，我们这边马上派人过去。”

挂断电话后，张一凡抬头看着郭敏，不可思议地摇摇头：“你……给我老老实实待着。”他伸手从腰上解下手铐，上前便把郭敏的右手铐在了墙边的铁环上，咬了咬牙，说道，“委屈你一下，我要出现场，回来后再对你进行质询。”

“放心吧，我不会跑的，只是，在你走之前，请帮我联系一下李晓伟李医生，可以吗？他的电话就在我的手机通讯录上。”郭敏伸手指了指值班台，“手机，我没有加密码，你直接可以打电话。”

张一凡皱眉看了看值班台，咕哝了句：“就你事儿多。”便抓过手机，果真在通讯簿找到了李晓伟的电话号码，便打了过去。

电话很快就接通了：“李医生啊，我是张一凡，那个小警察，郭敏，他现在来我们局里自首了，详细情况你过来说吧，我要马上出现场。”

电话那头的李晓伟一口答应。张一凡挂断电话，转身对身旁留守的文书叮嘱几句后，便匆匆带人跑下了楼。

刚才还热闹的二队办公室瞬间变得空空荡荡，郭敏动了动上身，靠在椅背上，仰天看着天花板，长长地出了口气。

在来局里自首的路上，他已经删除了自己手机中所有和姐姐郭亚茹有关的联系方式，包括社交软件的痕迹，虽然知道这么做是多余的，但是至少心里能够好受一些。这也是自己最后能为姐姐做的事了。

2

章桐吩咐顾瑜直接把在朱家桥发现的尸骨立刻开车送往公安局法医室，做好准备工作等自己回去。看着车开走了，童小川顺手挠了挠头，嘀咕道：“章主任，你把你的下属打发走了，那第二个现场怎么办？”

章桐瞥了他一眼，一声不吭地弯腰拎起整理好的工具箱，然后直接就向童小川的车走去。

“哎，我说，这尸体，尸体咋办？”童小川急了，哀求道，“总不见得也放我车里吧？”

童小川的警车是带有专门关押犯人的后车厢的，虽然和前面连驾驶座在内的两排座椅位于同一个车厢空间内，但是却有不锈钢护栏挡住，供被拘押人员上下车的门在车尾部。不过后面的车厢很大，可以同时容纳两个人坐在里面，外观看上去，这辆特制的警车长度就相当于是四排座的SUV了。

章桐示意海子打开后车厢的门，然后把工具箱放了进去，接着自己也钻了进去，把门带上，在里面吼了句："很宽敞的，快开车！"

知道章桐其实早就已经打上自己车的主意了，童小川便愁眉苦脸地嘀咕了句："早知道这样，我就不该开这辆新车出来装门面了。"

留下海子在朱家桥这边做扫尾工作后，童小川便开车带着章桐直接往山北乡的方向去。

车开了一半，因为正值下班高峰期，穿城而过的高架桥被堵得严严实实。童小川忍不住开口说道："你肚子饿吗？我这车上还有点早上的粢饭团没吃。今晚看来得通宵了，不吃点东西还真撑不下去。"

"都馊了吧？"章桐问。

童小川顺手递给她："你闻闻，要是馊了就扔了。没馊的话就赶紧吃吧，别饿坏了，我的章大主任。"

"味道还行，你不吃吗？"

童小川大大方方地一拍肚子："我是男人，没事儿。"

"胡说八道，因为胃容量的差别，再加上胃肠蠕动的效率，你这身材应该比我更容易饿。"章桐不容分说地便把饭团分成两份，塞给了他一半。

童小川想推辞，但是肚子却叽里咕噜地响了起来，看看周围满是车位的红灯，车流根本就不见向前移动，便无奈地接过饭团，边吃边说："章主任，你坐前面来行不行？"

"为什么？"

"我感觉别扭。"童小川乖乖地说道。

"那这里能坐吗？"章桐吞下了最后一口饭团，因为是糯米做的，里面加了黑芝麻糖粉，所以还不算太难吃。

“当然能坐了。”无意中瞥了一眼后视镜中的章桐，童小川不由得吃了一惊，“你怎么吃这么快？”

章桐听了，只是轻松地耸耸肩，道：“这是我们法医的习惯，吃东西只不过是补充能量而已，吃下去就行了，不用浪费时间。”

童小川呆呆地看着手中剩下的大半个饭团，狠狠心都塞进了嘴里，用力咽了下去。

就在这个时候，长长的车流终于动了起来，童小川赶紧踩下油门，顺手便把警灯安在了车顶，刺耳的警笛声瞬间在高架桥的上空响起。

3

张一凡在电话中已经事先讲明了案发现场的具体位置，当童小川的警车开进游乐场后门的时候，天已经全黑了。不远处车灯和应急灯的汇聚点上，是一辆经过改装的厢式货车，上面写着“安平冷链”的字样。

这就是自己一直苦苦寻找的车辆，只是以这么一种形式出现在面前的时候，未免显得有些残酷了。

痕迹鉴定的欧阳带着几个小徒弟已经在周边开始工作，一看到章桐过来，欧阳直起腰，沮丧地叹了口气：“我说章主任哪，这真是哪壶不开提哪壶的活儿，倒霉透了。”

“欧阳工程师，我看你也别太消极了，什么活儿不是干。”张一凡在一旁笑嘻嘻地打趣道，“这叫各司其职。你们是负责现场搞技术的，我们呢，是专门给你们跑腿逮人做扫尾的，谁都不轻松呢。”

章桐当然明白欧阳为什么会这么抱怨，因为眼前又是一个开放性的作案现场，她无奈地耸耸肩，“还算好，车里是封闭的，尸体在哪儿？”

张一凡伸手指了指车厢：“就在里面，现场太惨了。”

章桐从工具箱里摸出一套一次性手术服穿上，一边随口问道：“几个？”

“两个。”

听了这话，她不禁一怔：“两具尸体？”

张一凡无奈地点点头：“我没有进去细看，就打开车门看了下。要不是那小子来自首的话，还真不知道什么时候才会发现这个地方。”

章桐最后给自己套上了鞋套，然后对童小川说道：“我没帮手，你来吧，帮我做记录。”

“我？”

“很简单的，只要按照我说的，朝纸上写就是了，本子和笔就在我的工具箱里，最近局里人手欠缺，大家将就着点吧。”章桐利索地交代完后，便用手抓住门把手，借力爬了上去，接着便从童小川的手中接过应急灯，这才转身把灯头对准了车厢内部。

一股强烈的腐臭味扑面而来，夹杂着浓重的血腥味和人体排泄物的味道，尽管已经考虑到车厢里的一幕会非常惨烈，但现实的场景却还是让章桐感到心情沉重。

“童队，把相机给我。”

童小川乖乖地伸手把一台专业单反递给了她：“小心点。”

章桐没有回答，她接过相机，仔细地拍下了车厢内部包括尸体在内的每一寸空间，尤其是血迹的分布和车厢内每一个物件的原始摆放位置，包括地上的血脚印。她是屏住呼吸做这些事的，尸臭味混杂着血腥味只是因素之一，更重要的是车厢内正中央那架特制的被牢牢固定在地板上的铁椅子和椅子上的人。

拍完所有相片后，章桐呆呆地看着椅子上已经冰冷的躯体，这一次，她可是亲眼看到了经眶脑白质切断术的手术现场，或者说是失败的现场。铁质椅子上的尸体身穿着一件白色的长袖外套，沾满了血迹和说不出的污渍，下身是一条黑色裤子，双脚没有穿袜子，裸露着踩在地板上，手脚被四根坚韧无比的牛皮绳捆着，头向后仰着，裸露在外的皮肤因为低温冻伤后逐渐升温而变得发黑肿胀，脸部严重扭曲变形，嘴微开，右眼眼眶处血肉模糊，眼球缺失。初步看去，伤口已经深及颅脑。

显然，手术时必定出了什么意外，所以才会导致这么可怕的结果。

而另一具尸体则是横卧在车厢一旁的地板上，被黑色塑料布包裹得严严实实，章桐伸手拨开死者面部的头发，同样在右眼，血渍已经结块发黑，尸斑布满了全身，初步判断，死者一去世后，便被放了下来，呈仰卧状，所以才会造成尸斑集中淤积在尸体的后背部位。

“两个死者不是同时去世的，地上的这一个至少已经死了两天了。”章桐大声说道。

“是不是他杀？”童小川扒着车门处，皱眉问道。

“是，虽然低温影响了具体死亡时间的判断，但是，”章桐又一次查看了地上那具尸体唯一健全的另一只眼球，果断地补充道，“角膜完全混浊，瞳孔已经看不见了，所以死亡时间至少在两天以及两天以上。”

“那另一具呢？”童小川伸手指了指。

章桐又一次打开强光手电，集中在死者的左眼上：“角膜改变，混浊加重，瞳孔可见，晶状体表面有小皱褶，再加上尸斑固定，指压颜色可减退，死亡时间初步判定为十二至十八个小时。”

“这里面怎么这么臭？这不是冷链车吗？”

章桐摇摇头，苦笑道：“冷链车只是个幌子，内部温度确实是低一点，但是还不到完全冷冻尸体呈冰雪状的程度，所以一旦空调被关闭，空间密闭，尸体就加速了腐败。还有，”说到这儿，她咧了咧嘴，“坐着的这位死者，死前应该是被注射了一定的肌肉松弛剂，所以在濒死状态时失禁了。这种情况在前面两具尸体上也有同样的体现。”

“对了，童队，我们需要马上把这两具尸体运回公安局，时间不早了，虽然现在气温不是很高，再耽误的话，还是会加重尸体的腐败程度的。”章桐看着童小川。

童小川心中一沉，赶紧对张一凡吼了句：“赶紧开车去，把这车给我直接开回局里。路上一定要小心，别……”

话还没说完，张一凡却双手一摊，无奈地摇摇头：“唉，我这真的没有办法办到，来的时候我就已经检查过车辆了，电路坏了，加班修也得弄到明天早上。我就知道空调不会无缘无故停的。”

童小川偷偷瞥了一眼章桐，后者正在弯腰打开地上的工具箱。

“拖……”童小川心有不甘地说道，“用车拖总行吧？”

章桐手里拿了两个黄橙色的袋子走了过来，“别勉强你的手下了，童队，这现场所有的车，都是拖不动这辆车的，马力不够，明白不？只能等明天早上交警队那边加班派车过来拉回公安局去。”

“你，你手里的是什么？”

章桐咧嘴一笑：“裹尸袋，最新的一款，加厚的，外面加了保温层，怎么样？我们法医处也该轮到新鲜玩意儿了吧？”

见此情景，张一凡弯腰对正蹲在地上的欧阳工程师小声嘀咕道：“欧阳工程师，请教下，裹尸袋加上保温层是个啥原理？”

欧阳微微一怔，随即笑了起来：“不错嘛，法医处也用上了。”

见张一凡依旧是一脸的迷茫，便压低嗓门说道：“举个例子吧，大夏天的时候，你们年轻人总爱吃个冰棍吧，这一大箱买回家就得需要保温袋，所以呢，就是那个原理，你明白吗？在一定时间内保持尸体的温度，并且与外面空气隔绝，人为减缓尸体腐败的速度。外层里面可是加了好东西的，我上个月在省里参加刑侦技术新产品推广会，才看到的新鲜玩意儿，咱章主任就弄到手了，真是神通广大，不错不错，哈哈！”

童小川没办法，只能帮着章桐在固定完所有证物后，小心翼翼地把两具尸体分别装进了裹尸袋，拉上拉链，抬着放进了警车的后车厢。在回去的路上，刺耳的警笛声响彻夜空，童小川几乎把车速拉到了极限，一路狂奔进了安平市区。

车厢里静悄悄的，坐在副驾驶座上的章桐突然说道：“他们也曾经是人。”

“我知道。”童小川小声嘀咕，声音有些委屈。

“所以你不用忌惮那么多的，童队，今天是特殊情况。”章桐轻轻叹了口气。

“我知道。”童小川看了章桐一眼，脸上露出果断而又坚决的神情，“我回去后一定向上面强烈要求给你们法医处多配备车辆和人手，本来一个这么重要的部门怎么可以只有两个女人，太不公平了。”

章桐吃惊地看着他，感动得半天才回过神来：“我们部门本就人丁不旺，谢谢童队的理解和支持。”

警车在童小川的抱怨声中迅速开进了公安局的大院，转向独立的地下通道口。在路上的时候，章桐就已经通知了顾瑜，所以车子刚到，自动卷帘门便缓缓上升，顾瑜推着轮床出现在通道口。当她看清楚是用这辆新的警车运回了尸体，并且开车的人是童小川的时候，不禁有些惊愕。

很快，大家帮着把尸体抬上了轮床，直接就推进了不到 10 米远的解剖室。

一切都已经准备好了。

下车的时候，章桐想了想，转身对童小川说道："童队，等下来我们法医办公室喝杯咖啡吧，今晚是要忙个通宵了。"

童小川点点头，嘿嘿一笑："多谢章主任，我先去开会。"一脚油门便把警车开走了。

"主任啊，我说以后这辆车可就在局里彻底出名了。"顾瑜斜靠着门柱子，笑嘻嘻地说道。

"怎么出名？"章桐不解。

顾瑜呆了呆，随即尴尬地轻轻一笑："主任，这车才买了不到一个礼拜的时间，但是从此后只要有人用这个车，他就会知道这车曾经拉过两具尸体。"

"这就没办法了，在现场的时候这车最宽敞，车速也最快，我只能用它。"章桐一边说着一边推门走进了更衣室，"总之，一切以案子为重，不用计较是啥车。"

站在门口的顾瑜见章桐依旧没有弄明白自己话中的含义，不由得苦笑着叹了口气。

4

李晓伟并没有直接去公安局见郭敏，车开到一半，在路上他就打消了这个念头，在向张一凡要来了郭敏家住址和他父亲的电话后，便直接开车过去了。到郭敏家楼下的时候，他接到了童小川的电话。

"我现在还不能见郭敏，给我两个小时的时间，我要和他父亲好好谈谈。"李晓伟拉开车门走了下来，锁好车，接着说道，"童队，郭敏的心理承受能力非常强，在这之前我已经和他谈过一次了，所以这一次，我必须得深入和他父亲沟通后，才能再和他见面，请帮我转达这个意思。”

童小川一口允诺：“我这就把游乐场那起案子的梗概用微信传给你，方便你掌握案情进展。”

“多谢。”

挂断电话，几分钟后，讯息便传了过来。李晓伟不断地翻看电子文件页面，心情越发沉重了起来，略加思索后，他把手机塞进兜里，抬头看了看眼前这栋五层的住宅楼，还是20世纪的建筑，显得低矮灰暗，此刻正值吃晚饭的时候，大楼里的家家户户几乎都亮着灯，三层最左面那户的窗户上也亮着灯。他不由得暗暗松了口气，这才加快脚步走进了黑漆漆的楼栋口。

楼道里弥漫着红烧肉的香味，李晓伟贪婪地猛吸了两口，瞬间便后悔不已，因为这样一来饥肠辘辘的感觉就变得更为强烈了。

来到三层，借着大楼外的灯光，他看清楚了左手边正是自己要找的302室，便上前敲门。

门很快就开了，眼前站着个身穿碎花衬衣的年轻女人，眉宇间和郭敏有着几分神似。李晓伟知道对方很有可能就是郭敏的姐姐郭亚茹，便微笑着打招呼道：“请问，郭长海郭老先生在家吗？”

年轻女人脸色微变，还未开口，身后的客厅里便传来了郭敏父亲苍老的声音：“是给我打过电话的李老师吧？快请进。”

李晓伟礼貌地点点头，便从女人身边擦肩走了过去。一刹那，他明明从年轻女人的目光中看出了一丝敌意。

客厅很小，因为四周堆满了杂物，所以有点鸽子笼的感觉，四角的墙壁上布满了水渍，空气中则弥漫着浓浓的酒味。郭敏父亲身上裹着一件军大衣，蜷缩在沙发里，面容憔悴，面前斑驳的小饭桌上摆着一堆的药盒，而紧跟在自己身后进入客厅的年轻女人靠着墙，依旧一脸敌意地紧紧盯着李晓伟。

“这是我女儿，小敏的姐姐亚茹。”老人沙哑着嗓音介绍道。

李晓伟心中一紧，刹那间他便读懂了刚才那投向自己的深深敌意。

“你是警方的人吧？你来这干什么？小敏人呢？”郭亚茹皱眉冷冷地说道，“他为什么不接我电话？”

李晓伟平静地说道：“他现在在公安局刑警队。”

郭亚茹刚要开口，却被沙发上的老人用目光给制止了，郭长海这才转头看着李晓伟，脸上挤出了一丝笑容，缓缓说道：“不知李老师想问我什么，尽管问吧。”

李晓伟点点头：“郭老先生，郭敏是医科大学毕业的，对吧？”

“是的，这孩子很聪明，很小的时候就想当个医生。”

“那他为什么却最终选择当警察，这点你能跟我说说吗？”李晓伟认真地看着郭老先生布满皱纹的脸。

郭长海微微一怔，目光中闪过一丝灰暗，沉声说道：“我想，应该是小敏突然改变了他的志向吧，当警察不也是很好的吗？还挺威风的呢。”

“郭老先生，那最后一个问题，请问你们知道郭敏为什么要杀人吗？他的杀人动机到底是什么？”李晓伟平静地问道。他知道自己这个问题的分量，但是也只有这么问，才能真正刺激到一边站着的郭亚茹，因为创伤后应激障碍症患者唯一的软肋就是她最关心的人，虽然这么做会显得有些违背职业道德，可也只有这样，才能彻底找出真相。

果不其然，郭亚茹愤怒地看着李晓伟：“我弟弟没杀人，你别胡说八道！”

“亚茹！”郭长海出言制止，但是已经来不及了。

李晓伟依旧平静地看着郭亚茹：“郭敏此刻正在公安局里自首，说游乐场里的两具尸体都是他杀的。”

“你又怎么知道这事的？”郭亚茹警觉地注视着他。

李晓伟故作轻松地耸耸肩：“我是公安局的心理顾问，同时，你弟弟郭敏指明要和我谈话，我想，他是有什么事情要拜托我吧。”李晓伟的目光落在了郭亚茹的身上，“他经常提到你，说你对他很照顾。他常说如果不是因为你，他都不可能顺利从医科大学毕业，所以说，姐姐是他实现梦想的最大动力。”

用力去撕开一个人内心深处的伤口是非常残忍的，郭亚茹脸色煞白，张了张嘴。李晓伟本以为她会像刚才那样痛骂自己，但出乎他意料的是，这个眼神复杂的女人却转身去了卧室。

就在这个时候，门铃响了起来，在郭老先生的首肯之下，李晓伟便来到门边，伸手打开了门，眼前出现的人却让他大吃一惊，倒退一步，脱口而出道：“沈教授，你怎么来了？”

突然到访的人正是自己医科大学的恩师沈逸飞，他右手拎着个黑色帆布袋，看着李晓伟，却不进去，只是轻轻说了句：“走吧，我陪你聊聊，不要再打扰他们了。”

李晓伟犹豫不决地回头看了看屋内，沈教授叫了声：“老郭啊，我和我的徒弟先走了，打扰你们了，不好意思啊。”

客厅里传出了含糊不清的声音，沈教授便关上了门，对李晓伟说道：“走吧，顺便送我去公安局。”

“为什么？”李晓伟吃惊地看着他，因为走廊里光线太暗，他根本就看不清楚沈教授此刻脸上的表情。

老人轻轻叹了口气：“因为车里那人是我杀的。”

“这不可能！”震惊之余，李晓伟简直不敢相信自己的耳朵，刚想继续追问，沈教授却已经走下了楼梯，便快步跟了上去。

安平市公安局案情分析室里灯火通明，看着手里刚拿到的打印件，童小川的心中不禁一沉。根据章桐所提供的城中村女尸颅骨定点特征判断，人像搜索系统得出的最后结论印证了一个可怕的猜测——死者与多年前的失踪人员王静，也就是朱一文的妻子颅面相似度在70%左右。虽然DNA报告还没有出来，但是光凭手中的这纸结论，童小川知道自己已经离真相不远了。

身边坐着的黄政委是个快要退休的老警察，注意到了童小川脸上的异样神情，便低声问道：“童队？”

童小川点点头：“政委，应该是朱一文的老婆，具体结论还要等法医那边的DNA报告。”

“有比对参照样本吗？”黄政委微微皱眉，毕竟过去了这么多年。

“当初王静在新南的家人前来本市报失踪的时候，曾经留下过王静父母的DNA样本血样，现在正在库里做比对。”童小川轻轻叹了口气，“十多年了，等来的却是这样的消息，真不知道老人会是一个怎样的感受。”

黄政委顺手拍了拍童小川的肩膀：“既然都已经过去这么多年了，我想，能得到消息总比没有消息要好得多。老人最终会理解的。”

正在这时，欧阳工程师探身对童小川说道：“童队，章主任家和电梯里的证物收集工作刚结束，没有有效的指纹，就连脚印，也是模糊不清的。总体来讲，没有什么利用价值。”

“监控呢？难道也是一无所获？”童小川有些着急。

“阿龙都已经两天两夜没出办公室了，”欧阳工程师耸耸肩，“那小子，不知道关起门来在鼓捣些什么玩意儿。”说着，他从公文包里拿出两张放大后的监控视频截屏相片，放在桌上，缓缓推到童小川面前，“这是临来开会时，他打发人来交给我的，说是那晚最清晰的两张截图。据推断，身高 178 厘米，体态中等偏瘦，右脚微微有些内拐，此外就没有别的线索了。”

“电梯里也看过了？”童小川不解地问道，“为什么这两张相片是在大楼外的监控截图？楼里的一张都没有吗？”

欧阳听了，双手一摊，苦笑道：“我们也觉得奇怪，不过想想也可以理解，对方应该是用了信号屏蔽装置，他一开始是躲在楼栋旁，直到看见章主任走进楼栋后，才跟了上去，同时打开了随身带着的屏蔽装置，这样的话，楼道里的监控摄像头就没办法正常工作了。如果他一开始就打开的话，很有可能会触发周围的电器，这样就有暴露的危险。总之，他是个聪明人，有备而来。”

副局长陈豪听了，想起沈秋月的案子，不禁皱眉：“为什么偏偏针对章主任？看来那家伙一天不抓住的话，还真一天不消停。”

童小川神情凝重地说道：“会抓住的，狐狸总会露出尾巴的。”

陈豪点点头：“加油吧，小伙子。对了，说说朱家桥的案子，到底怎么回事。”

“十九年前，居住在朱家桥东院的朱一文妻子王静突然失踪，因为王静不是本地人，老家在一千多公里外的新南，位置偏僻，交通也不是很便利，所以王静失踪后，朱一文说王静抛弃他们父子跟人跑了，周围邻居就从来没有怀疑过。再加上朱一文在众人的印象中是个老实人，虽然脾气有些暴躁，也没有啥深交的朋友，但却从不得罪人，他一个人带着孩子过日子，大家都能理解单身父亲的艰辛，也就接受了他脾气的乖张。”

“其中也不排除朱一文家是独门独院的因素，这为他后续的作案创造了很大的空间便利。我想，如果不是因为朱一文儿子的小学班主任宋颖老师出于关心孩子，经常上他家家访，无意中发现了朱一文作案的话，这后面的系列杀人案还真不知道什么时候才会被勘破。”童小川苦笑道。

黄政委皱眉想了想：“等等，朱一文的案子我知道，那时候我还没有被调来安平，在隔壁市，据说这个案子让整个安平的警察都被老百姓骂得抬不起头来。要不是最终破案了的话，或许会有很多人因此而辞职。”

陈豪点头道：“是啊，那时候的条件不能和现在比，所有的证据都固定好了，整个专案组的人也好几个月都没回家，四处排查走访，可是眼瞅着一天天过去了，案子在不断发生，却怎么也确定不了嫌疑人。如果不是最后宋颖老师的举报的话，咱安平市公安局的历史还真的要被改写也说不定呢。可是，谁又会想到她所要举报的竟然会是王静的被杀案呢？”说到这儿，他不由得重重叹了口气。

童小川问道：“陈局，当初朱一文的案子，作案动机是什么？”

“据说是因为妻子的背叛而导致的报复杀人，当时负责走访朱家桥的民警回来说，朱一文的妻子王静长得很漂亮，朱一文却其貌不扬，脸上还有个疤痕，是修车的时候被电火花烫的，所以朱一文还有个外号叫‘朱大疤’。至于说王静为什么会选择嫁给他，那就众说纷纭了。”陈豪略微思索后，接着说道，“当地老百姓说朱一文和王静过了几年安生日子，也没怎么听说朱一文打老婆，王静是突然消失的，关于她的失踪，当地人倾向于是喜新厌旧，毕竟朱一文的条件是摆在那儿的。而第一起杀人案，就是在王静失踪后一个月发生的。不过，因为当时的办案人员没有拿到朱一文的口供，也就无从知晓他真正的作案原因。但是从现场的物证判断，他做下这些案子的这个结论是铁定无疑的。”

正说着，童小川兜里的手机响了起来，他瞥了一眼，是章桐的，心知必定是出了结果，便告了个假，匆匆离开了案情分析室。

第九章

听到这儿，郭敏的眼泪无声无息地滚落，他突然明白了姐姐这么做的用意，因为当一个人对于自我生存的渴望被无限放大的时候，周围的一切对他而言就都会变得微不足道了。

1

法医解剖室里，单调的滴水声不断撞击着苍白的墙壁。

章桐疲惫不堪地坐在靠墙的椅子上，内衣湿漉漉地贴着后背，汗水流进眼眶，刺痛的感觉让她不得不闭上了双眼。长时间的站立使得左腿一阵阵抽痛，而腰椎更是让她疼得几乎无法站立。

摘掉手套和口罩，章桐伸手在工作服口袋里来回摸了一遍，找到那一板散利痛，熟练地抠出两粒，就着工作台上已经凉透了的水杯，仰头喝了下去。

顾瑜早就已经习惯了章桐这个极坏的癖好，看在眼里，她只是默默地耸了耸肩，想着自己将来或许也会沦落到用这种方法来逃避身上的病痛，也就睁一只眼闭一只眼了。

药片裹着凉水滑过喉咙的感觉依旧是苦涩的，那种苦涩，章桐明白，会一直持续到自己身上的痛楚结束的时候。她恨透了这种感觉，却又不得不去接受。

因为人体的神经系统最敏感，也最无法忍受的就是痛楚，而苦涩，相比之下就不足为道了。

目光落到了自己面前的解剖台上，今晚总共三具尸体，最靠外面的这一具是完全出乎章桐的意料的，因为她不只是认识，而且就在过去的二十四小时之内还和他说过话。法医或许分不清生与死之间明确的界限，却能无限放大生者与死者之间的特殊差异。

匆匆的脚步声由远至近，随着活动门被童小川用力撞开，不等对方开口，章桐头也不抬地伸手指了指最外面的那具尸体："我认识他。"

"他？"童小川手里拿着一次性手术服，呆呆地站着，"他是谁？"

章桐伸手从桌上的文件栏里拿出两份DNA检验报告，递给童小川。"他叫秦刚，市急救中心出诊主治医师，他还有个名字，叫朱南，他生物学上的父亲，"说到这儿，她看了童小川一眼，"叫朱一文。"

见童小川一脸的惊愕，章桐重复了一遍："完全符合遗传学规律的父亲，这点你毋庸置疑。机器比人脑可靠多了。"

"不，我不明白，他，他为什么改名字了？为什么又成了受害者？"童小川结结巴巴地问道。

章桐冲着顾瑜点点头，后者便伸手拉开了盖在秦刚脸上的白布，露出了秦刚空洞的右眼。

"难道说……"童小川皱眉看了半天，突然问道，"那他的死因呢？"

"锐器所导致的开放性颅脑重度损伤，合并蛛网膜下腔出血。"章桐道，"整个死亡所持续的时间应该不会很长，而且，他感受不到痛苦。"

"为什么？"

章桐伸手把死者的颅骨转向另一端，让右边耳背部位朝着童小川："你仔细看，这里有一个针孔，我怀疑他被注射了肌肉松弛剂，一种类似于麻醉剂的药剂，他从那一刻开始就昏睡过去了，自然也就感受不到后面的死亡了。"

“那他身上有没有反抗的痕迹？”童小川问。

章桐摇摇头：“我想，他是心甘情愿这么做的。”

“被人绑上四根牛皮绳？”童小川难以置信地摇摇头，“我知道前面的两位被抛尸在游乐场的死者都是有精神障碍的人，但是这个人，他可是医生啊，为什么会这么做？还心甘情愿？那他是谁？”他伸手指了指一旁盖着白布的男尸。

“他体长 167 厘米，身材偏瘦，有严重的营养不良，并且感染了肠胃炎，我想，这位死者在临死前应该是闹了好几天肚子了，”章桐伸手拉开白布，指着死者粗糙的皮肤，“他至少有半个月以上时间没有洗澡了，头发里全是虱子，衣服也有很久没换了。所以，他应该就是你们正在寻找的第三位失踪者。”

“也是那种手术的受害者？”童小川问。

章桐点头：“是的，完全吻合。死因是过敏性休克，是由药物引起的，从注射到起反应应该间隔了一小段时间，或许是受害者当时是处于昏迷状态吧，所以没有及时体现出来。”她伸手指着死者的喉咙，“虽然死亡时间在两天前，尸体已经有了明显的变化，但是仍能检查出喉头水肿很明显，颜面有窒息所导致的青紫色，全身有皮疹现象，左眼有明显的斑点，肺部水肿也很明显。最后排除别的外伤和死者本身的疾病所导致的死因，可以确定是肌松类药物过敏所引起的过敏性休克反应。”

“只是……”章桐突然停下了话头，似乎在犹豫着什么。

“只是什么？”童小川急了。

“我不明白的是，这位死者加上前两位，虽说都是死于经眶脑白质切断术所导致的意外，但是有一点可以肯定的是，凶手并不想杀他们。”章桐伸手指了指秦刚的尸体，“但是他除外，因为他完全是死于‘故意’，通俗点说，他的死因，是被人用一把锥子给活活捅穿了右眼并深入大脑。”说着，她从手术台上的工作器械盘里挑出一把丁字锥，递给了童小川，“类似这样的一把凶器。”

“而且，”章桐又把另一份 DNA 报告交给了童小川，“DNA 结果显示，他就是那三起严重侵害女性案件的始作俑者。”

“你确定只是三起？”童小川的脑海里闪过郭敏的脸，“七年前的那起，有查过吗？”

“你说的是郭敏姐姐的那起吧？我特地比对过，不是他干的。”章桐淡淡地说道，“而且七年前残留的生物检材样本中，至少有三个男性的样本，与秦刚的作案模式完全不符。”

童小川心中一沉。

“还有一件事，”章桐来到那具女性尸骨的解剖台旁，伸手打开顶上的照明灯，“在这具尸骨上，我找到了一些不同的东西，可以证实凶手或许，嗯，并不是朱一文……”

说着，章桐拿起死者的右胸肋骨第三节，展示给童小川：“你仔细看它的角度，死者身高 165 厘米左右，朱一文身高 181 厘米，所以，不管死者是站着或者是躺下被扎了这一剪子，所造成的伤口角度都将大于或者等于 45 度角。你所看到的角度，经过测量，却只有 21 度，也就是说，行凶者身高不会超过 165 厘米，这是其一。至于说其二，行凶者是个左撇子，这是我们从尸骨形成的创面得出的结论，着力点是由左至右，而我们惯于使用右手的人，着力点恰好相反，是由右边滑向左边。”

房间里死一般的寂静。

“该死的，一个身高不足 165 厘米的左撇子……”童小川的嗓音中充满了绝望，“那她的身份确定了吗？”

章桐点点头：“王静，也就是秦刚的母亲，线粒体比对表明两人存在母系血缘关系。”

“他们的死亡，会有共同的原因吗？”

“不可能，不只是死亡时间差了十多年，并且凶手是不同的两个人。”章桐想了想，接着说道，“而现场车内的指纹显示，有两枚女性指纹，但是目前还没有比对得上的。”

走出法医解剖室的时候，童小川站在走廊上犹豫了一会儿，便拨通了李海的电话：“海子，带个人，去把郭亚茹传唤到局里，协助调查。”

“童队，要是她拒绝来怎么办？”海子有些犹豫。

“不可能，她弟弟在这儿，她肯定会来的。”挂断电话后，童小川的目光中闪过一丝冰冷。

2

李晓伟把车停在了警局大院外的街边银杏树下。回想起手机中童小川传来的现场画面以及案情介绍，心中越发觉得有些难以理解。

“老师，我想，你该告诉我真相了。”

沈教授听了，却只是轻轻叹了口气，看着车窗外街道两边闪烁的霓虹灯，目光中的羡慕转瞬即逝：“你带我进去投案就可以了，那个男的，真的是我杀的。不关那丫头的事。”

“原来你早就已经知道郭亚茹涉案？”李晓伟突然意识到了这点，他吃惊地看着自己的恩师，下意识地提高了嗓音，“那你为什么不制止她？即使不说那最后一个人，也有整整三条人命啊！老师，都因她而死！我们学医的，怎么可以这么做？”

听了这熟悉的话语，老教授不仅浑身一震，他缓缓转过头，看着李晓伟，轻声说道：“都怪我，真的！”

“怪你什么？难道怪你当初研究那个手术？老师啊，你别这么傻好不好？”李晓伟急了，“学术谁都可以研究，但是错不在你。”

“是我打开了潘多拉魔盒，也只有我才能把它关上。”说到这儿，他打开了随身带着的那个黑色帆布袋，从里面取出了一把外形古怪的锥子，“这就是警察要找的杀人凶器——丁字锥。”

李晓伟呆住了，半晌，喃喃道：“老师，你为什么要杀他，你与他素不相识。”

重新装好丁字锥后，老教授轻轻笑了笑，随即伸手打开车门走下了车，拎着黑色帆布袋，独自一个人向公安局大院走去。

看着沈教授的背影，回想起他在医科大学教授楼办公室里对自己所说的话，李晓伟突然明白了一切。他掏出手机，拨通了章桐的电话，哑然说道：“沈逸飞教授正在走进公安局大楼，他是来投案自首的。”

“你说什么？”电话那头，章桐的声音充满了诧异。

“对不起，他说的都是真的，他就是杀害最后那名死者的凶手。”李晓伟心情沉重地说道，“我只是不明白他为什么要这么做。作为一个悬壶济世的医生，他有什么资格去随意终止他人的生命！”

挂断电话后，李晓伟便锁好车，走向公安局大楼，不管怎么样，他都要知道一个答案。究竟是什么样的原因，才会使得自己的恩师甘愿背叛了当年立下的希波克拉底誓言。

羁押室里的日子是完全没有时间概念的，所以对于郭敏来说，可以用度日如年来形容。也因为寂寞和空虚，自己的听觉就变得格外灵敏。昏昏欲睡之际，他竟然听到了走廊上传来的脚步声，不止一个人，正缓步向羁押室走来。

门上的铁锁被打开了，拉开门的那一刻，他看到了老所长忧心忡忡的目光，不禁愕然，呆呆地站着不知所措。

“出来吧，我是来接你回所里的。”老所长哑声说道。

“可是……”郭敏刚要辩解。

“瞎胡闹！”老所长狠狠地瞪了他一眼，“现在什么都不要说了，立刻跟我回所里等待处分意见！”

郭敏在老所长果断的目光中看到了一丝泪花，顿时明白了对方的苦心。走出羁押室，正准备签字领回自己的东西时，郭敏无意中抬头，看到了正推门走进办案区的沈教授，身后跟着一脸严肃的二队侦察员，不禁脱口而出道：“沈教授，你怎么来了？”

老人却只是摇摇头，缓步走进了审讯室。看着房门在他身后关上，郭敏焦急地对老所长说道：“所长，这事，不关老教授的事，真的不关他的事……”

老所长默默地看了他一眼，神情落寞地说道：“他已经承认了自己就是杀害秦刚的凶手，你帮不了他了。”

郭敏突然意识到了什么，焦急地说道：“那我姐姐呢？她现在在哪里？”

正在办理解除羁押手续的二队侦查员抬头瞥了他一眼，冷冷地说道：“这事轮不到你过问。你还是回去等处分吧，别让你们老领导再寒心了！”

一听这话，郭敏怔住了，身旁的老所长见状，轻轻叹了口气，顺手拍了拍他的肩膀："跟我走吧。"郭敏的脸色顿时一片灰暗，泪水无声地滚落了下来。

在回所里的路上，郭敏实在忍不住了，便追问道："所长，我知道我对不起你，我太冲动了，可是，这事情是有原因的，并不是你所想象的那样，你听我说……"

老所长一边开车，一边冷冷地说道："你还是先听我说吧，看看我说的到底对不对，你再下评论也不迟。今天下午的时候，有一个人特地来所里拜访过我了。"

"谁？"

"医科大学的教授，沈逸飞。他和我讲起了你，很多关于你的故事，说你是个很有前途的孩子，不只是你，还有你的姐姐郭亚茹。在你上高二的时候，她虽然没有能够像后来的你一样顺利考上医科大学，但是一次巧合，沈教授在学校招生现场见过她，被她的坚强所感动，便答应辅导她复读期间的功课。沈教授说，你姐姐其实比你更好学、更刻苦，而她唯一缺少的，就只是运气而已。作为长女，她必须负担起你的学费和生活费，所以说，你有今天的成绩，是建立在你姐姐的付出上的。"

"这点我知道。"郭敏黯然说道。

"每次你姐姐上完复读学校的课程后，便会去同一条街上的医科大学，沈教授在教授楼办公室专门辅导她，希望她能考上医科大学的全额奖学金，这样的话，就不用再增添一笔费用了，她也能实现自己的梦想。

"你姐姐是个好强的人，她一面准备复读，一面还要打工挣钱供你读书，悲剧就是在那个时候发生的。三个歹徒在你姐姐上完课回家的路上侵犯了她，得知消息赶到医院后，看着自己最关心的编外学生几乎变成了一个神经质一般的废人，老教授伤心欲绝。他跟我说他得了不治之症，已经活不了几年了，在离开这个世界之前，他想找个机会，能让你姐姐彻底忘记那段可怕的记忆，然后重新开始，拥有属于自己的生活。"

郭敏颤声说道："沈教授就是在那个时候开始的经眶脑白质切断术的研

究？我只是没想到他这么做，竟然是为了我姐姐。”

老所长默默地看了他一眼，车窗外的路灯光在他的脸上投射出一种怪异的光芒：“沈教授说，他知道这么做是要付出代价的，虽然手术经过改良，已经可以大幅度地减少后遗症，但是却并没有经过实际检验，所以，后来就被搁置了。他却怎么也没有想到你姐姐在最后一次见他的时候，竟然偷偷拿走了所有的资料。他用一个词来形容自己的过失，那就是潘多拉魔盒。

“随着第一具尸体的出现，沈教授就知道是你姐姐所为，他对自己产生了深深的自责。接着第二具，他一直都在关注着媒体上案情的进展，也去过你家几次，所以，你父亲是知道这个事的，也曾经找你姐姐沟通过，但是，后果也是可想而知的。你还记得最后一次你姐姐突然发病的情况吗？”老所长缓缓问道。

郭敏点头：“我当然记得，那天我在值班，接到父亲电话，说姐姐试图割腕自杀，后来虽然醒过来了，但是情绪激动，语无伦次，我就把她送去了第九人民医院。”

“那你有查看过她的手部伤口吗？”阴影中，老所长喃喃问道。

“没，没有。”郭敏的声音有些发颤。

“不会有伤口的，那是你父亲给你姐姐下了药，她每次住院，都是因为你父亲用了沈教授给的药。他都给我承认了。”老所长的声音中充满了无奈。

“他为什么那么做？”郭敏吃惊地看着老所长。

“因为他知道自己无法阻止你姐姐，又不忍心让她自杀，而让她长时间在精神病院里待着就是最后的办法，毕竟人命关天。”老所长叹了口气，苦笑道，“但是她后来跑了，其实这也就可以看出，傻小子，你姐姐的智商比你高！”

听到这儿，郭敏的眼泪无声无息地滚落，他突然明白了姐姐这么做的用意，因为当一个人对于自我生存的渴望被无限放大的时候，周围的一切对他而言就都会变得微不足道了。姐姐也想成为一个正常人，所以，才会不惜一切代价。

“老所长，那，能让我先回家看看父亲吗？我有点担心他。”郭敏轻轻说道。

老所长没有迟疑，右打方向盘，把警车开上了通往郭敏家小区的路。

3

安平市公安局法医办公室里，李晓伟吃惊地看着章桐：“你说什么？王静不是朱一文杀的？”

章桐果断地点头：“没错，目前的证据看来确实如此，凶手是一个身高约 165 厘米，体态娇小的女人，并且是习惯于使用左手。我刚才还在死者的牙齿缝隙中发现了几根头发，属于一个年轻女人，但是因为年代久远，发根的细胞膜已经无法提取到有价值的生物样本以供比对。”

“等等，尸骨是在地表的什么位置发现的？”李晓伟皱眉问道。

“不到一米，地表土层发现明显的分解尸蜡。埋尸坑的深度符合女性的特征，尤其是尸体呈现出仰卧状，双手平放在胸前，应该是被刻意摆放过了，使她看起来不像是一场凶杀案的牺牲者。”章桐说着，便又抠出两粒止痛药塞进嘴里，一口喝完了自己面前杯子中的凉咖啡。

李晓伟见状，终于忍不住了，心疼地埋怨道：“你也是医生，这么吃止痛药，迟早会出事的，你难道不明白吗？”

这话一出，章桐愣住了，她吃惊地看着李晓伟，半天没回过神来。章桐记忆中自从母亲去了养老院后，已经很久没有人这么狠狠教训过自己的坏习惯了。

李晓伟尴尬地涨红了脸，连忙摆手，道：“别误会，我不是在指责你，我只是……我不是……”

章桐扑哧一声笑了：“算了算了，我其实也知道这么做不好，但是有时候就是忍不住，干了这么多年，就落下一身的职业病了。”

“对了，你知道那第四个死者是谁吗？”章桐问道。

“我看了童队给我传的资料，虽然不知道他的名字，但是或许我可以猜得出来。”

“谁？”

“做下那一死两伤三起案件的犯罪嫌疑人，对吗？”李晓伟靠在身后的办公桌上。

本以为章桐会嘲笑自己的胡乱猜测，但是眼看着她脸上的笑容在一点点地变得僵硬，李晓伟有些莫名的后悔了。

“他是朱一文的儿子，叫朱南，不过，他还有一个名字，”说到这儿，章桐抬头认真地看着李晓伟，“秦刚，他的职业是急诊科医生。”

李晓伟恍然大悟：“难怪了，所有的受害者都没有反抗的迹象，而且他对人体伤势的把控做到了近乎完美，能让受害者留着一条命来报警。”

章桐点头，感慨地说道：“他所做的一切，其实都是在忠实地复制他父亲的所作所为。只有一点，我至今都想不明白，他肯定也知道自己父亲做下了可怕的事情，或许还是潜在的目击证人，但是为什么如今的他却要做出父亲曾经做出的令人发指的事情？”

“要是我没记错的话，朱一文出事的时候，那孩子应该已经小学毕业了吧，多少岁来着？”李晓伟皱眉想了想，“至少应该有十二岁了，处在那年龄段的孩子已经形成了完整的记忆链。我想，刚开始的时候，他父亲的所作所为，或许会让他感到恐惧，但是那时候这个孩子的身边已经没有别的亲人了，他只有依靠他的父亲。久而久之，他就对父亲产生了一种异乎寻常的崇拜，长大了，因为出于这种爱，也出于对父亲的思念，朱南就把自己活成了他父亲的样子。这种人，在我们心理学上有个特殊名词——斯德哥尔摩综合征。”

章桐脸色微微一变：“那到底是谁杀了他的母亲？他又为什么会成为那第四个人？”

话音未落，电话铃声急促地响了起来，章桐顺手接过电话，童小川在电话那头焦急地说道：“李医生是不是在你那里？我怎么也打不通他的电话。”

章桐看了一眼身边站着的李晓伟：“他在。”说着，便顺手摁下了免提键，童小川刺耳的声音瞬间充斥了整个法医办公室：“李医生，快，赶紧来郭敏家，出事了，我们需要你来对付郭亚茹……章主任，也需要你赶紧出警，我现在就在她家楼下，郭敏的父亲死了，被他女儿杀了。”

4

（一小时前）

当郭敏走上楼梯，掏出钥匙打开家门的时候，他没有听见父亲的声音，而姐姐郭亚茹正在走廊上等着他，双腿交叠坐在地板上，脸上似笑非笑。

郭敏闭上双眼，试图在房间的空气中辨别出父亲的味道，但是他却闻到了熟悉的铁锈味，甜得发腻，那是温热的人血所散发出来的特有的气味，而姐姐的脸上，却分明看不到一丝一毫的痛苦。郭敏心中不由得一沉，他知道，父亲肯定出事了。

“你到底干了什么？”郭敏的语气变得冰冷，脑海中所填满的画面既暴力又痛苦。

“他又想要我吃药，我再也不会那么傻了。”看着自己的弟弟，郭亚茹却仿佛像看着陌生人一般，嘴里喃喃地说道，“我说过，我没病！”

透过玄关上的穿衣镜，郭敏终于看到了客厅地板上父亲再也无法动弹的身体。他俯卧着，苍白的头发被鲜血所浸透。

泪水瞬间冲出了眼眶：“姐姐，不管怎么样，他可是我们的父亲，你怎么下得去手？”

“你怎么到现在还不明白呢？”郭亚茹的嗓音中充满了困惑，她顿了一下，距离郭敏大概六步之远，一把锋利的水果刀抵在她的裤管边。

“他一直逼我吃药，巴不得我死在精神病院里别再出来了，我是个正常人，难道你就看不出来吗？”

看着逐渐变得有些激动的郭亚茹，郭敏突然明白了什么。

“在这个家，我永远都是一个不存在的人，从没有人真正尊重过我。我除了干活，就是拼命打工挣钱给你读书，我难道就没有自己选择生活方式的权利？我为什么要为了你而活着？”郭亚茹颤抖着声音说道，紧握着水果刀的右手在不停地哆嗦。

“别胡说，姐姐，我在乎你，我真的很在乎你，妈妈很早就不在了，如果没有你的照顾，我根本就不可能考上大学！”郭敏急了，苦苦哀求道，“姐姐，你是不是误会我了？”

“误会？”郭亚茹苦笑，“我被你毁了，知道吗？当年，如果不是想多赚点钱给你交学费，我会天天打三份工？下班后还要赶去复读学校？你现在是有出息了，但是我呢？我只不过想忘记那段可怕的经历而已，我想重新开始自己的人生，难道我就没有这个权利吗？”

郭亚茹的质问犹如锐利的刀尖一般深深地扎在了郭敏的心头，他这时才终于意识到姐姐的心里有多么痛恨自己。他来到郭亚茹的身边，双膝一软，跪倒在地：“姐姐，你不要再错下去了，把你的刀给我，投案自首。以后的日子里，我会好好照顾你，弥补你所失去的……”

话音未落，冰凉的水果刀准确无误地扎进了他的左胸口，郭敏不由得一惊，那是心脏的位置，他无法相信眼前的这一切，看着姐姐郭亚茹的目光中流露出惊恐与绝望：“你……你为什么这么做……姐姐，我可是你的弟弟啊……”

此刻，郭敏仿佛看见郭亚茹的眼中闪现熟悉的神色，难道说她在最后这一刻，把刀扎进弟弟心脏的这一刻，突然又记起了什么？

“姐姐……我是阿敏，你的弟弟啊……”郭敏不断地呢喃着，声音低得几乎听不见，他软软地倒在了地板上，最后所听到的是耳畔传来了猛烈的敲门声，“姐姐……快走……快走……”

黑暗终于降临，郭敏的意识瞬间丧失了。

房门被用力撞开，海子和张一凡冲了进来，他们一眼就看见了地板上倒着的郭敏，海子上前蹲下，一边查看伤势，一边埋怨道：“都怪你，车早不坏晚不坏，偏偏这个时候爆胎，赶紧打120，都要出人命了。”他刚想上去扶起郭敏，一旁站着的张一凡却冷冷地呵斥住了他：“海子，别动他，刀子在心脏的位置，动一动就完蛋。”

“那我怎么办？”

张一凡环顾了一下整个房间，目光落在了客厅地板上躺着的老人尸体上，随即果断地说道：“你守着他，等120来，同时通知童队派后援。我去抓郭亚茹。”

卧室的门紧闭着，阳台外的老式防火梯上传来了急促的脚步声，张一凡立刻拉开客厅的窗户爬了出去。

“张哥，你多注意安全。”海子焦急地喊道。

“别婆婆妈妈的，老子死不了。”说话间，张一凡的人影便消失在黑漆漆的窗外。

120 急救车的声音由远至近，深秋夜晚的安平市已经能够明显感觉到一丝彻骨的寒意，张一凡身上穿着单薄的警服，他一边抓着已经生了锈的铁护栏，一边用力爬了上去，等双脚终于落在防火梯上的时候，这才长长地出了口气。

安平市的老住宅楼都有这种老式的防火逃生梯，用的人少了，维护自然也就有些不上心，扶手上布满了铁锈，但关键时刻还是挺管用的。张一凡知道，郭亚茹绝对不可能朝楼下爬去，因为此刻的大楼底下已经被逐渐赶来的派出所民警围了起来，所以，她只有一条路，那就是楼顶。

就在双手要搭上最后一层楼顶的间隔板时，夜色中，一把锃亮的水果刀突然刺了下来。张一凡顿时吓出了一身冷汗，身体本能向后退，差点从防火梯上掉了下去。

“该死的。”张一凡低声咕哝了一句，紧紧抓住铁栏杆，不顾铁锈扎得手掌生疼，抬头朝上怒吼道，“郭亚茹，别干蠢事，我是警察，我只想和你谈谈。”

楼顶上没有任何回应。

张一凡等了一会儿，上面依旧没有任何动静，他不由得开始担忧了，便探头向上尝试着做最后的努力，想就此爬上楼顶。

突然，郭亚茹扭曲的脸出现在面前，她咆哮着高举水果刀，狠狠地冲着张一凡扎了下来。

就在这时，从后面绕上楼顶的童小川和李晓伟赶紧扑了上去，试图制止郭亚茹的疯狂，郭亚茹用力一甩手中锋利的水果刀，扎伤了童小川的右手手背，顿时血流如注。

郭亚茹顺势把水果刀对准了自己的咽喉，嘶吼道："你们向后退，别过来！"

童小川强忍着疼痛刚要说话，却被李晓伟拦住了，不容置疑地说道："我来吧，童队，我和章医生在这里就可以了，相信我。"

童小川欲言又止，重重地叹了口气，只能无奈退回了楼洞口，等候在那里的章桐打开工具箱，取出纱布给他包上。

此刻，楼下的120急救车呼啸着开出了小区，楼下围观的人却越聚越多。人群中，身穿黑色风衣的吴岚正目光急切地注视着楼顶所在的方向，很快，蓝牙耳机中又传来了微信的提示音。她匆匆走出人群，来到十多米远一处已经歇业的小杂货铺门口，划开手机屏幕，瞥了一眼短信后，便快速敲击键盘回复道：

"你的消息确实不错，那女的跑不掉了。"想了想，她又接着输入了一行字，"什么时候见个面吧，我们谈谈下一步合作。"

很快，对方回复了，只是所回复的内容却让吴岚不由得一怔——"我就在你身后呀"。

吴岚吓了一跳，本能地四处张望了一番，可是周围黑漆漆的，除了自己，什么人都没有，她不由得暗自咒骂了一声，又快速回复：

"开什么玩笑，我这周围没人。"

"哎呀哎呀，吴大小姐，你此刻正站在一家小杂货铺的卷帘门旁，身穿一件黑色风衣，下身是青色裤子，脚上的小羊皮靴样式不错，新款的吧，专柜价要两千多呢，对不对？至于说头发嘛，盘在脑后，还挺好看的呢。"

看着对方带有明显戏弄口吻的字眼，吴岚不由得浑身起了一层鸡皮疙瘩，她紧张地又一次四处张望，结果还是什么人都没有，离自己最近的围观人群也至少在十多米开外。此刻，吴岚的心中油然而生一种怪异的感觉，就好像这个看不清面目的人正从网络的另一端偷窥着自己一般。她倒吸了一口冷气，决定不再回复微信中的问话，果断地关了手机，往兜里一塞，接着便头也不回地快步走出了巷子。

只有吴岚心中明白，此刻与其说是走，自己脚步踉跄却犹如逃命一般。她做梦都没有想到的是，微信中的那个神秘人物并没有骗她。她前脚刚离开巷子，右手边垃圾箱后面的阴影中，便缓缓走出了一个人，他从兜里摸出一块口香糖丢进嘴里咀嚼了起来。看着吴岚的背影，耸耸肩，他又抬头瞟了一眼楼顶，周围所有的人几乎都把注意力集中到那里，他嘿嘿一笑，转身悄然离去。

他知道吴岚还会来找自己的，所以他一点都不担心。

第十章

人的记忆可以忘记一切，但是骨头却不会，这个世界上只要是被刻上骨头的东西，就永远都不会被磨灭。

1

楼顶，满天星斗，夜风凛冽，风吹得头发扬起，迷住了人的双眼。

在距离郭亚茹不到两米远的地方，李晓伟盘膝坐了下来。结合自己先前所看到的相关病历档案记录，在眼前的这个年轻女人的身上，李晓伟看到了惊恐与愤怒的情感宣泄交织。他心中突然一沉，很显然，郭亚茹被误诊了，她并没有患上创伤后应激障碍，真正困扰她多年的病，应该是抑郁症。

因为如果她得的是创伤后应激障碍的话，她就不会与秦刚在一起这么久。暴力性侵受害者会本能地排斥异性，李晓伟记得很清楚，第一次见到乔米月的时候，她是尖叫着钻到了床底下，直至今天，乔米月还是不敢与男性单独待在一个房间。

郭亚茹却不同。

创伤后应激障碍症患者还有一个显著特点，那就是不会自杀，而眼前的这个年轻女人，从她裸露在外的手臂看，她已经有不止一次割腕的经历。抑郁症患者最喜欢做的事就是回忆，发病前的各种感受和惨痛遭遇，绝对不会随着用药和病情改善而彻底消失，那种可怕的刻骨铭心的感受会清晰地存在于她的脑海之中，就像一根导火索一般。当郭亚茹无法用死亡来逃避一切的时候，她就选择了那个可怕的手术，引燃病情，走上了一条不归路。

李晓伟认真地看着靠在护栏一角的郭亚茹，目光中充满了同情："郭小姐，我们见过面，我是李医生。"

"我没病！"郭亚茹冷冷地说道。

李晓伟摇摇头，轻轻一笑："我不是来和你谈你的病情的，我是来和你谈一个男人，一个你爱上的，同时也是深爱着你的男人。"

此话一出，在楼洞口站着的童小川不禁大吃一惊，小声嘀咕道："郭亚茹有男朋友？"

章桐的心里顿时什么都明白了，不禁叹了口气："唉，我早就该想到这一点。"

"是谁？"童小川紧张地问道。

"那第四个死者。"

"你说什么？她竟然爱上了朱一文的儿子？"童小川震惊地看着章桐。

"不，她爱上的，是急诊医生秦刚。"章桐喃喃说道，"我想，他们的第一次相遇，应该就是她第一次割腕自杀的时候，秦刚救了她，虽然是出于自己的职责，但是在郭亚茹看来，却不亚于是给予她第二次生命。"

又一阵风吹过，远处隐约传来了急救车的声音。李晓伟轻声说道："你也爱他吗？"

郭亚茹微微一怔，半晌，默默地点头，神情温柔得像个小女孩："爱。"

"告诉我你是怎么和他认识的。"

"他救了我。"

"那是他的职责，他是医生。"李晓伟喃喃说道，"或者说，他和你有着相同的经历，对吗？”

郭亚茹看了他一眼，目光怪异：“你怎么知道？”

“他和你一样，有着一个被人忽视的童年。在别人的眼中，你们并不存在，你们没有享受快乐的权利，相反，却不得不去承受很多不公平的遭遇。”李晓伟认真地说道，“所以，他在你的身上找到了依靠，对不对？”

郭亚茹没有说话，只是紧紧握着水果刀的右手慢慢地下垂，目光中闪过一丝温柔。

“我想，他应该把他的故事都告诉你了，对吗？包括他记忆中的母亲。”李晓伟知道，分享记忆对于郭亚茹和秦刚的关系来说，是非常重要的一刻。

本不抱太大希望，谁想到郭亚茹突然抬头，双眼紧紧地盯着李晓伟，声音嘶哑：“他哭着告诉我说，他就这么眼睁睁地看着自己的母亲被人杀了，这就是这个世界对他所做的最残忍的事情。他说，他这辈子都忘不了那可怕的一幕。因为从那以后，他就再也不信任身边的任何人了。”

接着，她苦笑道：“知道吗，李医生，‘信任’这个东西是非常宝贵的，如果轻易给了别人的话，自己是会遭雷劈的。”

李晓伟听了，心中一紧：“你是说，秦刚亲眼看见自己的母亲被人杀了？”

郭亚茹点点头，神情落寞：“从那以后，他唯一的亲人就只有他父亲了。你们永远都不会明白，当一个孩子亲眼面对自己父亲跳楼自杀的时候，心情是多么孤单，因为这个世界上以后就只剩下他一个人了。”

“那他有没有告诉你，那个杀害他母亲的人是谁？”

“不，他只说了，那是他最信任的人，以后，他就再也不会轻易相信别人了。”

无声的沉默，在无边的夜色中显得格外沉重。

李晓伟恍然大悟，迟疑片刻后，他无奈地看着郭亚茹：“我想，最后坐上那张椅子的时候，他应该是心甘情愿的，对吗？”

再次抬起头时，郭亚茹的眼角竟然流出了眼泪：“对不起，我只有用这个方法才能帮他。但我没有想到结果会是这样……”

“等等，那时候，到底发生了什么，告诉我，那车厢里后来到底发生了什么？”脑海中回想起沈教授苍老的背影，李晓伟急切地追问道，“到底是谁最后杀了秦刚？”

话音未落，突然郭亚茹在丢了手中水果刀的同时，右手多了一把又长又尖的东西，迅速向自己右眼眼眶捅了下去。

当意识到那是一把丁字锥的时候，李晓伟一声惊呼，刚要冲上去阻拦，身后却传来了章桐的怒喊声：“都不要碰她！”

空气瞬间被凝固，一旁的张一凡几乎都被惊呆了，所有人的目光都牢牢地盯着栏杆边的郭亚茹。

章桐快步走到李晓伟面前，沉声说道：“她在给自己做手术，是生是死，我想她已经准备好去面对了。”

“可是……”李晓伟不忍心再看郭亚茹一眼，眼泪流了下来。

章桐伸手，轻轻把他揽在怀里，安慰道：“这是她早就决定去做的事情，我们还是尊重她的选择吧。”

远处，天空中出现了一丝鱼肚白，看着最终晕厥在地的郭亚茹，章桐上前仔细检查了一下伤口，头也不回地对李晓伟说道：“通知 120，他们又得跑一趟了。”

“她还活着？”

“是的，几乎没有血流出来，我们只需要注意感染就行了，”章桐若有所思地看了一眼面色惨白的郭亚茹，突然紧锁双眉，从兜里摸出强光手电，打开后，用嘴咬着，然后伸出双手轻轻解开了她胸前的扣子。

“你，你想干什么？”李晓伟不解地问道。

章桐没有回答，在看完自己一直感到困惑的一幕后，她又重新把衣服扣上，这才站起身：“她并不是我们所要找的暴力性侵案受害者之一，不管是当初的朱一文，还是现在的朱南。”

“为什么？”

“我在她胸口的疤痕上看到了不规则的人的牙齿痕迹，所以，是被咬下来的，这不符合相对固定的作案模式。”章桐冷冷地说道，“也就是说，造成她今天一切悲剧的始作俑者，还依旧逍遥法外。”

寒冷，透彻心扉，李晓伟不由得哆嗦了一下。耳畔，呼呼的风声中，

120 急救车的声音由远至近。

等人群散去的时候，李晓伟哑声对章桐说道："我今晚要看些资料，或许要通宵了，明天找你。"

章桐点点头。

2

一早，刚进办公室，顾大伟便接到了李晓伟打来的电话。十多分钟后，在楼下街对面的永和豆浆店铺里，他很快就找到了刚坐下不久的李晓伟。

"怎么不去我的办公室？"顾大伟嘀咕道。

"我都快饿死了。"李晓伟一边狼吞虎咽地啃着油条，一边含糊不清地说道，"我总得先填饱肚子吧。"

顾大伟突然怔怔地看了眼自己的老同学，目光从上到下，然后拍着巴掌笑道："你昨晚没回家，哈哈，终于想通了啊，老同学。不过你小子也太快了点儿了，这么猴急，就不怕把人家吓跑了？"

李晓伟呆住了，嘴里叼着半根油条，半天才回过神来："你小子胡说八道什么呢，我可是正人君子。"

顾大伟伸出保养极好的右手，指了指李晓伟的衬衣，无奈地说道："死鸭子嘴硬，你衬衣都皱成那个样子了，你可别告诉我说你住的地方停水停电，又恰好穷得没干净衬衣替换了吧？"

李晓伟被呛得噎住了，咳了老半天这才缓过神来，瞟了顾大伟一眼，压低嗓门咕哝道："我是没回家，昨晚出案子了，我去了现场，这就是我今天一大早来找你的原因。"

"哦，是吗？"顾大伟顿时来了兴趣，"什么案子？有兄弟帮得上忙的，尽管开口说话就是。"

李晓伟想了想，快速咽下了嘴里的油条，喝了一大口豆浆后，这才小声说道："我想知道有关你委托人母亲的情况。你无论知道多少，都告诉我。"

顾大伟面露难色："这个……"

李晓伟忍不住瞪了他一眼："少给我玩什么客户隐私之类，真要摆在台面上说的话，我也是有行医执照的心理医生，我们最多就是探讨病情而已，不会让你丢了执照的。"

迟疑片刻后，顾大伟狠狠心，低声说道："其实也没什么秘密，再说了，大部分你都已经知道了，只是那天事后又发生了一些事情，让我感觉有些不可思议而已。对了，你想要知道这个干什么？"

李晓伟伸手又抓过一个肉松饭团啃了起来，嘴里含糊不清地说道："只是了解情况。"

"了解情况？就这么简单？"顾大伟嘿嘿一笑，"你就别逗我了。跟你说正事儿吧，那天你走后，我就接到了我委托人的电话，他说谢谢你，虽然过程有些惊险，他也曾经感到一些困惑，但是最终他母亲还是有了很大的改变。"

"你是说，他母亲认出他了？"

顾大伟点点头："是的，不只是认出他，还和他谈了很久。最后，在他母亲的要求下，已经办理了出院手续，就在今天上午，准备接老太太回家疗养了。"

听到这儿，李晓伟赶紧抓过桌上的餐巾纸，胡乱抹了一把嘴，一把拖起顾大伟就向门外走去。

"等等，你这么急，想干吗？"顾大伟皱眉问道。

李晓伟打开车门，钻进驾驶室，回头对愣在原地的顾大伟说道："还不快上车。你不是想知道我为什么要突然问起她的事吗？路上详细说给你听！"

话还没说完，顾大伟就动作利索得像个猴子，一溜小跑到车门另一头，钻进了副驾驶座，用力关上了车门，不断催促道："赶紧开车！再慢的话，马上早高峰来了，咱一公里都别想跑出去。快！快！快！……"

李晓伟嘴角露出了得意的笑容，他向右猛打方向盘，开出停车区后，迅速向环城高架开去。

顾大伟的软肋就是他的"好奇心"，而李晓伟对此早就已经心知肚明。

此刻，安平市公安局法医办公室里静悄悄的，章桐已经有几天没回家了。办公桌上，成堆的报告等着自己做最后的校对入档，其实这些都只是她不回家的借口罢了。毕竟案子这方面，作为法医，她都已经做完了自己的工作，剩下的这些文书档案工作，回去美美睡一觉后，再精神抖擞地回到办公桌前的话，也还是来得及的。

但她就是不愿意回去，那天出事后，丹尼就没有再接回来。说是不担心，私底下，章桐还是感到有些后怕的，因为静下来的时候，脑子里就会响起那低沉的说话声——慢走，章小姐，下次见。虽然自始至终她都没有能够看清楚对方的长相，但是光凭这声音，就已经足以让她无法再独自去面对黑暗了。

窝窝宠物店的老板夫妇很奇怪为什么丹尼又被莫名地延长了寄养的期限，章桐只能借口说是要出差，老板斟酌着和她商量是否就此把丹尼送人，因为像她这样忙于工作的主人，丹尼就真的成了一条彻头彻尾的看门狗了。章桐想也没想就一口回绝了，尽管她觉得自己这么做很自私，有点亏待了丹尼，但她却又不愿意放弃它。

真要自私，那就自私一回吧，毕竟自己也是个普通人呢。

办公室的门被敲响了。

“进来！”章桐头也不抬地说道。

门打开，郑文龙惴惴不安地出现在门口：“你果然在办公室啊，章主任。这么早，我都不敢给你打电话，怕打扰了你休息，欧阳工程师却说你坐他们车回来后，根本就没离开过公安局，所以我就贸然前来打扰了。”

“是吗？”章桐笑了，“阿龙，那快请进吧，有什么事我能帮上你的吗？”

郑文龙门板一样的身材勉强地在章桐面前的小号办公椅上坐了下来，他犹豫了一会儿后，说道：“其实，是关于你的事，我想请你看几张相片。”

说着，他便打开手中的Surface Pro，手指划开休眠页面。这台最新配置的微软pro是郑文龙自己花钱买的，因为他实在是无法忍受局里配置的平板运行速度和内置CPU配置，所以干脆就自掏腰包买了一台。

郑文龙点击了发送键，抬头说道：“我已经发给你了，你看一下邮箱。”

章桐打开局域网内部邮箱，依次点开相片，这是几张老相片，色彩有些失真，相片中的背景差不多，都是在一个风景区里。其中一张相片中，那块刻着“吟苑春秋”四个字的假山石旁，坐着一个三四岁的小女孩，扎着羊角辫，脸圆嘟嘟的，穿着“饭衣”，女孩手里拿着根棒棒糖，笑得很开心。在她身边，站着一个略微年长的女孩，打扮差不多，只是头发梳了个齐耳的娃娃头，显得格外可爱。而另外几张中，是一对年轻夫妇。最后，章桐的目光落在了那张全家福上，她抬头看着郑文龙，脸色苍白，半天都说不出话来。

“章主任，先别问我是从哪里弄到的，我想，你应该记得这几张相片吧？”郑文龙脸上的神情有些沮丧。

“我当然记得，这是我的父母，最年幼的、梳着羊角辫的那个，是我，而我身边站着的，就是我的姐姐章秋。现在我妈还活着，不过，已经快要记不得我了。”触动到了记忆中的往事，章桐的声音变得异常沙哑晦涩。

郑文龙听了，点点头，沉声说道：“章主任，不瞒你说，在这之前，我还很怀疑那家伙的真正动机所在，但是，直到我收到了这封邮件，看到这些相片……我就什么都明白了。他真的是冲着你来的。”

章桐轻轻叹了口气，无奈地笑道：“那可真抬举我了，我又有什么值得他所觊觎的？何况在这个世界上，我也几乎一无所有了，只不过是个穷警察而已。”

“话不能这么说，”郑文龙的心中感到一阵莫名的悲哀，“章主任，我向你保证，我会尽我所能把这个家伙尽快绳之以法的。”

“谢谢，但是真的，我没事。”

郑文龙想了想，接着说道：“还有件事，章主任，如果可以的话，我想再耽误你一点时间问几个问题。”

章桐点头：“没问题，我一定尽力而为。”

“这几张相片应该是属于你的私人相片，对吗？我奇怪为什么会流到网上去，是你或者你的家人传上去的吗？而拍这些相片的时候，应该还没有什么网络吧？”

章桐抬头，认真地看着郑文龙，缓缓说道：“当初，我父亲章鹏因为一起案子的失误，不得不引咎辞职，这件事情在当时媒体上引起了不小的轰动，各方的舆论直接对准了我们家。这些相片，我想就是那个时候被某些别有用心的记者给传出去的吧。”

郑文龙点头：“是的，网络是有记忆的，任何东西只要一旦被联网上传，那就永远都不可能被彻底清除。”

章桐轻轻叹了口气：“可惜的是，那时候我还不谙世事，所以并不怎么了解事情的原委。恐怕不能告诉你更多当时所发生的事情了。”

郑文龙微微一怔，宽慰地笑了笑：“没事，谢谢你，章主任，平时上下班，你多注意安全，需要的话我跟童队说一下，让他继续派人保护你？”

章桐赶紧摇头，苦笑道：“不必了，我自己能行。”

郑文龙走后，办公室里又一次安静了下来，迟疑片刻后，章桐打开了邮箱，刚想点击删除，却又鬼使神差一般点开相片，看着记忆中的人影，目光长时间停留在那一张张既熟悉却又是那么陌生的脸庞上，心中空落落的，涌起了一阵莫名的酸楚。

她知道，有些东西，这一辈子错过了就再也回不去了。

3

上午九点刚过，童小川便开车带着海子一起来到了南塘新村一栋老式居民楼下。下车后，他顺势打量了一番已经严重褪色的米黄色大楼外观，嘴里嘀咕道：“是不是这个地址？”

海子点头：“没错，李医生在电话里说得很清楚，就是这栋，23 号大门 302。”

两人一前一后走进楼栋。

“会在家吗？”

海子笑道：“那是当然，肯定在。李医生说的。”

“你别老‘李医生，李医生的’，记住谁才是你的头儿！”童小川心中有点说不出的嫉妒。

海子嘿嘿一笑。

说话间，两人便来到了 302 房门口，敲过门后，门内传来一阵窸窸窣窣的金属摩擦声。正狐疑之际，门打开了，一位白发老太太出现在门口。

童小川突然明白了为什么李晓伟那么确定这老太太必定在家，因为她的行动完全依靠轮椅。

“你们找谁？”老太太问，脸上一点都没有害怕的神情，尽管自己面前站了两个陌生人。

童小川下意识地和海子对视了一眼，他知道，老太太之所以会对来人那么没有防备，必定是因为家中平时很少有人来，不禁轻轻一声叹息。

海子掏出了工作证件，弯下腰和颜悦色地对老太太说道：“是徐桂英老师吧？朱家桥中心小学的？我们是市公安局的，有些事情想向你打听一下。”

一时之间，老太太的脸上露出了惊愕的神情，很快她似乎明白了什么，转动轮椅向后退了退，轻轻点头道：“进来吧，警察同志。”

两人进屋后，在客厅坐了下来。

童小川正发愁该如何快速有效地向眼前这位老人提出问题，却又不被这种年龄段的退休老人所普遍拥有的好奇心而带着满天下乱跑时，坐在对面的徐桂英老师却已经开门见山了：“警察同志，你们的来意我知道。”

“是吗？”童小川有些惊喜，他下意识地顺手一巴掌拍在了海子肩膀上，“那就太好了，我们就直接问了。”

老太太点点头：“请随意提问题吧。”

“徐老师，能跟我们说说你曾经的同事宋颖宋老师吗？”海子一边做着笔记一边问道，“你还记得她吗？”

“我当然记得，她和我是同一批被朱家桥小学招聘录取的，她教语文，我教数学。我们在一个办公室，关系还不错。当然了，如果那个事情没有发生的话……”老人的嗓音中透露出了岁月的沧桑。

“什么事？”童小川问，“是不是朱家桥凶案？”

老人抬头看了他一眼，似乎很难理解他的问话，片刻后，摇摇头：“不，那是之后发生的事，再说了，也与她无关，你们说是不是，又不是她杀的人。我想说的是，宋老师离婚了，非常突然，本来她的婚姻生活还是很美满的，老公在部队工作，很疼爱她，我们都参加过她的婚礼。真的很羡慕她呢！”

此刻，沉浸在回忆中的老人，嘴角洋溢着少女般的微笑。

“那后来呢？”童小川看了一下海子递给自己的笔记本，轻声问道，“她那时候有孩子了吗？”

“有，男孩，虚岁七岁，正准备上我们小学一年级。”老人轻轻叹了口气，“我们朱家桥小学是省级重点，所以，能在我们小学上学是很不容易的。但是出了那个事后，尤其是当领导得知是她背叛了自己的婚姻，她的教职工子女待遇也就被终止了，为此还挨了处分。”

一旁的海子听了，不由得脱口而出：“怎么这么严厉？太不近人情了吧？”

童小川紧锁双眉，沉声说道：“傻瓜，那可是军婚！开不得玩笑，受法律保护的。”

“是啊，不过这还不是最让人无法理解的。”老人显得很无奈，“我曾经劝过她不要冲动，哪怕不为自己，也该为孩子多考虑一下，但是她拒绝了。”

“为什么？”童小川和海子异口同声地问道。

老太太微微一怔，随即尴尬地笑了笑：“警察同志，或许你们这个年龄还无法理解当时的人的想法吧，她告诉我说，她爱上了一个人。”

房间里顿时一片寂静，童小川突然抓过海子手中的笔记本，快速翻到写满了问题的那页纸，找到关键的那个问题，来回看了两遍后，抬头小心翼翼地问道：“徐老师，她会不会爱上了一个叫朱一文的男人？”

老太太听了，皱眉想了想，说道：“我不能确定，因为她没有告诉过我对方的名字。宋老师是一个非常容易冲动的人，但是在这件事情上，她面对重重社会压力，却坚持没有说出对方的名字。记得她那天只是告诉我说，为了这个男人离婚，是值得的。”

“那她后来又结婚了吗？”海子问。

老太太摇摇头，神情也变得落寞了起来：“后来没多久，就出了你们刚才所说的朱家桥凶杀案，听说那家伙还杀了好几个人呢，对不对？反正我也不知道为什么宋老师会牵涉进去，只是在医院看病的时候，无意中遇到她的邻居，说她被送进了九院，据说病得还挺重的，连自己儿子都认不出来了。唉，宋老师的一辈子，算是真的毁了。”

听到这儿，童小川的心中顿时有了底：“徐老师，还有最后一个问题要麻烦你。”

老太太慈祥地点点头：“尽管问吧，小伙子。”

“你们小学老师对自己学生经常多久做一次家访？”

“这个嘛，学校有规定，如果没有特殊情况，每个学期寒假暑假各做一次，平时不用。”

“那宋老师呢？你还有印象吗？”

老太太布满皱纹的脸上露出了怪异的神情，她耸耸肩：“宋老师嘛，她有些不一样，或许是非常重视自己的教职工作吧，我和她搭了两届毕业班，第一届的时候，还是很普通的，但是第二届……就有点，怎么说呢，比较热心吧。”

“热心？”

老太太点点头：“每周都会去个好几次呢。”说到这儿，她笑了。

童小川从笔记本中抽出那张毕业照，递给老太太：“徐老师，麻烦您再看看，这相片中，有那个她经常关心的孩子吗？”

老太太伸手抓起胸口挂着的老花镜戴上后，仔细端详了手中的相片，几分钟后，她果断地伸出右手手指，指了指相片中的朱南：“应该就是这个孩子，特别瘦小，也很内向，经常被班里的几个大孩子欺负，却从不哭。至于说成绩嘛，别的我不是很清楚，但是数学方面，却是那一届孩子中最聪明的。对了，他现在在哪儿，应该有很好的发展了吧？”

看着老太太充满希望的目光，童小川突然感到于心不忍了起来，便找了个借口，和海子一起匆匆告别了徐桂英老师家。

临出门的时候，海子好奇地问：“徐老师，我记得刚才进门的时候，你说你知道我们的来意，难道你会未卜先知？”

听了这话，老太太笑得很开心，她摆摆手，道：“没有啦，年轻人，我在今天早上八点刚过的时候，接到了一个电话，是朱家桥小学退工委齐主任打来的，通知说今天上午会有公安局的同志上门咨询一些事情，叫我不要出门。还说这个事情是有关我以前的同事宋老师的。我当时还觉得奇怪呢，可是后来想想也就没有什么了。”

“为什么会感到不奇怪？”海子追问道。

老太太若有所思地看了他一眼：“都是一些过去的事情，那么多年了，自然也就不再是秘密了，难道不是吗？”

在回公安局的路上，童小川叫海子拨通李晓伟的电话，然后接到车内扬声器里，电话那头传来的背景声音很嘈杂。

“李医生，你在哪儿？”童小川一边开车一边大声说道。

“童队，你不用那么大声，我戴着耳机呢，都快被你的声音震聋了。”李晓伟连连抱怨，“我现在正赶去苏川市都墅区宋颖的家里，还有十多分钟的车程吧。你那边怎么样，徐桂英老师那里得到答案了吗？”

一听这话，童小川不禁扭头看了眼身边坐着的海子，这时才明白那个电话果然就是李晓伟打的，不禁感到一丝沮丧：“刚从她家出来。”

“她应该告诉你说宋颖当初爱上的是朱一文，对不对？”

童小川说：“她没说对方的名字，但是确定说宋颖突然离婚，并且表示说爱上了一个人。”

“这事情是不是发生在朱一文死亡之前？”李晓伟紧追不舍。

“是的，这点她很确信，并且表示说有点不可思议，因为宋老师当初的婚姻在别人眼中是很美满的，丈夫是军人，对她也非常疼爱，所以她的离婚有点让人无法接受。”海子语速飞快地说道，“李医生，你为什么对她那么感兴趣？”

李晓伟并没有回答他，接着追问道：“那她认出来朱南的相片了吗？”

这点立刻得到了车内两个人的共同确认。

挂断电话后，李晓伟不由得一声长叹。

“老同学，你确定是她吗？除了口供，可没有证据啊，这是无法定罪的，她要是死活不承认怎么办？不就眼睁睁地看着她跑了？”顾大伟心有不甘地说道。

李晓伟想了想，在车子拐进都墅区的时候，他拨通了远在安平市公安局内的章桐的电话：“我请你帮我个忙。”

“说吧。”

“帮我再次查看王静的骸骨。”

章桐不解，便问道：“为什么？尸检已经结束了。你应该有别的理由吧？是不是找到了新的证据？”

顾大伟神情紧张地看着李晓伟，拼命打手势叫他不要说实话。

李晓伟却直截了当地说道：“不，我手头什么实际的证据都没有，但是，我建议你再做一次尸检。理由是，我相信当年，王静遇害的时候，她绝对不可能不反抗。只要她反抗了，那么，在她的骨头上，就会留下证据来指证今天的嫌疑人。”

沉默片刻后，章桐问道：“你为什么这么确信？”

李晓伟把车停在了停车场上，接着说道：“昨天晚上我仔细看过所有的有关王静的档案和各种记录，得知她是一个性格倔强的女人。新南市离我们这里有一千多公里，朱一文的家境并不好，而王静却是家里的独女，备受宠爱，她却坚持要不远千里嫁给朱一文，而且什么都不要地嫁过来。你说，这样的女人会轻易放弃自己同甘共苦的男人吗？”

“好吧，我这就去做准备工作，等有消息了，我给你传结果。”

结束通话，顾大伟忧心忡忡地看着他：“老同学，你就这么确信？万一法医那边找不到证据怎么办？这跟赌博可是两码事啊！”

李晓伟想了想，果断地说道：“我相信王静！”

4

就像是在进行一场神圣的仪式。

对着更衣室中的穿衣镜，章桐默默地换上了一次性手术服，用黑色橡皮筋把头发高高地扎起，然后小心翼翼地塞进手术帽，确保没有发丝遗留在外，然后依次戴上口罩和乳胶手套，收拾停当后，这才拉开门走了出去。

每一次尸检之前，她都会这么做，一丝不苟。章桐其实挺羡慕那些在急诊室中工作的人，他们需要尽量节省每一秒时间，但是她却不需要，因为对于解剖室冷柜中所躺着的人，时间还不如一个真相来得要更为重要。

章桐推门走进了解剖室，直接穿过过道，来到后面的冷库，摘下墙上的登记簿，签下名字和时间后，再拉出相应号码的冷柜，最后，把它推出了过道，来到前面的解剖室。

这里光线比较充足。

这时，身后的门被顾瑜用臀部给顶开了，这是她独特的开门方式，尤其是手里抱了一大堆东西的时候。

“主任，总算找全了。”顾瑜气喘吁吁地把一大堆证物塑料袋放在了宽大的办公桌上，其中，就包括现场所找到的那把发黑的剪刀。

“所有的都要复查一遍，尤其是那把剪刀，每个缝隙都不能放过。”章桐冷静地说道。

“你担心……”顾瑜有些不安。

“以防万一吧，看看这把剪刀上是否能查出第二个人的DNA。我知道时间已经过去很久了，也受到了土层的污染，所以难度比较大……”

“是的，欧阳工程师他们就是这么说的。”顾瑜戴上护目镜，开始准备检验工具。

“试试等电聚焦电泳，分辨率比较高一点。”章桐回头看了眼解剖台上的白布盖着的骸骨，“我做完这些后，会进来帮你。”

“主任，王静的死因，确定是胸口的那把剪刀吗？”顾瑜问。

“目前看来是的。”章桐伸手拉开了盖在骸骨上的白布，手术灯下，骸骨有些微微发黄，“我查看过她身上的每块骨头，有好几处的伤口痕迹，明显都是生前留下的，但是除了剪刀所在的位置，别的地方都不是要害部位，不排除是进行自我防卫时所留下的，而深可见骨，可见当时真的如李医生所说，必定是发生了激烈的打斗，只是死者没有坚持到最后。”

“你的意思是，死者反抗了？”

章桐点点头：“应该是的。”话音未落，她突然想到了什么，伸手拿起那把剪刀，仔细端详过后，便果断地吩咐顾瑜："你先别做手头的事，帮我去市卫计委调个医疗档案。"

"谁的？"

"宋颖，我相信朱家桥小学是她最后工作的单位。我需要所有和她有关的医疗档案，哪怕掉了颗牙齿的档案，都要替我找出来，这边的事我来做就可以了。"

"明白！"顾瑜摘下手套，兴奋得一溜小跑冲出了解剖室。

解剖室里又一次恢复了平静，章桐轻轻叹了口气，拉过高脚凳，然后坐在解剖台边，开始仔细查看手中的每一根微黄的人骨。

章桐的工作绝大部分时间都是和死人一起度过的，她熟悉各种各样的尸体，尤其是手中的人骨，无论哪一块，她都能立刻说出是属于人体的哪一部分，自然也就熟悉那些生前抑或是死后所造成的骨头上的伤痕。

人的记忆可以忘记一切，但是骨头却不会，这个世界上只要是被刻上骨头的东西，就永远都不会被磨灭。

没有错，放下最后一块指骨，章桐长长地出了一口气，自己先期的判断显然是准确的。从骨头上的痕迹来看，王静确实是死于那把剪刀所造成的大出血，因为它最后所停留的位置，正好是属于第四胸椎下缘处左边接近主动脉弓的胸主动脉位置附近，当时的现场必定极其惨烈，而这一剪刀下去，王静也就完全丧失了抵抗能力。

那么这到底是不是唯一的一处创口呢？

在经过仔细比对后，章桐又在第三节脊椎骨上判断出了同样的创口，接着，是左面尺骨、肱骨各有一处。想来，王静是真的做了反抗，只不过，她无法抵挡住对方疯狂的攻击，最后那致命的一下直接让她失血过多而死。

可惜的是，尸体只留下了骸骨。想到这儿，她站起身，回到工作台边，从证据袋中依次找出了现场所发现的死者的衣物，摆放在桌面上，然后拿过放大镜，开始逐件翻看过去。终于，在那件棕色小西装外套的右下口袋上，发现了一处血迹，血迹呈现喷溅状，而这样的角度，王静身上的血迹是绝对无法形成如此的喷溅状态的，即使有沾染，也是滴落或者渗透。

看到这里，章桐心中不由得一动，她又查看了一下欧阳工程师的报告，上面确实标明了此处血迹可疑，需要法医处进一步核实。虽然因为材质的问题和土层的污染，导致直接提取DNA的方法不太适用，但是却可以尝试电泳技术。

章桐转身拿起那袋装有剪刀的塑料证物袋，戴上护目镜，然后向小隔间的实验室走去。结果让她感到意外，总共有23个定位点。

等章桐出来的时候，一眼就看见了笑眯眯地靠在工作台边看着自己的童小川，不禁愣住了："童队，你怎么来了？"

童小川伸手指了指工作台上的医疗档案："你的下属太嫩，暂时还对付不了卫计委的那帮老古董，自然也就由我出马了，这是你要的东西。"

章桐咧嘴一笑："谢啦。"便放下了手中的证物袋，摘下手套，急切地翻看起那本厚厚的医疗档案。

"能跟我说说你为什么要看宋颖的医疗档案吗？"童小川好奇地问。

过了许久，章桐才合上医疗档案，放在桌上后，略微思索，便抬头看着童小川，神情凝重地说道："我想，我终于找到了凶手刻意用剪刀伤害女性胸部的原因所在了。"

童小川一听，紧张地追问道："说说看。"

章桐犹豫了一会儿后，突然重重地叹了口气："这真是一个复杂的案子，我想，如果不是亲身经历，我还真的不会相信。童队，你知道吗？真正的凶手，也就是这一切案件的始作俑者，就是一个女人！"

"你说的是谁？"

"宋颖宋老师。我虽然没有能够亲眼看到王静的尸体，只是看到了骸骨，但是我相信在她的尸体上，最惨不忍睹的，应该就是她的胸部。"说到这儿，章桐不禁微微颤抖，"宋老师患上了乳腺癌，因为孩子已经断奶了，所以她就在生育后的第三年做了左面乳房切除手术。你也知道，乳房对于女人来说，是有多么重要，我想，她的心里留下了难以磨灭的阴影。"

"今天我确实听徐老师说了，说当年宋颖有着美满的婚姻，却还是离婚了，据说是因为她爱上了别的男人。"童小川喃喃说道，"这么看来，她或许真的爱上了当时还是有妇之夫的朱一文，因为朱一文的妻子王静还在，所以，惨剧就发生了……"

“如果按照先期我所推论的身高体征来看，宋颖确实符合我对嫌疑人的推断，但是具体的原因和后来朱一文的改变，我想，这些都已经不是我的专业范围了。”章桐苦笑道，“你等李医生回来吧，我还要给他发消息呢。”说着，她拿起了手机。

这一幕，童小川看在眼里，他若有所思地点点头：“章主任，说真的，你和李医生还是很般配的。李医生应该还没有女朋友吧？”

章桐一愣，抬头看着他，不解地问：“为什么说我们很般配？”

“你看，你们一个是法证方面的专家，一个是心理方面的专家，我想，我给你们跑腿，可真的是心服口服呢！”童小川嘿嘿笑着，尴尬地伸手摸了摸犹如鸡窝一般乱糟糟的头发。

章桐却不置可否地耸耸肩：“或许吧，谁知道呢。”

看着章桐刚做出来的 DNA 检验报告，童小川惊喜地说道：“你终于做出来剪刀柄上的 DNA 了？”

章桐点点头：“这多亏了陈局他们刚弄来的新玩意儿毛细管电泳仪，整个所里也就我们法医处这边有一台，可以说陈局对我们还是挺偏心的。”

童小川笑了：“说什么偏心呢，有结果出来就好。对了，你是怎么比对上的 DNA？”

“她曾经在九院住了很长一段时间，而根据安平市精神治疗相关规定，所有进入九院的人，都会留下相关的 DNA 样本，只是技术的原因，还没有和我们公安局的 DNA 库相通罢了。”说着，她伸手拿过档案中的那张 DNA 图谱，和自己刚做出来的那张摆在一起，“你看看吧。”

童小川点头：“我这就申请拘捕令，然后和苏川那边的人联系。”

5

苏川市，都墅区停车场，李晓伟已经和顾大伟两个人在车里等了将近两个小时，这么做，其实也是因为李晓伟心中没底，正如顾大伟所说，如果没有足够证据的话，自己即使让宋颖说出了当年的真相，但是法律层面上，还是无法认可这样的结果的。

终于，手机响了起来，看着章桐传来的讯息，李晓伟顿时来了精神头，他接连读了两遍，确保自己没有看错任何字眼，然后用力拍醒身边椅子上已经呼呼大睡的顾大伟，兴奋地嚷嚷道：“快走，快走，大伟，我们终于有证据了。”

顾大伟睡眼蒙眬地坐了起来，嘀咕道：“我们俩又不是警察，不能上门抓人。”

这时候李晓伟已经打开车门钻了出去：“婆婆妈妈干什么，章医生在短信中说了，童小川马上带人过来，已经通知苏川公安局了。”

听了这话，顾大伟才耸耸肩，无奈地咕哝：“好吧好吧，反正你有理就是。那你不等着警察来了一起过去吗？”

李晓伟摇摇头：“不，我想和她好好谈谈。”

“为什么？”顾大伟好奇地问道。

“为了那些死去的人，我想知道答案。”李晓伟轻声说道。

第十一章

郭敏的泪水瞬间夺眶而出。章桐走后，他便缓步来到窗边，伸手推开窗子，抬头面向阳光，闭上双眼，任由温暖的阳光裹满自己的全身。

1

对于李晓伟的再次拜访，宋老太太似乎一点都不感到意外，她坐在客厅的沙发上，腿上盖了一条苏格兰薄羊毛毯，神情比起在疗养院中要安逸许多。

环顾了一下房间四周，并没有看到宋老太太的儿子赵先生。老太太点点头："我儿子去公司了，总不能老为我耽误生意吧，你们说是不是？"

李晓伟掏出了手机，点开摄录键，对准宋颖，笑眯眯地说道："是这样的，宋老太太，因为前期你儿子赵先生委托了我们事务所对你进行心理上的疏导，现在看来已经是没有问题了。按照程序，我们最后要对你进行一次影像记录，请问可以吗？"

"当然可以。"

"谢谢！"李晓伟接着问道，"为了方便称呼，我能叫你宋老师吗？"

听到这个久违的称呼，宋颖的嘴角微微颤动，声音却依旧很平和：“可以，那就叫我宋老师吧，毕竟这是我这辈子唯一干过的职业了。”

一旁的顾大伟忍不住看了眼李晓伟，他突然明白了李晓伟这么做的目的。

“宋老师，我知道你曾经是一个非常敬业的老师，不只是学习，孩子的生活起居也非常关心，对吗？”

宋颖笑了：“是的，作为班主任，这些都是我的本职工作。”

“那好，我来讲一个孩子的命运，或许你听了，会有所感触。”李晓伟若有所思地说道，“我们心理学上对于人格形成期的界定，一般都是在六岁至十三岁之间，为什么这么说呢？因为这个年龄段的孩子，还没有完整的是非判断能力，需要自己的父母进行专门的引导，来帮助他形成完善的自我意识和自我控制能力，从而拥有正确的感觉、情感、意志等机能主体。也就是说，帮助孩子拥有独特和稳定的思维方式以及行为风格。但是，就有这么一个孩子，在他十一岁的时候，也许更早，生活中出现了另外一个女人，这个女人不是他的母亲或者他的家人，但是却对他非常照顾，毫不夸张地说，她还想取代他的母亲，成为他父亲的妻子。

“孩子是不会知道成人之间所发生的事情的，他还不懂，不懂成人之间的自私与占有欲，他只是单纯地感恩，因为他的母亲，或许非常粗心，也或许根本就不懂得怎么去做母亲，所以，忽略了自己的孩子。”

宋颖冷笑：“不会做母亲的母亲，这个结论还真是头一回听说呢。”

李晓伟轻轻摇头：“每个孩子的幼年时期，都会下意识地去复制自己身边最亲近的人所做过的事，这是出于本能的一种‘行为复制模式’，我所说的这个孩子的母亲，性格比较强势，在家中应该是属于非常任性的那种，她虽然已经二十多岁了，但是因为从小家庭的母爱缺失和教育缺失，所以直接就导致了这个母亲在成家生子后也不懂得如何去爱自己的孩子，这就是所谓的‘不会做母亲的母亲’。这种现象其实还是很普遍的。

“我接着来说这个孩子吧。他被他母亲忽视了，父亲的爱又不善于表达，所以，当这个女人出现在他生活中的时候，就间接地改变了他的命运。

“而这个女人，我们暂且说她是‘第三者’吧，因为生活中的受挫和自身病痛的缘故，加上自己丈夫常年在外，对她也缺少关心，生活又过于单调，所以，她对这个急需关怀的孩子和孩子的父亲就产生了一种微妙的心理，久而久之，她爱上了他。但她做梦都没有想到，这家的男人虽然内向和有点懦弱，却深爱着自己任性的妻子，所以，他尽管对这个‘第三者’礼貌相待，却还是拒绝了她。”

说到这儿，宋颖突然轻轻叹了口气，却并没有说什么。

李晓伟目不转睛地看着宋老太太，轻轻一笑，继续说道：“宋老师，这个故事有点长，我尽量挑重点说。这个女人是绝对不会允许自己生命中最后一根稻草就这么眼睁睁地飘走的，因为她是一个典型的偏执型人格，她不会允许自己再次被人忽视。所以，她越发关心这个孩子，而她的行为显然是触怒了孩子的母亲。在某一天，孩子父亲不在家的时候，这个女人又登门了，也不排除是这个孩子领她去的，因为她已经完全取得了这个孩子的信任。

“告诉我，宋老师，你怎么看这个女人的行为？”

宋颖微微一怔，脸上的神情瞬间又变得平静：“无可非议。”

李晓伟听了，点点头：“谁都没有想到接下来会发生什么，按照这个女人的嘱托，孩子把他母亲从楼上叫了下来，于是，两个女人在楼下的杂物间里开始了针锋相对的谈话。宋老师，你不好奇她们说了些什么吗？”

宋颖摇摇头：“与我无关。”

李晓伟苦笑：“那我就接着说下去吧，我想，这个女人在去这个家之前，应该是已经向自己丈夫提出了离婚，因为她实在是无法忍受这戴着面具的生活了，于是，她告诉自己，这是最后一次努力。可惜的是，孩子的母亲虽然和孩子父亲有着很深的矛盾，但这毕竟是自己的家，为了保护家庭，尤其是自己的孩子，她粗暴地拒绝了这个女人让她退出的无理要求。再加上她目睹了自己的孩子竟然对对方比对自己还亲密时，她愤怒了，于是，两人在杂物间里厮打了起来。”

“哦？女人打架？难道就不怕被她丈夫撞见吗？”老太太慢悠悠地说道。

“当然不会，我想，在这之前，单纯的孩子已经告诉了她，自己的父亲因为要购买一批配件去了外地，两三天里都不会回来。这是孩子父亲的惯例，所以，她特意挑选了这一天上门。”李晓伟目光深邃，脸上带着一丝悲哀，“搏斗中，女人最终还是赢了，因为她毕竟是有备而来，她用随身带来的剪子插进了孩子母亲的胸膛。说到这里，有个很奇怪的事情，我一开始的时候还是想不通的，就是为什么在孩子母亲的尸体上，左面乳房位置所受到的伤害最严重，几乎带着发泄的愤怒。但是后来我明白了，因为这个女人，也就是残忍杀害了孩子母亲的女人，她因为乳腺癌，而不得不切除了左面的乳房，这让她成了一个不完整的女人，强烈的自卑感在别人的身上得到了宣泄。而最让人感到无奈的是，这一切发生的时候，孩子就站在屋外，他目睹了这可怕的一幕。”

李晓伟的声音虽然显得很平淡，就像在唠家常，但是却字字一针见血，坐在他身旁的顾大伟不禁目瞪口呆，而他无意中看到宋老太太冰冷的目光时，不禁打了个寒战，想说什么，却只是张了张嘴，最终还是默默地把嘴闭上了。

李晓伟继续说着：“孩子母亲死后，女人把她埋在了杂物间的地下，她不用担心会被人看到，因为家中只有孩子一个人。过后，她俨然就成了这个孩子的母亲，她加倍疼爱他，于是，等孩子父亲回来后，孩子便用自己这辈子最信任的人教会自己的话告诉了父亲。他说，自己的妈妈跟一个男人跑了，不要这个家了，当然也就不要他了。

“孩子的父亲就真的相信了这些话，因为他虽然深爱自己的妻子，却也非常了解这个完全守不住家的女人，他常说漂亮的女人就会多事，别人以为这只是他没事在瞎唠叨，其实却是他在本能地释放自己内心的恐惧。如今，恐惧变成了现实，在短暂的痛苦过后，他完全变了一个人，整日酗酒，脾气暴躁，出于对妻子背叛的痛恨，他开始报复身边别的女人，但是他却始终都不会碰这个女人一根手指头，尤其是当他看到女人残缺的身体时。所以，他宁愿干出伤天害理的事。而嫉妒和扭曲的心理让这个女人在一次无意中撞见男人房里所发生的一幕时，她彻底失去了理智，杀害了奄奄一息的受害者，同时在对方身上留下了残缺的标记。男人知道自己亏欠这个女人，所以，他做的，就是替她处理尸体。”说到这儿，李晓伟的声音变得异常愤怒了起来，“而他们做这一切的时候，那个孩子，都看在眼里，这样的后果是毁灭性的。”

房间里死一般的寂静，半晌，宋颖点点头：“接着说，这个故事还挺有意思的。”

“女人求着男人结婚，但是被拒绝了，这个时候，男人的手下已经有了三条人命。一个偶然的机会，他从自己孩子无意中说漏的话里知道了事情真相，也知道了自己的妻子其实根本就没有走出过这栋小楼，于是他愤怒地要求女人彻底从他和孩子的生活中消失，不然的话，就去举报她。谁想到，失去理智的女人自己打了报警电话，电话中或许只是一句——我知道你们要找的人是谁，他叫朱一文，就住在朱家桥东头的小院里，你们去看看就知道了。”

这个时候的宋颖脸上已是一片惨白，她双手下意识地紧紧抓住了自己腿上的羊毛毯，紧咬着嘴唇什么话都不说。

“警方那个时候正好在查办那三起女性被害案，在做过相应的背景调查后，很快就确认了这个电话并不是没有根据的骚扰电话，便决定对孩子父亲实行拘留。那个时候，孩子的父亲并不明白到底发生了什么，当他看到几辆警车在自己店铺楼下停下时，就本能地跑上了楼顶，我想，那个时候，他就是在人群中看见了那个女人，顿时他应该明白了一切，于是，他跳楼自杀了，就当着自己亲生孩子的面，跳楼自杀了。”

眼泪无声地从布满皱纹的脸颊滚落下来，宋颖却纹丝不动，仿佛灵魂已经离开了自己的躯壳一般。

“接下来，就是那个孩子的事了，因为没有人收养他，所以，他被安排进了福利院，最后被一位姓秦的孤寡老人收养了，改名叫秦刚。孩子还算有志气，考上了医科大学，毕业后成了一名急诊医生。”看着宋颖目光中突然闪现的亮光，李晓伟的心里却一阵阵刺痛。

“那后来呢，这个孩子应该是过得很不错吧？”宋老太太轻声说道。她从茶几上抽出一张纸巾，轻轻擦了擦眼角的泪痕。

“不，”李晓伟冷冷地说道，“他死了！”

“死了？”一声惊呼，宋颖几乎从沙发上坐了起来，“这怎么可能？”

“就是前不久才发生的事，也可以说，其实他自己早就已经知道了这样的结局，只不过和死亡相比起来，对于这个孩子更重要的，却是如何彻底抹去那段可怕的梦魇。”李晓伟看着宋颖的目光中充满了同情，“宋老师，还记得我刚才跟你提到过‘孩子是会复制自己生命中最亲近的人’吗？”

“我记得。”

“这个孩子在母亲去世后的几年时间里，面对父亲的暴行和责打，从最初的恐惧，到后来的服从直至最终的崇拜，那段可怕的经历彻底改变了他的人格。”李晓伟说道。

“他为什么会对自己的父亲产生崇拜？”宋颖忍不住惊讶地问道。

李晓伟幽幽地说道：“因为孩子的生命中已经没有可以依靠的人了，只有他的父亲，虽然残暴，但还是会有对他温柔的时刻，哪怕只是一天中的几个小时，对于孩子来讲，就已经是意外的恩赐了。他失去了母亲，不能再失去父亲，所以，孩子就患上了典型的‘斯德哥尔摩综合征’。我想，你应该听说过这种病症吧？简而言之，就是——我长大后，就会把自己活成你的样子。”

“矛盾的思维在这个孩子的身上得到了近乎完美的体现，”说着，他伸出一根手指，“一方面，他是个正常人，正常上班下班，而且工作刻苦努力；另一方面，他却像他父亲那样活着，重复着他父亲做过的可怕的事，包括那个曾经对他疼爱有加的女人。他之所以这么做，是因为在内心深处，这是最能感受到自己父亲的唯一办法了。宋老师，你知道最后在这个孩子身上发生了什么可怕的事情吗？”

宋颖茫然地摇摇头。

李晓伟苦笑道：“孩子的求生欲望和后来的养父所给予他的正确人生观，与他内心深处对父亲的崇拜产生了激烈的冲突，他无法抹去那段刻骨铭心的记忆，于是，他想到了用一种非常规的手段，尽管所付出的代价可能是死亡，但是他却欣然接受了。因为与其就这么浑浑噩噩地活着，还不如做个最后的赌博，所以，他把自己的命交到了另一个他深爱的女人的手里。”

“好了，故事讲完了。”李晓伟长长地出了口气，身子前倾，认真地看着宋颖，“宋老师，你觉得，这个孩子的一生，是不是和那个女人有关？她需不需要为此负责？”

长时间的沉默，房间里安静极了，就连呼吸都变得小心翼翼。

终于，宋颖抬头，看着李晓伟，一缕苍白的头发滑落脸颊，目光中闪过一丝狡黠：“你没有证据。”

一听这话，顾大伟忍不住拍着大腿，嚷嚷道：“老同学，还真被你说中了。她铁定会赖账。”

李晓伟却并不为所动，他的目光依旧专注地凝视着宋颖的脸，平静地说道：“不，我有证据，等你到公安局后，负责这个案子的人自然会给你看，让你心服口服。我今天来此的目的，并不是这个，因为我不是警察。”

一声冷笑，宋颖轻声说道：“那你是来看我笑话的。”

李晓伟果断地摇摇头：“也不是，我只是想知道，当初你打了那个电话，然后眼睁睁地看着自己爱的男人在你面前跳楼而死，你是什么样的心情？”

“都已经过去那么久了，还提这个干什么。”宋颖漠然地说道，“在精神病院里的这么多年，该忘记的，都已经忘记了。”

“不会，如果你真的忘记的话，那张相片，你不会认得出来，我想，当你看到它的时候，你就已经知道我在调查当年的案子，于是，你就顺水推舟把朱南母亲的死推到了朱一文的身上。我真没想到，你的冷漠过了这么多年，依旧不变啊。”李晓伟的神情中充满了失落。

就在这时，窗外由远至近传来了警车鸣笛的声音，顾大伟走到法式落地窗前看了看，转头说道：“他们来了。”

李晓伟点点头，关上了手机摄录键：“我们回安平去吧，后面的事情，他们会处理的。”

“等等。”宋颖突然开口拦住了他们，“你们不能抛下我不管。”

“为什么？”李晓伟耸耸肩，“我们只是心理医生，可不是警察，更不是什么律师。而刚才的录影，就已经是我们对你最后的工作了。你还有什么别的事吗？”

“我，我需要你们对警察说，说我那个时候，精神不正常，所以才会做出杀人的事情……”宋颖哆嗦着，伸出左手，试图去拉住李晓伟的衣角，声音犹如耳语一般，“只要你们能够证实我患病，那，多少钱都可以，求你们了，我，我都这把年纪了，我不想有牢狱之灾。”

听了这话，李晓伟的脸色顿时阴沉了下来。他弯下腰，认真地看着宋颖，凝神片刻后，说道：“宋老师，有些事情，你做了，就是要承担责任的，已经让你逍遥法外了这么多年，如今就好好去面对吧，这样的话，你的下半辈子，才能够安心地度过。告辞！”说着，便和顾大伟两人一前一后走出了房间。

屋外，阳光洒满天空，空气格外清冽，李晓伟停下脚步，长长地吸了口气，咕哝道：“空气真不错。”

钻进车，关上车门，李晓伟开车向大门外驶去，路上与一辆挂着安平市牌照的警车擦肩而过，车里坐着刚赶到的童小川和张一凡，两人点点头便算是打过招呼了。

顾大伟瞥了他一眼：“老同学，有钱的话就考虑下在这里买套别墅咯，将来总要安家的嘛。”

李晓伟摇摇头，长叹一声：“房子太空了，住不习惯，咱不是享福的命啊。”

顾大伟笑了：“错，心里没鬼，在哪儿都能享福。对了，老同学，你说，这个宋老太太当初是不是真的疯了？”

“不，因为这件事，她或许有过很大的精神波折，毕竟那个引来警察的电话是自己打的，但是后来被送进医院的真正原因，我想，应该是出于很强烈的内疚吧。要知道那个时候，如果她不打电话的话，没破的案子多了去了，警方或许还不会那么快就锁定朱一文。”李晓伟皱眉说道，“既然如此，她就干脆借机进了精神病院，因为绝对不会有人怀疑她，在众人眼中，她是个因为过于关注工作而生活受到沉重打击的体面的小学老师。至于说知道真相的朱南，却因为尚未成年，所以即使说出了自己知道的事情真相，也是不会有人相信的。再加上出于对宋颖的完全信任，可怜的朱南这么小就不得不背上沉重的心理负担，他是那么急于摆脱这童年的阴影，甚至不惜一切代价，只是结局却是他无法预料到的。”

“真是人世无常！”顾大伟听了，颇为感慨，看着车窗外高速公路两边的景色，他忽然又来了兴趣，笑眯眯地问道，“兄弟，说点快乐的事儿，我最近发觉你的推理是越发炉火纯青了啊，要不，我投资你开个私人侦探所？”

“拉倒吧，那是忽悠人的。”

“就说刚才吧，兄弟，你对那老妖婆的一番话，把她说得最后都向我们求饶了，你是怎么知道这么多的？”顾大伟好奇地问道。

李晓伟苦笑道：“其实我心里也没底，但是有一点我很确信，那就是朱南是她唯一的软肋。”

“你的意思是说这个宋老师当初对自己的学生就像对自己儿子一样……”

“刚开始的时候，或许只是单纯的老师对学生的关爱，毕竟她是班主任，但是后来，因为经常家访，宋老师认识了学生的父亲朱一文，感情这个东西真的不好说。在别人眼中，朱一文是个内向并且冷得像块冰的人，根本就不懂什么人情世故，但是在这个宋老师看来，却完全不一样。大伟，你要知道，女人的母性是天性，而悲剧，也就是这么开始的。”突然想到隔了十多年后，王静母子以这种特殊的方式在法医解剖室里见面，李晓伟的心中不由得感到说不出的悲哀。

2

回到安平市，李晓伟便顺路把顾大伟送回了公司。临走的时候，顾大伟用门板一般的胸脯狠狠地拥抱了一下李晓伟，然后认真地说道：“老同学，我客户的事，你就放心吧，我会处理，那边，你们依法处理就行。说真的，我还就没看出那个老妖婆居然装了这么多年，临了还糊弄你。”

李晓伟耸耸肩，不置可否地开车离开了，他牵挂着章桐那边的事，便向医院告了个假，然后径直来到安平市公安局，找到了章桐。

在二楼走廊上一见面，他便焦急地问道：“沈教授那边怎么样了？”

章桐摇摇头，神情无奈：“他全招了，现在已经被移送去看守所了，等待检察院那边进一步核实。”

“怎么这么快？”李晓伟感到很惊愕，“不是只有口供吗？”

章桐轻声说道：“因为找到了证据，欧阳工程师从沈教授的衣服右边袖子上找到了属于秦刚的喷溅性血迹和眼球组织液体，最终证实，能在袖子上出现这种血迹的位置，必定是站在死者的正前方，并且做出了这个动作。”说着，她右手做出握住物品的姿势，然后用力压了下去。

李晓伟心里一阵难过：“那车厢内呢？”

“足迹也是吻合的，包括门把手上，虽然郭敏刻意按上了自己的手指印，但是这却并不妨碍痕检那边提取出属于沈教授的指纹。”章桐长叹一声，看着窗外街面上匆匆而过的行人，目光中充满了茫然与困惑的神情，“我想不通的是，他为什么要这么做。”

“他没说具体原因吗？”李晓伟问。

“海子说，偏偏就是这一点，沈教授没有做正面答复。不过，我后来又仔细查看了位于死者右眼处的伤口，做了整个头部的 CT，最终显示他右眼的伤口处有两道锐器进入式伤口，也就是说，不排除郭亚茹正在给秦刚做手术的时候，被突然打断，而沈教授一时无法控制情绪，上前夺过丁字锥的柄，用力捅进了秦刚的头部，导致了受害者的直接死亡。”

想了想，章桐又说道：“李医生，你觉得秦刚对郭亚茹是真爱吗？”

李晓伟沮丧地摇摇头，双手一摊：“我真的无法回答你这个问题。”

“那他们抛尸为什么要选择游乐场的旋转木马区？”章桐问，“我一直觉得很困惑，当然了，不排除那地方位置偏僻，没有什么人会马上注意到那里。”

“这个嘛，”李晓伟皱眉想了想，“应该还有一个原因，那就是他们抓的都是智力停留在孩童时期的人，心理学上有这么一个理论，就是亏欠心理。比方说你们在案发现场看到的尸体身上有时候会被白布或者床单被褥之类覆盖，不让尸体裸露在外，我想这些都是凶手对于受害者的一点心理上的弥补吧。而这个案子中，前两个受害者都是智力残障的人，等同于是个孩子，那么旋转木马自然就是孩子最喜欢的了。”

听了这话，章桐陷入久久的沉默，半晌过后，这才抬起头，对李晓伟冷冷地说道："我早就说过我讨厌游乐场。"

李晓伟呆了呆："那你小时候……周末是去哪里度假的？"

章桐头也不回地摆摆手："跟我爸去太平间。"

安平市公安局五层，陈豪办公室，童小川爬到凳子上拔下了烟雾报警器后，两人这才放心大胆地各自摸出了烟盒和打火机。

"你去医院看了郭敏没有？"陈副局长问。

"去了，"童小川想了想，说道，"主治医师说了，那小子命大，是什么'镜像人'之类的，所以捡了条命。"

陈豪摆了摆手："我知道我知道，这是个医学术语，我上次听章主任说起过，就像我们平时照镜子一样，身体内的五脏六腑是完全异位的，就跟整体大搬家差不多，比方说我们的心脏，一般人都是在左边，但是'镜像人'却偏偏在右边。"

童小川点点头："是啊，所以他姐姐那一刀，就没有扎在要害上，但是也够呛，就是保了条命而已，没有当场被捅死。"

"不知道他以后会怎么打算？"陈豪问。

"我见过惠风路派出所的王所长了，唉，他也觉得这年轻人太意气用事，估计等伤好后，就会自动离职吧，毕竟是犯了错。"童小川皱眉说道。

"他姐姐郭亚茹，你们结案了吗？"

童小川伸手指了指面前办公桌上的结案报告："喏，都写在里头了，章主任说，和九院的专门心理医师一起做过会诊鉴定，得出结论郭亚茹这辈子的智商都将停留在一两岁的年纪了，法律层面上来说，她已经无法为自己的行为付出代价了。所以，在和检察院沟通后，我们便联系了九院，别的，就等她弟弟恢复以后再说吧。"

陈豪听了这个，半晌，神情凝重地说道："我们欠她一个公道。"童小川一愣，随即用力点点头，他心里很清楚，这个公道，或许是永远都没有办法实现的了。

"对了，你见过李晓伟医生了吗？"陈豪问。

"上午刚从他那里来。"童小川咧嘴一笑，"这次可真多亏了这位李大神医。”

“怎么说？那个系列强奸案的受害者恢复得怎么样？我听老欧阳说那姑娘被发现的时候简直糟糕透了。”

“是的，陈局，不过这次跟乔米月见面，我感觉她整个人的状态恢复了许多……我是指精神方面，她至少会笑了，生活也在逐渐恢复自理，希望她尽早忘记这段可怕的阴影。”童小川轻轻叹了口气，“记得在犯罪现场刚见她的时候，她就像个被扯碎了的破布娃娃，整个人都是麻木的。李医生说能恢复到现在这个程度，那么就有痊愈的希望，不然的话，就是和郭敏的姐姐一样的遭遇。说真的，秦刚会做出这样的事，我到现在都无法接受，只是可惜，已经没有机会再听到他的解释和忏悔了。话说回来，我想秦刚在临死之前明知手术风险那么大，却仍然要郭亚茹帮他做这个手术，或许也是想尽早摆脱自己小时候的心里阴影吧。”

听了这话，陈局突然摇头苦笑：“知道吗，干了这么多年的刑警，我总觉得这个世界上最高危的职业应该是为人父母，因为一旦在教育上失职，后果真是不堪设想，唉！”在用易拉罐自制的烟灰缸里掐灭了烟头后，他转而若有所思地看着童小川：“那这个案子结束后，你有什么打算？”

童小川一愣：“陈局，我不明白你的意思。”

“我见过你的老上司，他说，你有点小想法。前段日子因为案子一直在忙，不能随便换人，”陈豪说，“现在案子结束了，你可以放心提出来，我看能不能替你安排一下，毕竟一个岗位是不能勉强一个人去做的。”

童小川急了，他赶紧摆手，道：“不不不，陈局，你放心吧，我不走，我就在刑侦这边干了，我会好好干下去的，而且，这件案子其实还没有真正结束。”

一听这话，陈豪不禁有些讶异：“你的意思是……”

“那个人只要一天没有抓住，这个案子就一天都不会真正画上句号！”童小川果断地说道。

（一周后）

市第一医院内科病房302，初冬的阳光洒满了靠窗的地面，病房里并排摆着三张床，如今只有郭敏一个人。他默默地收拾好了自己的所有行李和换洗衣服，尽管刀伤的地方还隐隐作痛，但是郭敏已经迫切需要去室外好好享受一番这初冬的暖阳和新鲜清冽的空气了。

老所长刚走，他每天都来，但是今天来的目的，却并不是单纯探望病情了，他知道郭敏的性子是不可能继续干下去的，他只是很可惜郭敏这样的人才，今天来是想向他介绍一份工作的。郭敏拒绝了，而这个答案，其实老所长心里早就有了。在签署离职申请书后，站在窗前，郭敏目送着老所长离去的背影，那一刻，他分明感觉到了老所长所迈出的每一步都是那么沉重。

过去的事情终于过去了，郭敏也知道了自己姐姐的近况。他想好了，既然已经离开了警队，那么，自己就不应该再多住下去了，毕竟是公家的钱，至于说以后的日子吗，就打工吧，父亲不在了，那么照顾姐姐的担子就只有自己去承受了。

不管姐姐曾经有多么痛恨自己，毕竟，她是自己的姐姐，手足亲情是没有办法割断的，郭敏也不忍心。

正在胡思乱想之际，身后病房的门被敲响了，很有礼貌，应该不是护士。

“进来！”

“你好，郭警官，感觉好些了吗？”真是意外，出现在病房门口的，是章桐。

郭敏上下打量了一番身穿警服的章桐，她身后没有别的人，明显是一个人来的。郭敏摇摇头，苦笑道：“对不起，我已经离职了。章医生，你找我有什么事吗？”

“好吧，那我就开门见山了。”章桐认真的说道，“我是过来给你介绍一份工作的。”

“工作？”

章桐点点头，然后从随身挎包里拿出了一封推荐信，递给郭敏说道“怎么样有兴趣去市医院工作吗？我那儿有位老同学，你拿着我的推荐信给他就行，他会帮你安排工作的。我查过你的学历，是医科大学的优等生，所以去医院工作很适合你的。”

章桐诚恳的说道，“你可以好好考虑一下，虽然和你相处的时间不多，不过你是个难得的优秀人才，已经和我老同学沟通好了，试用期三个月，薪水可能不会太高……”

章桐絮絮叨叨地说着，却全然没有注意到郭敏的眼中已经蓄满了泪水，最后，终于说完了，郭敏点点头，轻声说道：“谢谢你给我提供这个宝贵的机会，只是很遗憾，因为我的愚蠢行为，我犯下了不可弥补的过失，在有处罚的前提下，局里能同意我自动离职就已经是很顾及我的脸面了，而按照规定以后我是永远都不能在进入相关单位了，所以抱歉。”

听了这话，章桐不由得怔住了，良久，她无奈地叹了口气，收好推荐信，想了想，接着又说，“对了，还有件事，我差点忘记了，你姐姐的案子，虽然强奸案的时效已经过了，但是暴力侵害案是没有追溯时效的。我仔细复查过当年的证物，尽管提取DNA的方法可能成效不大，毕竟案发至今已经过了这么多年，可是通过一些技术手段的支持，在线粒体DNA方面，还是找到了一些证物。我已经安排他们输入了数据库，目前虽然还没有能比对得上的，但是假以时日，只要有匹配上的，就会马上通知我们。也就是说，你姐姐的案子，我们一定会还她一个公道！”

郭敏的泪水瞬间夺眶而出。章桐走后，他便缓步来到窗边，伸手推开窗子，抬头面向阳光，闭上双眼，任由温暖的阳光裹满自己的全身。

3

傍晚时分，打扮时髦的吴岚匆匆走出市日报社大楼，迎面差点撞上一个人，她赶紧退后一步，毫不客气地说道：“谁啊，走路这么不小心……怎么是你？”

站在自己面前的，正是一身便装的童小川。

“我刚下班，经过这里，想请你吃晚饭，顺便和你聊聊。”童小川低声说道，脸上带着一丝青涩的笑容。

“是吗？”吴岚想了想，也没拒绝，便顺手一指马路对面，“去那家吧，便宜，也实惠，我有优惠券。”

听了这话，童小川的脸微微一红，话到嘴边，还是硬生生地咽了下去。

两人一前一后推门走进了餐厅，这是一家主打江南菜的餐厅，因为价格亲民，排队的人挺多的。吴岚环顾了一下餐厅，随即拉过身边站着的服务生耳语了几句，很快，服务生心领神会，一位经理打扮的人便迎了出来，恭恭敬敬地把两人带进了贵宾包厢。

关上门后，耳边顿时安静了下来。吴岚拿过桌上的茶壶，给童小川倒了杯茶水，也给自己倒满了，放下茶壶，这才笑眯眯地看着他：“怎么，想通了？”

童小川明白吴岚指的是他们之间被暂时搁置了的婚事，却并没有回答她的这个问题，只是打量了一下包厢，颇感诧异地说道：“在这吃饭要好多钱吧？”

吴岚摇摇头：“不贵，这里是我们日报社的定点餐厅，有个啥活动的，都会来这里，所以也熟悉了。再说嘛，这么点钱，不算什么。”

吴岚的话让童小川感觉有些不舒服，他挪了挪凳子，这才抬头看着她，说道：“开门见山吧，我今天找你，是为了公事。”

吴岚夸张地耸耸肩，刻意掩饰住自己内心的一丝失望：“我早就猜到了。说吧，我的童大队长。”

童小川皱了皱眉：“其实我今天来找你，也是为了你考虑。”

“担心那么多干什么，”吴岚显得有些不耐烦，“我又没有犯法。”

见此情景，童小川不由得轻轻叹了口气，“岚子，你就听我一句劝吧，行吗？有些事情真的不是你想象的那么简单的。”

“好吧好吧，我说不过你，有什么要求，你尽管提就是。”吴岚瞥了童小川一眼。

“秦刚和郭亚茹案子的通报材料，你们报社应该已经收到了吧？”

吴岚点点头：“两天前就已经收到了，今天的头版头条，不过，我知道你没看报纸的习惯，消息闭塞也是情有可原的。”

“我想说的，不是这个，”童小川认真地看着吴岚，“我想要你的联系人方式，就是把十九年前的朱一文案消息透露给你的联系人方式。”

“你明知道我是不会给你的。”吴岚淡淡地说道。

“岚子，你难道就不懂个中的厉害？”童小川忧心忡忡地说道，“这个人什么都知道，也什么都考虑在我们警方之前，你就没质疑过他的具体来历吗？或者说，他难道就对你没有任何企图？”

吴岚听了，只是静静地看着童小川，紧咬着嘴唇没有说话。

服务生敲门进来上了五菜一汤，问需不需要酒水，吴岚摇头拒绝了。

服务生退出包厢后，童小川接着说道：“我也不瞒你，这次郭亚茹和秦刚的案子，正是多亏了你的指点，才让我们在短时间内顺利破获了十九年前的一起失踪谜案，这点功劳是毋庸置疑的，但是，”他本能地紧抓住吴岚的手，“岚子，我真的很担心你。”

听到这话，吴岚猛地抽回双手，皱眉看着童小川：“谢谢关心，可我一不是什么美女，二不是什么富二代，家里三代贫农，想嫁个破警察，临了还被人嫌弃，你说，人家图我什么？图财？图色？你拉倒吧！”

“岚子，你怎么就这么单纯呢？”童小川苦口婆心地劝说道，“就是因为你看上去什么都没有，所以他无缘无故地送你线索，你难道就不觉得可怕吗？如果这线索是假的，那还好说，但那却是真的。他到底从哪里得到的消息？你有问过吗？”

吴岚脸上的表情一点点变得僵硬起来，突然，她恍然大悟：“我终于明白了。”

“你明白什么？”

“你是害怕我拖你的后腿，因为你现在可是安平市公安局的刑侦大队大队长了，升官了，自然也就不会愿意自己的生活中有这么一个成天给你惹是生非的人了，对不对？你怕我单纯被人利用，来刺探你们警方的消息，从而给你抹黑。童小川啊，童小川，你未免也太高看我了吧。”说到这儿，吴岚神情严肃地看着他，“你既然想知道，那我就告诉你——我也不知道他是谁，是他自己找的我，加的我微信，也没问我要钱，更没要我刺探你们警方的消息，所有的消息，都是他自愿告诉我的，你懂吗？他就是一个‘活雷锋’，仅此而已。”

童小川吃惊地看着她。

吴岚用力点点头，随即冷笑道：“事实就是这么讽刺，他连我是谁都没有问，就是问我要不要破案的消息，我当然要了，因为即使我不要，我那个办公室里剩下的人可是挤破头抢着要呢，你懂不懂？现在呢，事实证明他是对的。而你，是错的！”

说完这句话后，吴岚站起身，拿着包就向外走去，走到门口，停下脚步，头也不回地冷冷说道：“你尽管吃，这里的东西，都是记账的，不用你花一分钱！”

门被用力甩上了，震惊之余，童小川呆呆地坐着。许久，眼泪无声地顺着眼角滚落，吴岚的最后一句话就像一记响亮的耳光，用力地打在他的脸上。

4

夜深了，房间里静悄悄的，在电脑上敲完最后一个句号，章桐回头，看见自己床边的地板上，丹尼盘成了一团，在狗窝里睡得正酣。

今天下班时，章桐终于从窝窝宠物店把丹尼接回了家，它一进门就迫不及待地四处寻找着自己残留下的味道，最终，实在闹腾够了，就叼着自己的狗窝，在章桐的床前睡了下来。那一刻，章桐竟然有点泪目，她知道丹尼虽然不会说话，但它却分明是在用这个举动告诉自己的主人，不想再离开她。其实想想人的一生，不就是渴望这样的陪伴吗？

新书还有两章就要完稿了，章桐曾经犹豫自己到底该给书中的主人公一个什么样的结局，纠结了一个多星期吧。想想现在的读者，包括自己在内，其实都想看到幸福大团圆的结局，毕竟平时的生活已经是如此疲惫，如果再看到悲剧结尾的书，或许心情会更加沉重。可是，回想起在自己解剖室里曾经停留过的那一具具冰冷的躯体，章桐实在不愿意人为地把它们变得圆满幸福，那会让人感觉很虚假。因为这些人还活着的时候，幸福是他们可以追求的东西，但是如今，他们已经死去了，永远都不可能追寻到的东西，又为什么要改变他们本来的境遇呢？所以，不妨就把他们残缺的故事写下来，让读过他们的人记住曾经有人为了追寻幸福所做过的努力和所付出的代价，那么，活着的人或许就会更加珍惜他们的生命。这应该才是自己写作想要实现的真正目标！

合上电脑的刹那，章桐抬头看到了窗外一轮明月，夜凉如水，已经是冬天了，虽然还没有下雪，但是晚上的这个时候，空气中已经明显充满了寒意。窗还开着，她赶紧站起身，来到窗边，伸手刚想关窗，放在桌上的手机却响了起来。

这个时候？

虽然心中有些郁闷，章桐还是本能地拿起手机，电话号码显示是李晓伟的，接起的那一刻，看着上面那个不停闪动的小黄人头像，章桐有些哭笑不得："李大神棍，找我什么事？"

"能下来一下吗？我们在泰德花苑一期门口对面街上的孙记，找你有事。"电话的背景很吵，李晓伟不得不用几乎吼的声音说完了这句话。

章桐迟疑片刻后，点头应允了。

她匆匆换了件黑色夜跑衣和运动鞋，把头发扎在脑后，带上钥匙和钱包便匆匆出了门，盘在狗窝里的丹尼摇了摇尾巴，它早就已经习惯了自己主人半夜三更离家而去。

现在是凌晨一点半，小区的路上非常安静，章桐匆匆跑出小区，来到街对面。"孙记"是一家在当地非常出名的烧烤店，夏天吃龙虾，冬天则是以火锅为主，兼卖烧烤。此时的"孙记"里坐满了人，章桐掀开挡风帘钻进去后，一眼就看见坐在角落里的李晓伟，而在他身边烂醉如泥的人，却让章桐感到很意外，那居然是童小川。

章桐赶紧来到桌前，满桌子杯盘狼藉，李晓伟虽然还清醒着，却也是喝了不少，看见章桐就傻笑，而一旁的童小川几乎是不省人事，连句完整的话都说不出来。

"你们……到底出什么事了？为什么喝这么多酒？"章桐焦急地查看了童小川的双眼瞳仁，又伸手摸了摸他的颈动脉，仔细查看过呼吸后，便果断地对李晓伟说道，"不能再喝了，马上结账，走，去我家。"

李晓伟也不反对，乖乖地结了账，帮章桐扶着童小川进了小区。上楼打开门进房间后，章桐便把童小川平放在床上，利索地脱了他的外套、裤子，扒掉鞋子，给他盖上被子后，这才回头找李晓伟，却见他正在门外站得笔直，怎么也不敢进门，而丹尼则虎视眈眈地瞪着他。章桐不禁哭笑不得，赶紧把丹尼拴在了卫生间，李晓伟这才快步进了屋，顺手把门关上了。

“你家的狗，还真的记仇啊？”李晓伟嘀咕道。

“你上次差点杀了我，它不记仇才怪。”章桐不想提这档子事，却也没有办法。来到卧室，看着平躺在床上呼呼大睡的童小川，李晓伟一声长叹：“我叫他少喝点，他就拼命灌，我根本就拦不住，还好有先见之明，来了你这边吃东西。”

两人回到客厅坐下，章桐盘膝坐在沙发上：“为什么偏偏想到来我这儿？”

李晓伟嘿嘿一笑：“因为我太晚了回不了学院宿舍，开车也不安全，这家伙存心就是奔着喝醉来的，没办法，我就只能退而求其次了。”

这时候，丹尼咬开了绳子，用爪子扒开了卫生间的门，悄无声息地走了出来，径直来到章桐身边坐下，两只眼睛毫不客气地盯着李晓伟。

看到李晓伟脸色又变了，章桐伸手摸了摸丹尼的头，笑着说道：“放心吧，没我指令，它不会攻击你的。”

“好吧。”李晓伟尴尬地涨红了脸。

章桐却忧心忡忡地朝房间里看了一眼：“今晚上估计是睡不了了，得防着他吐才行。”

“没事，我看着呢。你去休息吧，明天还得上班。”说是这么说，其实李晓伟也很清楚，按照章桐的个性，她是绝对不会丢下他们俩不管的。

“反正我也睡不着，说说吧，今天童队怎么来找你了？”章桐问。

“应该是失恋了，喝酒的时候说了一大堆心里的委屈，说自己一片好心却被别人误解，感到自己的自尊受到了伤害……唉，其实男人和女人相比，真遇到感情挫折的时候，男人会更无法承受。”李晓伟若有所思地说道。

“那你不劝劝他吗？”章桐问。

李晓伟苦笑着伸了个懒腰，也学着章桐的样子盘膝而坐，目光温柔地看着她：“你不懂，他只是遇到了一个并不适合他的女人罢了，有时候长痛不如短痛。所以，我跟他说了，好好哭一次，明天醒来必定又是一个天高云淡的日子。”

章桐听了，扑哧一笑：“我们干刑警的，可从来都不会认为日子是天高云淡的。”

“那也差不多嘛，反正只要自己开心就好。”李晓伟咕哝道，“日子总得接着过下去的，你说是不是？”

似乎触动了自己的心事，章桐沉思良久，说道：“童队虽然有点大男子主义，做事也有些缺心眼，是个直肠子，但他是个好人，更是个敢作敢当的性情中人，我不知道他以前到底发生过什么事，导致他突然决定转部门，但有一点可以确定的是，遇到事情，他绝对不会退缩。”

“他今天跟我说了，下班后去找了他的前未婚妻，本来是想善意提醒她要注意网络上的自身安全保护，但是没想到却被对方给彻底误会了，还给毫不客气地呛了一顿。刚开始的时候，我也本以为他们之间的问题就是停留在单方面的误会之上，但是后来仔细问了，却发觉事情远没有我想象的那么简单。”李晓伟喃喃说道，“他们两个根本就不合适……”

“在这点上，你是不是有点武断了？”章桐不解地问道。

李晓伟摇摇头：“他的前未婚妻吴岚，曾经有个妹妹叫吴霞，比她小三岁。童队和吴岚是高中同班同学，因为两人性格迥异，所以一开始的时候，童队对她并没有什么特殊感情。吴岚是个很好强的女孩，妹妹吴霞在同一所中学的初中念书，每天都是两人一起回家。童队和吴岚两家住在一个小区，放学后要过一条车流量非常大的马路。那一天，吴岚和妹妹吴霞正在一起过马路的时候，有辆车失控冲了过来，而这个时候，童队正好走在吴霞她们身边，因为害怕，也或许是因为过于震惊，你也知道，人对于突发事件的本能反应有很大一部分是呆立着不动，吴岚看到这一幕后，本能地伸手把童队推了出去，自己和妹妹两人则被撞飞了，”说到这儿，他轻轻叹了口气，“我听他说，事后吴岚虽然没事，就是一些皮肉擦伤，但是她妹妹吴霞，却被当场撞死了。就因为这个，童队背上了一笔沉重的良心债，他告诉我说，这辈子都会好好照顾吴岚。但是，爱情这种东西，可不是人为就能够控制得了的，古人尚且知道强扭的瓜不甜。你说，一开始就是抱着亏欠心理的感情，两个性格迥异的人，世界观和人生观都不在一条线上，勉强结合在一起，能幸福吗？”

章桐听了，不免有些愕然：“原来如此啊。”

李晓伟苦笑道：“所以我才会对他说，履行承诺的方式可以各种各样，并不需要为此而赔上自己的一辈子，除非他不想当警察了。况且，即使他愿意这么做，吴岚也并不一定能接受，感情这东西，真的是要看缘分的。”

章桐摇摇头：“不会的，我觉得他不会不当警察的，因为有些东西，只有你穿上了这身衣服，才能更真切地体会到。”她抬头看了一眼卧室的床铺方向，这个时候，丹尼也已经累了，乖乖地爬回自己的狗窝又盘成了一团。

“上次的音乐会没去成，真的很抱歉……”章桐尴尬地说道，“没想到会出警，给耽误了。你听了，感觉怎么样？”

李晓伟当然不会告诉章桐自己其实也没进去，一个人孤零零地站在大剧院的门口等到了散场，他笑眯眯地说道：“当然好听。不过没关系，你不用太内疚，下次他再来，我再请你去听。反正有的是机会。”

章桐突然转头看着李晓伟，目光复杂：“你说，那个家伙，还会出现吗？”

李晓伟点头：“会的，因为他的目的还没达到。”

“那我现在怎么办？我在考虑要不要搬家……”章桐有些茫然。

“你如果躲着他的话，他更会对你感兴趣，”李晓伟果断地否决了，“所以，我建议你还是不要逃避，再说了，如今网络这么发达，你能逃到哪儿去？”

章桐低下头，无言以对：“我总感觉他在我的生活中若隐若现，就像根本就不存在的人，我却又时时刻刻都能听到他的呼吸声。”

李晓伟认真地看着章桐，他相信此刻自己所看到的，就只是一个普通的小女人，顿时心中充满了怜惜，咬了咬嘴唇，他终于鼓足勇气小声说道：“能让我来保护你吗？”

章桐一愣，看了他半天，突然笑了：“你喝多了，好好休息吧。”

“不，我是认真的。”李晓伟紧张地说道。

“我是警察，再不济也是我保护你才对，你开什么玩笑。”章桐摆摆手，便从沙发站了起来，“你累了，快睡吧，毯子就在你右手边的凳子上，黄色的那条。我去看看童队，他喝那么多，要是吐就惨了。”

李晓伟的心中感到一丝失落，他默默地蜷缩着身体在沙发上睡了下来，或许自己真的喝多了吧。可是，虽然头有些晕，脑子里却异常清醒，他相信自己刚才所说的话，章桐是听明白了的，但是她却借口自己喝多了，婉拒自己。这样一想，李晓伟难免有些沮丧，他长吁短叹着，翻来覆去没多久，便睡着了。

一阵刺耳的手机铃声硬生生地把李晓伟从梦境中拽了出来，他勉强睁开双眼，头痛欲裂，本能地坐了起来，伸手在茶几上找水杯。这个时候，他听到了一阵匆匆的脚步声来到近前。

“李医生，我要出警，马上就走，”章桐匆匆地说道，“童队还没有醒，我已经嘱咐他的助手张一凡过去了，你好好照顾他，等他醒来跟他说下。”

李晓伟点点头，他瞥了一眼自己的手机屏幕，现在是凌晨四点三十二分，不禁脱口而出道：“这个时候……我开车送你吧？”

章桐头也不回地摆摆手：“不用了，我自己打车过去就可以了，走的时候记得帮我关好门。”说完，她便匆匆推门离去，脚步声很快就消失在凌晨安静的走廊里。

环顾着突然安静下来的房间，李晓伟不禁呆了呆，他默默地走到卧室门口，看着依旧酣睡的童小川，心中感到莫名的惆怅。

5 （尾声）

（二十分钟前，凌晨四点十二分）

急促的电话铃声在110接警处理中心骤然响起，值夜班的郑红梅立刻接起电话，却被电话那头惊恐的尖叫声给吓了一跳，联想起前段日子诡异的“杀人预告电话”，她顿时警觉了起来：“喂，有人吗？这里是110接警处理台，你有什么需要帮助？喂，听见请说话……”

一番努力过后，她刚想挂电话，就在这时，电话那头终于传来了一个女人颤抖的并且充满恐惧的声音："快来，你们快来，警察同志，我这里是，是市大剧院，有人疯了，劫持人质，他还，还刚杀了一个人，求求你们了，快来人！"略微停顿过后，她又说道，"我打过你们刑警大队长童小川的电话，他不接，你们快通知他，快……"

"请问你是哪位？"郑红梅紧张地说道，"告诉我你的姓名，我这边马上就通知。"

电话里的女人压低了嗓门，声音越发颤抖了起来："我，我叫吴岚，口天吴，上面一个山，下面一个风。我是童小川的未婚妻，快来，要是他冲出来，我就没命了，救救我……"

电话戛然而止。

（第二幕完结）